時來孕轉當正妻

2

景丘 著

文創風 971

目錄

第二十一章　知縣大人

沉歡這幾天頗為心神不寧，原本約好時間去官府蓋官印，可她左等右等，那王家賣地之人就是不來。

沉歡讓喜柱兒去王家尋人，喜柱兒回來說王家家主兩眼青黑，面色慘白，咳嗽連天，已是不能起身了。

「小的瞧著，這王家家主似要不行了，還望姑娘早做打算。」喜柱兒提醒沉歡注意。

沉歡心裡也急，第二日，她親自過來了。

只見那家主有氣無力，口不能言，顯然是重病纏身。

時間緊迫，沉歡再不能耽擱，立刻去見證簽約的楊姓老農家，想讓其從中斡旋，讓王家家主的妻子去官府處理後續事宜。

哪知喜柱兒滿頭大汗地跑回來卻說那老農不見了，問了周圍鄰居，都說那老農好吃懶做，不事耕種，乃一遊手好閒之徒。

與此同時，又傳王家家主要不行了。

沉歡心臟怦怦直跳，不好的預感越發強烈，一種被下套的感覺油然而生。當夜顧不得宵禁令，著了男裝，與喜柱兒一起偷偷去王家，打算連夜確認此事。

哪知，還隔著王家半里遠，就見王家的宅子滿宅裹素，夜裡紙錢翻飛，竟然在辦喪事。

誰死了？和她簽契約的王家家主死了？
沉歡再也顧不得時辰對不對，一把推開王家的大門。
王家媳婦正領著孩子們在燒紙，忽然見有人進來，加之又是晚上，嚇了一大跳，驚聲問道：「妳是何人？」
喜柱兒知沉歡心急，連忙應道：「我家主人姓顧，與妳家家主近日有田契買賣交易進行，今日聽聞王家有事，故來拜訪。」
王家媳婦戒備地摟著孩子，眼睛瞇了一下，疑惑道：「田契買賣？我怎不知？」
沉歡將各種經過說明白，那媳婦更是吃驚。「我家怎會賣掉賴以生計的田產？妳莫不是誆我吧？何以我從未聽夫君提起？」
兩人對質半天，王家媳婦一口咬定不知道此事。
沉歡趕緊拿出那張契約遞給王家媳婦，強繃著臉說：「莫非你們是想抵賴？這契約乃妳家家主簽字畫押過，還能誆妳？」
王家媳婦一把打開契約，淌著淚抱著孩子往裡面走，邊走邊大聲蠻橫地嚷嚷著。「走走走！莫要來煩我，否則我要去報官了！」
沉歡想摔板凳！她才是想報官了！
對方不和她一起去官府蓋紅印，這田不就等於白買了？官府不承認啊！
此行不順，回程半路又開始下大雨，接著是電閃雷鳴，喜柱兒護著沉歡在大雨中疾行，又擔心遇上縣城夜間檢查的衙役，一路閃躲，終於回了宅子。

這暴雨一下就連續下了三天，到第四天才放晴。

放晴當天，沉歡又去了王家，此時王家家主已經下葬。

沉歡說明來意，王家媳婦卻顯然打算不認此事。

沉歡心裡生氣，她體恤王家媳婦孤兒寡母，可這鄉野悍婦就是蠻不講理，一說話就大聲嚷嚷、撒潑打滾，她語氣重一點，對方就尋死覓活，嚷得鄰里街坊皆以為她是惡人。

此事已經耽擱四天時間，距離入戶的最後截止時間，只有十一天了。

沉歡決定直接上縣衙，去請衙門老爺斷是非。契約都在手裡，還能不認不成？不管這王家媳婦知道不知道，她夫君的指印畫押可作不了假！總不能收了她的銀票，人死了就想賴帳吧？

遂先不管這村婦，帶著喜柱兒匆匆趕到南城縣衙門，哪知還未進縣衙大門，就被衙役趕出來。

「衙門有令，每月三、六、九日方許遞狀紙，爾等速速回去！」

沉歡哪裡肯，又堆著笑，說了一大堆好話，什麼糾紛時間逼近，什麼入戶不成遣返，總之那衙役聽得頭昏腦脹，終於大喝出聲。

「爾等莫要尋釁生事！實話告訴你們，之前的縣老爺調走了，這新的縣老爺還沒赴任，如今衙門諸事繁忙，正是交接之時，爾等有何冤情，等新的縣老爺上任再遞狀紙！」說罷，懶得理他們，徑直關了衙門。

沉歡傻眼了，心裡不斷罵娘，這到底是倒了什麼楣？

買塊地，對方死了；告個狀，縣老爺換了。天要滅她矣！沉歡再穩得住，此刻也要跳腳了，距離買房入戶的時間只有十一天了，她乾脆把王家媳婦綁架到衙門算了。反正到時候都是鬧，索性鬧開了好解決？

縣太爺不在，縣丞總在吧？

第二日沉歡又來縣衙，言明想先把狀紙呈給縣丞老爺過目，待知縣上任後再處理。報給縣丞一聽，一句「縣令換人」，就拒不處理。

沉歡絕望了，時間真的不夠了，難道她千里迢迢來到南城，最終的命運就是被遣返嗎？

喜柱兒倒是機靈，又是請衙役吃酒，又是吃肉，又是說著奉承話，終於得出結論：據可靠消息，明日上午新縣令赴任，時間不定，敬請等待。

一不做，二不休，沉歡打算在新知縣上任當天攔路喊冤告狀。

這一日，她特地穿了一件絳色小綿坎肩，下面配著暗綠布夾褲，妥妥一個南城村姑。

這身搭配土氣無比，令人不忍直視。

沉歡故意的，別以為就能欺負外地人口。

村姑好啊，村姑窮啊，訛村姑者天理不容。

全身上下也只有那張臉能看了，白如凝脂，泛著淡淡的粉色，秋水般的明眸總像帶著笑意，特別是菱形的豐潤小嘴唇，嘴角翹翹的，花瓣一般，讓人想咬一口。

總之這造型真是一言難盡，出門時，如心和喜柱兒都神色複雜地看著她。

沉歡出門一看，不得了，今天街上人山人海，大批圍觀百姓都在縣衙外等著看新來的縣老爺什麼模樣。

不知道哪裡傳來的消息，新任縣太爺來自京城，出身高門。於是這下好了，反正冬季也不種地，該收的也收完了，大批婦女、婆子、已經出閣的媳婦、未出閣的少女，還有吃著糖的孩子，和各個年齡階段的漢子，都在等著看縣老爺赴任，場面甚是壯觀。

沉歡感嘆，簡直正合她意！

到時候她衝出去，攔住轎子一跪，遞上狀紙，高呼「大人，民女有冤情！請為民女做主」！

眾目睽睽之下，萬眾期待的眼神中，難道縣令大人還會推脫來一句「不好意思，三、六、九遞狀紙，出門請妳翻翻黃曆」。

呵呵，肯定得收了狀紙，又加上新官上任三把火，及時處理才能體現愛民如子嘛。

沉歡默默潛伏在人群當中，自己對臺詞，模擬待會兒什麼時機衝出去，用什麼動作，配上什麼表情，說什麼話，既能迫得縣令大人及時處理，又不會過於急躁、惹人厭煩。

南城縣縣丞、主簿、巡檢一行人，此時都等在縣衙門口，迎接新縣令上任。這縣丞更是一早就差人去打聽新縣令在京城的一些情況，卻只知道來頭很大，犯了事，到了這裡。

「知縣大人來了！閒雜人等避讓——」那抬官轎的領頭轎伕一陣威武的吼聲傳來，人群開始嘰嘰喳喳，騷動起來。

一陣敲鑼打鼓，只見那官轎由四個漢子抬著，穩穩當當朝這邊走來。沉歡目不眨眼地盯著那頂轎子，就快到了，現在還不能出去，還太遠，等到接近衙門正門口的地方出去才最是合適。

屏住呼吸，沉歡在心裡倒數，還差一點，還差一點，就一點。

可以了。不行，再挪一點。

行了！

沉歡眼睛一閉，揣著狀紙飛一般地就衝出去，那速度如豹，那力量如熊，那勁頭媲美山豬，周圍的人看得一愣一愣。

這怕是行刺的吧。

沉歡衝得快，也不管前面的情況，本來計劃好在轎子前一跪，跪穩立刻飆臺詞，高舉狀紙，求父母官做主。

然而，千算萬算不如天算，那坐在轎子裡的縣太爺，竟然提前從轎子裡站了出來。沉歡衝得太快來不及收腿，只得立馬跪下去，這跪姿相當銷魂，還徑直滑了幾步才刹住車，場面目不忍視。

膝蓋一片火辣辣，那人又長得高，沉歡哪裡能按計劃好的位置標準地跪在轎子前面，分明是跪在人家褲襠下了。

沉歡心裡如暴風驟雨般地哭開了，這真是神一般的尷尬。

周圍圍觀的百姓也嚇傻了，這是幹啥？

沉歡腦袋也不抬，心一橫，咬牙豁出去了！

事已至此，有困難要上，沒有困難，製造困難也要上！反正不忍直視縣太爺的臉，沉歡低著頭只管看下半身，將計就計抱著縣太爺的腿，開始說出提前背好的狀詞。

她背得很熟，昨天夜裡哄睡小姊兒後，她就開始背了。

她沒別的優點，就是做事認真。此時簡直一氣呵成，半點不帶標點符號。

「青天大老爺，求大人給民女做主啊——」她把那腿用力抱了抱，擠出幾滴眼淚。

「民女有狀紙呈上，買田被王家所坑，現在王家拒不認帳，還請大人明察秋毫！

「民女求訴無門，萬不得已出此下策，實乃入戶時間逼近，已不能再拖！

「民女發誓絕不敢欺瞞，大人可即日升堂，核對那地契真假！」

沉歡此時已經完全進入狀態，眼淚流得唏哩嘩啦，還糊了一些在縣太爺腿上，她一邊擦，一邊又抱緊那條腿。

這是一雙筆直、修長、緊實，充滿男性肌肉力量又具有流線型美感的長腿。

絹白色的綢褲下是夯實肌肉的觸感，觸手溫熱，極有存在感。

但是，沉歡納悶了，這腿的感覺，為何如此熟悉？

這手感、這長度、這熱度……原諒沉歡暫時想偏了，她只是覺得這體溫熟悉感實在揮之不去。

那縣太爺破天荒地竟然沒有說話，沒有踢開她，也沒有回答。

是的，對方沒有任何動作以及語言。

沉歡背完就沒詞了，她只得疑惑地抬起頭。

南城冬季的點點陽光，從他黑色烏紗官帽沿上的細紗斑駁處透下來，灑在沉歡仰望的眼睛裡。青色官服繡著鸂鶒，團領衫，腰間束帶，顯得腰身勁瘦有力。狹長流暢的柳葉狀眼型，帶著似笑非笑的深意，陽光下那瞳孔上的紋理絲絲分明，看久了，覺得如有漩渦，把人頃刻間吸入眼底。

世、世、世子爺？

沉歡內心尖叫：啊啊啊啊啊啊！

救命！

沉歡無法控制面部表情，癡呆狀持續幾秒鐘，不要怪她定力差，她是真的沒有想過還可能再見到世子宋衍，這一定是在作夢。

宋衍微微一笑，彎腰伸出手將跪在地上的沉歡輕輕扶起來。

手掌很熱，力道傳到沉歡的手臂上，沉歡肌肉猛然收緊，明顯開始緊張。

沉歡回過神來了，那腿為什麼熟悉？

呵呵，她可是在昌海侯府替世子捏了近兩年的腿呢！當初為了防止血液循環不順，時不時就推拿一下，不熟悉才怪。

「有何冤屈？」宋衍黑黝黝的眼珠看著她，那聲音清冽異常，猶如山間泉水。

沉歡被那黑色眼珠盯得毛骨悚然，心臟驟然縮緊，情不自禁就開始說真話。

「我在本縣買了十五畝地，現在那戶不認帳。」

這一鬧，周邊圍觀的縣民們終於回過神來，敢情是來遞狀紙的。

農村民風彪悍，那些媳婦婆子們何曾見過如此俊俏的少年郎君，那挺拔的身形，那優雅的儀態，真是聞所未聞，因此個個如狼似虎，都站在那裡不走要多看兩眼。

南城縣的少女們更是異常興奮，眼睛帶光，雙頰飛紅，癡癡地望著宋衍。

那縣丞看周邊圍觀的人越來越多，漸有不可控制之勢，忍不住咳嗽兩聲，提示道：「下官姓丁，乃本縣縣丞，知縣大人今日赴任，還請裡面請。」說罷，示意衙役拉開沉歡。

沉歡這一下著急了，這狀紙今天不遞上去，她跪得膝蓋都腫了，不是白忙活了？

可是世子宋衍……瘆人啊。

沉歡偷瞄了一眼那好看的眉眼，隨即安慰加鼓勵自己，沒有什麼好怕的！

他那會兒不能動、不能聽、不能言、不能語，無感知、無意識，就是一個活死人。

他又不認識妳，他又沒見過妳的樣子，他又沒聽見妳的聲音，他又不知道妳怎麼睡了他，他更不知道妳還偷了他一個孩子跑……

呸！這孩子她也有分啊！

沒事、沒事、沒事。

一連三個沒事，沉歡已經做好心理建設，抬頭眼巴巴地望著宋衍。

宋衍沒再看她，嘴角浮出一抹若有若無的笑意，抬腿往縣衙走去。沉歡立刻站起來，跟著就往裡面跑。

門口的衙役哪裡肯依，立刻兩根威棍一左一右攔住沉歡，高聲喝道：「大膽刁民！」

「放她進來。」宋衍輕飄飄的話傳了出來，那衙役也傻眼了。

縣丞和主簿互相對視，交換了眼色，對衙役微一抬頭，那衙役心領神會，立刻就放沉歡進去。

宋衍很安靜，他在看沉歡的狀紙。

沉歡的內心卻在大地震，公堂之上沉歡不敢造次，只得時不時偷瞄他，還得小心翼翼不能太過。

真的是世子宋衍？這怎麼可能？

昌海侯是世襲爵位，宋衍為嫡長子，是請封入冊的世子，怎麼會出現在南城縣？

沉歡揉一揉眼睛，她覺得自己看錯了。

但臉是那張臉啊，世間有幾張那般俊俏的臉？

沉歡忐忑不安地等著宋衍下一步動作。

宋衍把狀紙看完，也未作評價，只是淡聲吩咐。「傳令那王家媳婦，明日升堂。」

沉歡鬆了一口氣。只要能升堂，這事就好辦了。

後續按流程走，宋衍似乎沒認出沉歡來。

沉歡放下心，安心地回了宅子，準備等著明日升堂。

只不過，她百思不得其解，世子爺為何會出現在南城任職縣令。為了不驚嚇如心，她自己將這事憋在心裡，反覆琢磨也理不清千頭萬緒，一晚上翻來覆去竟是許久不曾有過的失眠。

這一夜，好長時間不曾光臨她夢境的宋衍再次入夢來。身著白色裡衣的世子安靜臥於玉石製的席墊上，沉歡身著輕紗，散著一頭烏髮，騎到了他的身上。

沒錯，是騎到了他身上。

那過程異常讓人臉紅心跳，沉歡低低喘息，待要結束時，一低頭，發現宋衍正睜著那雙幽幽的黑眼珠子看著她。

沉歡一緊張。「我、我是不得已……」

宋衍卻一把坐起來，扯著她的手臂，翻身就把她壓到身下。

沉歡被自己嚇醒了。

蒼天呀！作春夢都要睡一下世子，她覺得自己可能真的到了該出嫁的年齡了。這夢多作幾次簡直要嚇得她折壽啊！

沉歡半夜一臉複雜地裹著被子，看著小姊兒圓乎乎的臉睡得正香，那張臉現在仔細看竟隱隱有宋衍的影子。

畢竟是親生的，果然相似。

沉歡只得在心裡開始默唸：這是作夢，這是作夢，這是作夢……打官司必贏，打官司必贏，打官司必贏……

她再次進入夢鄉。

一道黑色的影子，悄無聲息地從她家的後院溜出去，沒有任何人察覺，那影子輕鬆地掠過高牆，進入縣衙內院。

一燈如豆，宋衍獨自坐在燭光下翻閱本縣地志，魚鱗冊資料及相關檔。

「進來吧！」言簡意賅。

那人輕輕推門而入，規規矩矩地跪在地上，磕頭行禮，行完卻不敢站起來。他亦是今天看到宋衍出現，才確定世子真的是調任到南城縣任知縣了。

「王喜柱辦事不力，請爺責罰。」

那書頁翻動的聲音在靜謐的夜裡，顯得異常明顯。

宋衍沒有說話，靜靜地翻著，一目十行飛速地看著上面的消息。

直到地上伏著的王喜柱額頭沁出薄薄的汗來，他才出聲。「說吧，後面怎麼回事？」

喜柱兒，本命王喜柱，今日按規定，定時來向主子彙報工作。他內心叫苦不迭，開始倒豆子。

「爺，奴才實在沒辦法，那沉歡姑娘主意大得很，說行動就行動，好好的陸路直接就換了水路，那日因後有盜匪，奴才帶著人處理了一下趕回來，她已上船了。」

宋衍拿著書繼續慢慢翻著，微微一笑。「她是主意大得很。」

連他的孩子都敢偷出侯府。

喜柱兒小心觀察一下主子的臉色，見並未不悅，這才小心翼翼地繼續說：「那條路慣有水匪出沒，可是她都上去了，奴才只得跟著。中間遇險，奴才插出竹竿救她，當時情況緊急，奴才只得出來打照面。」

說到遇險的時候，宋衍翻書的手指微一停頓，喜柱兒心一驚，考慮要不要繼續說下去。

「接著說吧。」宋衍示意。

硬著頭皮，喜柱兒繼續彙報。「哪知沉歡姑娘心思卻細，她見我突然出現，就起了疑心。為了打消她的顧慮，奴才只得先假說投奔親戚，待過一段時間再說投奔親戚無果折返回來，她這才放下心來留奴才在身邊。」

接下來的話，喜柱兒就越說越小聲……

「奴才哪裡料到她行動力如此之強，短短時間竟然買了宅子還買了田地，奴才回來時，那田契已然簽了……」聲音越來越小。「那後面的事，爺都看見了……」

宋衍將書放回桌上，將燭光撥暗了一點，明滅間喜柱兒看不清他的眼神。

「孩子呢？」

「小姊兒剛開始略有水土不服，後來好了，如今已會到處爬，甚是可愛。」

宋衍這才又露出一個笑容，點點頭。

喜柱兒舒了口氣，跪著不動。他乃世子護衛之一，以小廝身分居於院內，世子沈睡期間，侯夫人從小廝中挑了一個去看著沉歡，他就被選中了。

世子法則：無他指令，擅動者，殺無赦。

是故，那日沉歡上假山與侯夫人對峙，他也只能在下面乾站著。

「下去吧！」

終於等到宋衍下指令，喜柱兒鬆了口氣，趕緊行禮，悄無聲息地退下。

今日是宋衍上任南城縣縣令的第一天，夜已深，他卻並未就寢，房間的角落裡，一個年輕男子正拿著一根馬尾巴草，將一隻杏眼小貓堵在角落裡，一邊逗弄，一邊露出愉悅的表情。

那小貓被堵，很不甘心，身子弓起，貓毛根根倒豎，發出「嘶嘶」的戒備聲。

「小狸奴，小狸奴……」他繼續用那狗尾巴草掃過那小貓的臉。

逗貓的年輕男子束著寶相紋金冠，長相俊美，正是當朝狀元陸麒。

「容嗣，朝堂上都炸開鍋了，你倒是走得爽快。」陸麒一邊甩狗尾巴草一邊發言。

宋衍伸手將燭光調亮，同時一顆花生米彈過去，不偏不倚，正打在那狗尾巴草的毛團上，那勁道也甚合適，陸麒手不痛，那逗貓的毛茸茸部分，卻已經散了一地。

那小貓解禁，飛快地逃到床底下。

「我的小狸奴！」陸麒立刻站起來控訴宋衍手賤。

宋衍眼皮子都不抬，不搭理，視線一直停留在沉歡的那張狀紙上面。

「喲，知縣大人甚忙。」陸麒發出嘲諷，就一破知縣還徹夜辦公。

「一方父母官，確實無翰林院清閒。」宋衍不緊不慢，聲調都沒變。

陸麒。「……」

這是諷刺他沒事幹嗎？

燭光下宋衍忽然抬起頭看著陸麒，眉毛微挑，似是問他何故來此？

陸麒和他認識十一年，此刻神色一整，臉色也緩緩變了。「一個人定要來見你。」

說完，果見一人推門而入，那人身邊暗衛潛伏，待得斗篷取下，開口第一句卻是——

「本王特來謝容嗣曲水流觴之恩。」
宋衍淺淺一笑，躬身行禮。
今夜要等之人，果然是來了。

第二十二章　買田案開審

王家媳婦忽然接到衙門通知，要她明日上堂，她夫君此時已經下葬好幾天，她在家裡給孩子們煮一鍋子水飯，又做了一大碗豆腐，這才擦了擦手出來見衙役。

王家有四個孩子，飯不夠吃，現在正在你搶我奪，王家媳婦送走衙役，回頭看著幾個爭飯吵成一團的孩子，眼神一定，轉身去收拾東西準備明日上堂。

第二日早上，南城縣縣衙，沉歡以及王家媳婦雙雙到場。

宋衍高坐堂上，烏紗帽襯得他俊眉修目，面如冠玉，那王家媳婦沒想到新赴任的知縣大人竟然如此年輕俊美，當場愣了一下。

原告、被告均已到場。

沉歡都做好廝殺的準備了，宋衍清洌的聲音卻不緊不慢蹦出幾個問題，先問沉歡。

姓名、年齡、籍貫。

看來還要走升堂的流程，沉歡琢磨了一下謹慎回答。「民女顧沉歡，年十七，京城同州人士。」

接著又問，婚配、家裡有何人、何故來此。

沉歡咬牙，在這大堂之上，如若隱瞞一旦發現，就是把柄。可是婚配、家人乃至孩子情況，都不是她想讓宋衍知道的。如今宋衍如此正式問出來，她答還是不答？

她一時有點幽怨，忍不住瞪了宋衍一眼。

宋衍高坐堂上，裝作什麼也沒看見。

沉歡猶猶豫豫，宋衍也不催促，只是靜靜地看著她。大堂上至少有片刻的沈默。倒是周圍人看她不答，竊竊私語起來。

沉歡恐影響審案，只得據實回答。「尚未……婚配，家有一義妹、一小廝和一嬰孩，乃弟……弟之女，來南城縣投奔親戚。」

沉歡答得磨磨蹭蹭，有種被宋衍一層一層剝洋蔥的感覺，隨後她安慰自己，一定是想多了。

只是被宋衍那動人心魄的眼睛盯著，她就有點心虛，生怕宋衍在孩子問題上再做過多追問，萬一露餡了……

年十七又尚未婚配，果然引得更多竊竊私語之聲，事實上再翻年她就十八了，不折不扣大齡待嫁。

本朝律令，女子十五及笄，十七未嫁者須給政府繳納罰款。

「何故尚未婚配？」宋衍繼續問話。

沉歡懷疑他是不是故意的？

但是宋衍此刻正襟危坐，官威浩蕩，而且他問這樣的問題也合情合理，符合審案基本信息彙報流程，再加上場景、時間、語氣、神態無一不是無懈可擊，沉歡真是不答也惱火，答也惱火，生生逼得自己快要內傷。

這不回答就是蓄意隱瞞官老爺審案，何況這狀紙可是她親自遞上去的。
咬著牙，沉歡心一橫，裝作臉色泛紅羞澀狀，其實是不情不願憋的，硬生生擠出一句話。「民、民女有隱疾，恐無法孕育子嗣。」

不孕不育嘛，群眾懂了。看來以後說媳婦不能選這丫頭了。

沉歡哀怨死了，她開那張癸水有問題的證明，原本是打算遇見不中意的說親或者騷擾的時候再拿出來用，現在好了，全縣都知道了，正常人家也不會找她了。

她還曾經想過等一切安定妥當之後，孩子也長大點了，再相個老實人家來入贅。

宋衍眉頭動了動，用手指輕輕叩一下桌子，似笑非笑地看著底下跪著的人。

這笑頗含深意，沉歡心虛，略尷尬，被這笑一刺激，只得一邊自己吐血，一邊感嘆人生艱難，出門真的要看黃曆。

本來她是來告狀的人，結果這正兒八經的案子沒審，對方倒是三言兩語就把她扒了個乾淨。

沉歡心中無數怨念奔騰，只得心不甘、情不願地悲痛補充道：「民女隨後自會向官府繳納未嫁稅款，還請知縣大人勿要怪罪。」

「如此甚好。」宋衍滿意地點了點頭。

還要罰款！

沉歡艱難地繃住臉，表情很豐富。

宋衍淡笑不語，象徵性地問了幾句狀詞內容，放過沉歡，將炮火對準了王家媳婦，完成接下來的審問。

顧沉歡，年十七，初到南城一個月，遇知縣宋衍。

二百多兩銀子還沒追回，現在又損失了一筆政府罰款。

真是人生就像一張茶几，上面擺滿了杯具。

基本信息宋衍都已審完，他並未多問，只在王家媳婦報出家庭人口數時停留了一下，多問了一句具體是幾個孩子。

流程走完，現在輪到原告顧沉歡慷慨陳詞了。

事關自我利益損失，沉歡將她如何遇見楊大，楊大如何介紹王家家主，雙方又是如何商議，又如何去官府核對魚鱗冊上的田地編號，最後簽約成交等事宜一氣呵成，條理清晰地講述一遍。

最後，沉歡做出總結陳詞。「此事，民女銀票已付，王家家主也收了，交易成立，白紙黑字，簽字畫押手續俱全，只缺官府紅印這一環，適逢王家家主病亡，民女以為，王家媳婦理應代替夫君處理餘下事宜。」

這時候的沉歡主要還是想找當事人蓋了紅印，畢竟她買田的目的是入戶，不是馬上就要種地。

但是，王家媳婦接下來的表現顛覆沉歡的想像，戲多得令人瞠目結舌。

這寡婦一改前幾日沉歡看到的農家婦女撒潑打滾、蠻不講理的形象，反而口齒伶俐、聲情並茂，先是暗示周圍村民，沉歡威逼於她，後又強調田地對於自家重要性，最後更是悲戚地表示從未自家主口中知悉此事，定是沉歡胡謅欺負孤兒寡母。

周圍聽堂之人，均被這媳婦說動，此刻紛紛露出懷疑的神色。確實見她神色憔悴，面露操勞，一身棉布夾襖，褲腳帶泥，顯是勞作婦人。

又看沉歡，雖不是穿金戴銀，倒也收拾齊整，更兼年輕貌美，皮膚雪白，實是個少見的嬌滴滴年輕美人兒，在這縣裡，怕也找不出第二個，為何要獨自遷居南城？

沉歡忍不住強調。「妳夫君確實收了我銀票，我為入戶而購田，當時時間雖然緊急，然這銀錢交割卻是千真萬確之事，不然這指印何來？莫不是妳家家主收了我銀錢，獨自藏匿了？」

宋衍若有所思，看了看呈上來的簽約地契，遂宣了王家左鄰右舍進來問話，都言王家家主病勢漸沈，已經好一些日子沒有出過門，後來就見掛白幡，辦喪事了。

此刻縣丞、主簿都皺著眉頭，這事件發生至此，肯定有一人說謊。只是不知是哪方，動機如何。

沉歡真要氣炸了。

這女人竟然如此能狡辯，污了她的銀子不說，還明裡暗裡暗示她欺負孤兒寡母！

沉歡不想無謂糾纏，稟明訴求，拿出雙方簽約的地契交給旁邊的衙役，上呈到宋衍的桌子供其查驗。

不經意間沉歡看了宋衍一眼，只見宋衍也在看她，兩人對視一瞬間，沉歡莫名定下心，隨即趕緊低下頭接著補充。

「民女與王家家主交易地點是在本縣鬧市的『鴻運酒樓』，現場由那楊姓老農以及我義妹如心在場做見證。知縣大人可以傳喚證人，一問便知。」

她今日升堂，截止昨天晚上，喜柱兒都還在四處搜索那楊姓老農，也不知道找到人沒有？若是找到了那肯定最好，若是沒找到……沉歡心中隱隱有不好的預感，漸漸開始緊張。

宋衍亦是若有所思，先傳證人楊姓老農。那王家媳婦面不改色，很是安定，沉歡暗暗瞧著，心慢慢沈下去。

莫非這王家媳婦一早就知道楊姓老農找不到？不然為何如此鎮定？

果然片刻之後，衙役來報，那楊姓老農，村裡喚之楊大，成日遊手好閒，嗜賭成性，年紀一把仍未成親，並無子女，父母俱亡，兄弟姊妹都不願搭理他，衙役尋了一圈，都曰已經好些日子沒有見到這楊大了。

沉歡的心沈到水裡，涼透了，楊大果然不是個好人，這分明就是誘她上鈎。

這第一證人現在失蹤，唯一的證人就是如心。但是如心和她關係擺在那裡，作證實在可信度太低。

王家媳婦立刻高聲提示。「知縣大人，這如心既是沉歡姑娘的義妹，自然是幫親不幫理，她的話作不得數！」

「公堂之上，本官自有定奪。傳證人如心。」宋衍眼含警告地瞥了王家媳婦一眼。

王家媳婦情不自禁地就噤口了，心裡暗忖：這新來的縣太爺年紀輕輕卻好生可怕。

要說王家媳婦口條為何這麼順？這還得感謝她男人王家家主，這死鬼男人考了個秀才之後日益膨脹，成日挑三揀四，大事沒有，小事賊多。王家媳婦日日和他打嘴炮，越戰越勇，雖然大字不識，但是說話能力卻突飛猛進。

一說傳證人如心，沉歡心裡就想：壞了。

為啥壞了？如心一見世子那還不嚇得跪了？

果不其然，如心原本一臉鎮定地走進來，抬頭一看知縣大人的臉，瞬間就露出見鬼的表情。她和沉歡當初的反應一樣，先是懷疑自己看錯了，於是揉了一下眼睛，又看了一眼知縣大人。

沒錯，那張臉，世子的臉。

昌海侯府世子的臉。

還沒走到指定位置，如心當場嚇得跪了。

拐賣侯府孩子出府、掠賣人口等各種罪名，在如心腦海裡飛速閃過，最後停留在侯夫人冰寒的臉上。當初杖刑時血肉橫飛的記憶忽然復甦，如心臉如白紙，幾步路已是走得搖搖欲墜。

沉歡痛心疾首，暗罵如心不爭氣，在這種需要沈著、鎮定的時候，怎麼可以隨隨便便就心生膽怯？可是偷抱孩子出府不是小事，她又可憐如心當初被自己連累，說到底還是自己的錯。

面對此種情況，如心反射性就要去看沉歡，此時眾目睽睽，任何遞眼色的動作都有可能被誤讀，沉歡只好四十五度仰望天空，假裝什麼都沒看見。

可是如心這反應明顯讓其他人生疑。

何故如此懼怕？何故臉色蒼白？莫非是中間有什麼內情？各種問號盤旋四起。

宋衍並未被四周竊竊私語的人聲影響，只是重點問了那日在酒樓交易的一些情形，包括何人在場、幾樓、位置等等。

如心忍著內心的恐懼，艱難作答，在宋衍打量的目光下，冷汗幾乎打濕了裡面的小衣。好在宋衍並未繼續再問其他，瞭解相關消息後，就讓如心退下去。

縣丞一看這情況，也覺得不對，在宋衍旁邊悄聲說道：「這如心神色有異，只怕其中有詐。」

宋衍淡淡點頭，並未作答，只是問沉歡。「此乃妳義妹？」

沉歡只得點頭。

「哪裡人士，何處相認？」

沉歡臉色不太好，有種宋衍又要剝洋蔥的感覺，遂含含糊糊，儘量簡潔地回答。「京城人士，京城相認。」

這回覆，答了等於沒答。

宋衍看著沉歡，沉歡一副英勇就義的表情看著地面。

一絲狡黠的笑意浮現在宋衍眼睛裡，他決定先暫時放過這隻小鵪鶉，接著審案。

「既有簽字畫押，比對即可，雖人死亦作數，傳仵作，開棺驗屍，取指印。」

王家媳婦百般反對，沉歡緊咬不放，既然宋衍都發話了，這開棺便免不了。

大律載有專門的「箕斗冊」以紀錄統計各縣鄉以及村民的指印、手印，用以徵兵、納稅、緝拿逃犯所用。若能取得手印或者指印，在紙張按下，由衙門負責辦案的專業人員互相比對查驗即可。

王家媳婦臉色有點難看，等待過程中坐立難安，雙手絞得死緊。

沉歡此時倒是鎮定下來。任王家媳婦再巧舌如簧，指印卻騙不了人，當日王家家主在她眼下親自按了指印，這不能作假。

時間一分一秒過去了，原本以為開棺驗取指印此事就能了結，誰知好不容易等到仵作、衙役回來，卻給沉歡帶來一個晴天霹靂的消息。

「卑職奉命查驗屍體，然屍體有被水浸泡過的痕跡，疑是溺水而亡。屍體先經水泡脹，而後停放入棺，如今屍體指肚乾癟，指面盡是皺皮，已無法按捺指印。」

王家媳婦悄悄地吐了一口氣。

沉歡倏地一下站起來。

為何會這樣？溺水而亡？

她一直以為是病死的。難道王家媳婦謀害親夫？害怕洩漏所以一直不配合？

這樣說來，那就是取不了指印，取不了指印如何比對？不能比對那地契怎麼證明是王家家主所簽訂？

驚堂木一聲脆響。

「大膽民婦——妳夫君為何死去？」宋衍冷冷喝問。

那媳婦被這脆響驚了一大跳，心跳陡然加速，跪著哭道：「我夫君是自己跳水而死的啊！還是隔壁村的丁大和陳大，幫我把屍體給抬回來的。」

自殺的？

沉歡不敢相信，何故自殺？這沒道理啊！

王家媳婦抹著眼淚。「夫君久病纏身遂起輕生之念，奴家也時常規勸，那日他想不開就跳河了，跳河之時多人在岸上皆可作證。」

宋衍細細地觀察著王家媳婦的言行，緩緩問道：「有哪些證人？」

那媳婦報了幾個人，宋衍淡聲吩咐。「傳證人！」

須臾證人都到了，均說看見王家家主顯是哭了一陣子，隨後就自己跳水了。

仵作被宋衍傳上堂，提供自己的意見，那跳水位置水流湍急，是個漩渦眼，平常施救難度很大，一沖就順河走，是故打撈起來的時候都是第二天夜裡了。

抬回王家又逢暴雨，下葬路上再度淋濕也有可能。

下葬路上為何淋濕？可若是謀殺，一時間要不同村子的這麼多人做假證，這也不是隨隨便便可以辦到的。

沉歡還要開口爭辯詢問，卻見宋衍將目光朝她射來，那黑白分明的眼珠透露出來的消息很明顯，讓她不要多話。

沉歡心裡著急，真是心急火燎，截止目前，一切都對她不利，王家家主的死因對她而言，不是要弄明白的首要任務，現在物證失效，人證一個死亡、一個失蹤，餘下個如心有等於無，誰來證明她這場交易？

或許衙門隔幾個月可以把那騙子楊大給抓回來，可是她怎麼辦？她入戶的時間迫在眉睫，只有八天時間，這買田成了失效的交易，而她的銀子目前還不知所蹤。

真是賠了夫人又折兵！

主簿和縣丞今日一直旁聽這破案子，聽來聽去，反而覺得這開始告人的顧沉歡最為可疑。那王家媳婦孤兒寡母，謀害丈夫的動機在哪兒？倒是這顧沉歡是不是買田不成，蓄意陷害？

縣丞正待開口義正詞嚴地說兩句，知縣大人此時卻先開口了。「顧沉歡，妳買田之資所付為何？現銀還是銀票？」

沉歡愣了一下，不知為何提到這個，老實回道：「是飛旗錢莊的銀票。」

飛旗錢莊是大律目前最大的錢莊，在各大府州均有分號，且兌換速度快，深受大律商賈喜愛。

宋衍垂眼短暫沈思後，將目光放到王家媳婦身上，那王家媳婦也不看宋衍，低著頭老老實實地跪著。

宋衍凝視片刻，又把目光轉到沉歡頭上。

「顧沉歡，妳何故買田？又何故找上王家家主？」

沉歡不明所以，這時候不是該繼續審王家媳婦嗎？嫌疑那麼大，為何又針對她了？不禁有點委屈。

「民女想買田落戶，官府政策已到尾聲，時間緊迫，那楊大就介紹王家家主，民女亦有去核實田地情況，這才與他簽訂契約。」

宋衍神色沈靜。

「如今妳所謂的契約無法核實真假，乃你們私下簽訂。妳所謂的證人楊大又不在縣城，不管楊大因何不在，目前均無法證明妳口中所謂的交易。本官將發出對楊大的搜捕令，明日張貼於各大要關口。

「至於妳以探親之由來到南城，如今路引也即將到期，本官將著人給妳開具新的路引，這兩日遣返回原籍。」

什麼！這兩日就遣返？沉歡驚呆了。

公堂之上不容她撒潑，可是宋衍又要把她遣返。

「大人……」沉歡哭喪著臉，聲音小了下去，心裡沈甸甸的，委屈得要死，該怎麼辦才好？

主簿見她毫無悔意，不禁動怒。「顧沉歡，妳狀告王家媳婦又無切實證據，無故喧譁牽扯一眾事宜，知縣大人沒治妳欺詐侮辱之罪已是法外開恩！還不速速謝恩退下！」

沉歡苦著臉，她當然知道現在的情況就等於她才是騙子，她拿著一張不知真假的契約，哄著王家孀居寡婦拿田出來，還鬧到官府來了。

真是啞巴吃黃連，有苦說不出，沉歡委屈到不行。但是她怎麼想都不明白，王家家主為何會自殺？他不死，怎麼會牽扯出這一堆事情來？

宋衍審完沉歡，又轉向王家媳婦，他臉上難辨喜怒，繼續發問道：「妳夫君所患何病？時間如何？」

那王家媳婦心裡正在暗暗得意，冷不丁知縣大人忽然又開始問她。

「夫君兩年前染了風寒，咳嗽久治不癒。」

「由何人診治？」

王家媳婦不明所以，報了醫館名字。

宋衍點點頭，沒有再繼續追問兩人。王家媳婦暗暗鬆了口氣，悄悄瞄了沉歡一眼，見她臉色蒼白黯淡，與來時截然不同，顯然是垂頭喪氣到極致。

截止現在，可以暫時結案了，從證據指向來看，沉歡大敗，王家媳婦大獲全勝。

宋衍驚堂木一拍，說了一些隨時傳喚的話，兩人都先放回去，退了堂。

回家的路上，沉歡猶如霜打了的茄子，心中異常難受。

田地沒了，入戶吹了，銀子被坑了。

有比她更慘的嗎？那不是筆小數目啊！

她千辛萬苦抱著幼小的孩子來到南城縣，期望著開始新生活，卻首次被騙了。

從證人言詞來看王家家主確實是自殺，他好端端的為何自殺？楊大肯定是從中得利之後跑去避風頭。

這分明就是聯合起來坑她一個外地弱女子。

還有那該死的宋衍，三言兩語就封了她繼續說的話，一句遣返就直接把她打包回原籍。

沉歡一路上都沒有說話，她的心情盪到谷底，已經好久沒有這麼鬱卒過了。從出府以後大多數日子都是開開心心的，她也漸漸遺忘以前在高門當差時的處處小心謹慎。

所以這是懲罰嗎？獨自在外，卻又粗心大意，輕信他人？損失大筆銀錢不說，買田入戶的事情也要泡湯。

沉歡眼睛澀澀的，心裡難受，堵得慌，今日升堂，她滴水未喝，現在才覺得嘴唇都乾裂了。她覺得好不甘心。

關鍵證人是楊大，必須要找到他。可南城縣是個大縣，他會跑到哪裡？他出不了城，可能還躲在城裡。

只有幾天時間了，該怎麼樣才能找到他？能在入戶截止前找到他嗎？

沉歡回家獨自上樓，坐在房間裡，小姊兒雖然年幼也敏感地發現母親精神低落，她乖乖地窩在母親懷裡輕輕地蹭，沉歡心裡越發難受，眼淚就「啪嗒啪嗒」地滴下來。

現實是——現在等不到抓楊大，她就要被遣返了。

這一夜，沉歡抱著小姊兒哭了一陣子，又告訴自己要堅強，這只是一次普通的困難，以後還不知道會遇見多少，不為自己，就算為了孩子，也要挺過來。

大不了吃一塹、長一智，她花錢買了教訓。

只是這筆錢數額大了點，讓她心痛了點。

擦乾眼淚，沉歡強迫自己笑了一笑，親了親小姊兒的額頭，脫了衣裳，抱著一起睡了。

又想起宋衍不記得她了，公正斷案而已，自己和他種種糾葛，真是一言難盡。她又忍不住爬起來生悶氣，就算她無證鬧事，也不要這麼快遣返她啊！

宋衍怎麼這麼壞！唉……怎麼辦？

就這麼反反覆覆，懷著心事，沉歡一邊罵自己、一邊罵宋衍，折騰了大半夜才睡著。

今日半夜，喜柱兒看這情況，琢磨了一下覺得自己可能需要主動去彙報一下情況。待摸進縣衙後院，果然見宋衍已經清退所有人，在屋裡獨自做著紙鳶，這架勢分明就是等他。

那紙鳶顯是給小孩子玩耍的，骨架小巧，還設計了翅膀，桌上鋪著紙張，旁邊放著筆和墨。

「說吧，今日如何了？」

喜柱兒據實以報。「姑娘回去就抱著姊兒哭了一場，邊哭邊給自己打氣，自言自語說了很多話，最後才睡了。」

「罵我了嗎？」

這……喜柱兒默默地閉嘴，假裝沒聽到主子問什麼。

宋衍將小紙鳶放在桌上，輕輕笑出了聲。「那肯定是罵了，她現在是良民又不在侯府，膽子肯定大。」

喜柱兒堆笑。「沉歡姑娘損失那麼大一筆銀子還是被騙的，心裡難受，亦是人之常情。」

「我要你查的事呢？」

喜柱兒開始噼哩啪啦稟告一番。

宋衍點點頭。「繼續做。」

「爺，小的不明白，難道您真要遣返沉歡姑娘不成？姑娘為了來南城，一路顛簸，吃了不少苦頭。而且爺，難道您真的不和沉歡姑娘相認嗎？姑娘若無爺一路護著，只怕難以到達南城。姑娘什麼都不知道，小的替爺委屈。」

宋衍幽邃的眼神在紙鳶上盤旋，修長的手指慢條斯理地將引線穿進去，然後不急不慢地紮好，並未回答他。

喜柱兒深悔自己僭越多舌，又見這小紙鳶精巧可愛，想著是不是給小姊兒的，但是宋衍沒開口，他也不敢多問，賠笑道：「爺這紙鳶忒是漂亮，這線也紮得扎實，定能飛得很高很遠。」

飛得很高很遠？

宋衍捏著薄如蟬翼的翅膀，淡淡一笑。「這紙鳶只有在天上飛，才知道順風時的扶搖而上，逆風時的艱難阻擋。鳶在空中，線在手中。只有飛得越高，方知跌得越疼。」

她跌疼了，自然明白製作人的懷裡，才是她最好的歸宿。

宅門即是圍城？宋衍不置可否。

待做好薄如蟬翼的翅膀後，宋衍又提筆勾勒線條，最後收筆。「尋個合適的機會給小姊兒，你知道該怎麼做。」

喜柱兒小心翼翼地接了那紙鳶，悄悄退下，心道：主子看來很重視當年這通房生的一子一女，哥兒在京城夫人院中，姊兒的玩具都是主子親手製作的。也不知以後主母來了，這兩庶子庶女是否還受寵愛？

沉歡在夢裡把宋衍罵了一大圈，這人太壞了，要把她遣返！她好歹以前照顧他那麼久，捏腿、淨手、點定魂香，餵水，還有那該死的朱斛粥，都是她去餵的！冒著生命危險去餵的！這苦差事，當年在世子院試問誰敢做？

沉歡越想越義憤填膺，深深覺得人的良心和外貌真的不成正比。

隔日早上，如心、沉歡和喜柱兒加上一歲左右的小姊兒，四人圍坐一團召開第一次家庭會議。

「如今看來，也只有遣返了。」沉歡唉聲嘆氣。

「可是不遣返，現在看著世……宋知縣也很可怖啊。」如心覺得南城也沒法待了。

「咱回京城也沒什麼不好啊！」喜柱兒說的是肺腑之言，他真的不明白沉歡放著好好的富貴日子不過，為什麼非要來吃苦。

她根本就沒意識到，如果沒有世子的暗中庇護，她一個美貌的年輕女子會惹來多少覬覦。可他猜不透世子的心思，沉歡姑娘出府的這一年，世子不急不緩地派人守著，不急於相認，也不刻意出現在姑娘面前。

「啊啊、呀呀呀、嘿！」小姊兒也發表了意見。

沉歡正要開口，卻見喜柱兒眼睛忽然瞪大，接著見了鬼一樣的倏地站起來，直直地盯著外面，她不禁好奇地轉頭，跟著喜柱兒往外看。

一輛馬車徐徐停在她家院門口，馬車上先下來一位清瘦的老者，一身布衣卻看上去神采奕奕，顯然身子骨兒硬朗，接著掀簾下來的是一個她非常熟悉的人。

長眉入鬢，黑眸深邃，他步履從容，皎若玉樹臨風前，一頭黑髮照例束得一絲不亂，這不是那殺千刀的宋衍嗎？

沉歡立刻渾身帶刺，衝出去倚門化身潑婦，陰陽怪氣。「敢問知縣大人有何貴幹？」

我們真不熟！不熟！

宋衍似新奇她的反應，眼角頓時含著薄薄的笑意，一時間風流倜儻，沉歡看得有瞬間的失神。

醒醒，他要遣返妳！沉歡強迫自己醒過來。

然而宋衍已經優雅而神速地拿出一張薄紙，輕輕地攤到沉歡眼前，眉毛一揚，語氣有著一方父母官為民著想的大義凜然。「本官自然是來給姑娘送遣返路引的。」

真是怕什麼來什麼！

沉歡氣炸了！

第二十三章　連環計

這兩天，縣裡都在議論紛紛，說飛旗錢莊近來銀票兌換銀子總有那麼幾次不及時，據說是配置額度問題。

「你們怎麼可以這樣！如果兌換不了現銀，我這回家路上盤纏都不夠！」沉歡站在錢莊門口，顯是憤怒至極，她聲線嬌滴滴，此時高聲大鬧，聽著頗有特色，是故路上有不少行人都在圍觀。

那掌櫃作揖也是不好意思。「姑娘，實是妳來的時候不巧，近來京城為了給太后祝壽，加緊在修福壽宮，各路商賈聞風而動，現銀都調動去了那頭，咱南城遠了一點，是故這現銀配額……」

沉歡氣得夠嗆，言下之意就是這邊遠了點，額度不夠，提不了現銀，要等幾天。

「掌櫃，你能不能私下調動一下，我這實在是有特殊情況。我過來探親，如今時間已到，官府明令遣返，我需要盤纏回原籍啊！」

沉歡聲音大，掌櫃想了一下，瞅著周邊的人圍觀得多，乾脆就把政策一次性說清楚，免得人人都來問一次，三天兩頭找麻煩。

「不瞞各位，在南城兌現銀也就這兩天時間，時間一過，最近幾個月可能都需要再等等，至於時間安排得等咱飛旗總行來定。」

有人奇道：「那還得無限期等下去不成？」

這錢莊莫不是出了什麼問題吧？

那掌櫃怒目相視。「這位小爺，飛旗乃大律首屈一指的錢莊，不過因為配額問題，導致現銀都流去京城，要兌銀子出來就今、明兩天。過了時候，也可以去當口縣或者其他縣兌換。」

當口縣與南城距離很遠，極是不便，路上山匪出沒，是官府掛了名的凶險惡道，而且萬一當口縣也說配額緊張怎麼辦？

大家覺得分明就是藉口，一時間議論的人更多，竟是把沉歡包圍住了。

人群背後的巷子裡，有一用大披風裹著頭的女人，悄悄退了出去，徑直回自己所在的院子。她當初怕縣衙來搜宅子，把這東西藏在自家後院的榆樹底下，如今刨開泥土，把油紙包裹的小袋子挖出來，裡面赫然就是兩張飛旗錢莊的銀票。

這女人就是王家媳婦，沉歡的二百多兩銀子，楊大分走一百兩，她手裡有一百多兩。

錢莊最近額度吃緊的消息已經傳了好幾天了，她實在擔心這銀票兌不了銀子，一直悄悄在銀莊附近打探。可她又不敢直接去問，怕被人看見，是故每次前去都是躲躲藏藏。

好在那顧沉歡已經要被遣返了，她聽聞對方把新買的宅子都掛出來賣了，想必就是因為錢莊最近配額緊張，兌不了現銀，所以她缺盤纏想換點現銀走。

家裡已經快開不了鍋，下葬了男人之後，手裡的錢就空了，四個孩子最近水飯都沒得吃，更別說能繼續唸書。

她想把錢兌出來，但是又很猶豫。

她已經觀察很久，等顧沉歡一走，事情就塵埃落定。那顧沉歡遣返之路遙遠，如今又沒有證據，加上她男人又死了，只要她咬死不承認，官府都拿她沒辦法。

顧沉歡一個外地人，無親無故，一旦遣返，誰還千里迢迢回來？只有吃了這啞巴虧。

當初她男人和楊大合計了好久，楊大更是觀察十來天，最終才引得她上鈎。

萬一錢莊出事，這銀票不就成一張廢紙？她男人更是白死了。

王家媳婦緊緊捏著那銀票，心裡天人交戰，兌還是不兌？

縣衙已在本縣各大重要出入口張貼楊大的緝拿通告，罪名是詐騙大額錢財攜逃。特別是楊大以前慣常出入的幾個賭錢的地方，更是面面俱到，不僅貼了通告，還和各大賭場老闆叮囑了幾句。

「這楊大捲了大筆銀子跑了，如有見者，立即報與官府。」

各賭場老闆當然連連稱是，待衙役一走，個個安排人出去通知消息。

「你說什麼！楊大跑了，還帶走了大筆銀子？」楊大素日的債主們個個拍著桌子確認。

傳話的小廝立即回道：「錯不了，都傳得沸沸揚揚了，那些素日放高利的賭場老闆們聞風而動，都在找他。」

拍桌子的人站起來，目露凶光。「還杵著幹什麼？派出所有人手給爺爺搜！他還能逃出爺爺我的手掌心不成？弄晚了，那銀子可就被其他債主給截了！」

那邊有人瘋狂找楊大，這邊沉歡也悲切地準備要走了。

「姊姊，我們這就走了嗎？」如心抱著小姊兒依依不捨地回望，小姊兒手裡拿著小紙鳶，正在舞動那蝴蝶翅膀。

沉歡唉聲嘆氣。「不走我們還能怎樣？難道真要這官府，以官家名義把我們遣返回京城？只怕到時候惹出的事情更多。」

喜柱兒將行李挨個兒抬上馬車，擦了擦額頭上的汗，對沉歡二人道：「姑娘，行李都搬上去了，妳看咱們什麼時候啟程？」

沉歡心裡捨不得，又轉身看了看宅子，抬高音量。「走吧、走吧！莫要看了，宅子都賣了，錢莊又說必須今日去兌，趕緊走吧，別耽擱了。」

三人都上了馬車，向飛旗錢莊奔去。一會兒工夫，就見沉歡從錢莊裡面出來，顯是已經兌換銀兩，一切妥當。

「走了吧！」沉歡最後戀戀不捨地在南城縣看了看，嘆口氣，讓喜柱兒駕著馬車，往出城的方向徐徐前進。

王家媳婦一直在錢莊門口偷窺沉歡的馬車，直到消失不見，才小心翼翼地回了家。這一路上她舉棋不定，捏著那銀票手心汗津津，心中始終猶豫萬分。既想要把錢馬上兌換出來，又怕被發現前功盡棄。

這兩日她細心觀察，兌銀的人很多，她真怕自己去晚了，這兌銀的額度一緊張，銀票就兌不出來了。銀子這東西，還是變成現銀才穩當。
心事重重往回走，哪知還未進門就看見鄰居羅大嫂子提了一籃子蒸饃饃正在門口等她。王家媳婦嚇得連忙把銀票藏在衣服裡，才假裝無事地把羅大嫂子迎進去。
這羅大嫂子是個商人婦，男人長年在外面做生意，走南闖北，兩家因為挨得近，時常串門子。這兩日王家家裡沒吃的，羅大嫂子便時常來接濟。
「謝謝大嫂子了。」王家媳婦感激地接過那熱騰騰的饃饃，趕緊分給幾個孩子吃。
哪知今日羅大嫂子卻唉聲嘆氣，一問竟然也是擔心錢莊的錢兌換不出來，還說街坊都在傳錢莊要垮了。總之，怎麼送走羅大嫂子的王家媳婦已經記不得了，她渾渾噩噩地回來，把那銀票緊緊捏在懷裡。
沉歡的馬車沿著出城方向走，待走了一段路之後，又悄悄地變換路線，那馬車又繼續走，最後停在一座兩進兩出的宅子門口。那宅子門前種著一棵大梧桐，枝葉繁茂，位置又在鬧區之後，很是隱蔽。
如心幫著沉歡收拾妥當，看她這身男裝勉強能看，這才點點頭。
沉歡下了馬車，待如心看她進去，這才招呼喜柱兒拐道先回客棧。
「大人，這樣真的行嗎？」沉歡進門就問，顯然已經迫不及待。
屋裡坐著兩個人，老頭陶導一見她就點了下頭。「姑娘今日男裝而來，甚是謹慎。」
宋衍並未看她，獨自盤腿坐於榻上，那小炕几上面擺著一盞茶和一張棋盤，那棋子如玉，晶瑩潤澤，他一個人一會兒執白子，一會兒執黑子，偶有沈思停頓，似乎甚是得趣。

沉歡覺得，左右互搏這事真是詭異的愛好，真的不會精神分裂嗎？

「大人？大人？」沉歡提醒他還沒回答自己的問題。

陶導見狀，撫鬚而笑。「姑娘甚是心急，不可不可。」

宋衍卻是慢條斯理，眼神沈靜，嗓音如往常一樣清冽。「人只要有慾望，就可以擊潰。要擊潰就得一步一步破解她的心理防線，姑娘耐心等待。」

宋衍執棋的手在陽光下泛著白瓷一般的光芒，修長的手指輕輕敲打著棋盤。那手指如此修長優雅，但是作為曾經服侍過世子的大丫鬟之一，沉歡卻知道，手指上面有薄薄的繭子，是長年累月持劍積累下來的。

「可是她還沒出來。」沉歡已經按宋衍的方法蹲了好幾天，那王家媳婦很是沈得住氣，就是沒有去兌換。

宋衍落下一粒黑子，唇角掠過一絲笑意。「本官乃南城父母官，這王家媳婦若是真的欺瞞姑娘訛了妳的銀子，必會落入網中，姑娘何故如此心急，莫非姑娘有隱情未向本官稟明？」

沉歡。「……」

一切還要從那日宋衍送路引說起。

那日，沉歡氣得不行，什麼男女授受不親通通忘到九霄雲外，擋在門口橫豎不讓人進門。

還是如心反應快，先是藏了孩子，後又由喜柱兒出面。「給知縣大人行禮，請知縣大人上座。」

在沉歡不情不願的目光中，迎了宋衍進正廳。

宋衍卻帶來新的想法，沉歡那張垮著的臉才重新煥發光彩。

「民女愚鈍，還請知縣大人不要怪罪！如心，趕緊給知縣大人上碗好茶。」沉歡笑意盈盈完全換了一張臉。

須臾片刻，如心端上一杯茶，雖茶湯清亮，卻也只能算普通，離好茶還有點距離。

宋衍掀開眼簾淡淡瞥了她一眼，似笑非笑。

「窮鄉僻壤，大人勿要嫌棄。」沉歡被這一瞥，心裡莫名惴惴不安。

現在生活水準就這樣，世子莫不是嫌棄了？可是她平時喝著覺得還行啊。

擔心宋衍不喝，沉歡接過普通白瓷小茶盅，帶著討好的笑意，親自遞給他。

宋衍這才伸手接過，姿態優雅地喝了。

小廟容不了大神，沉歡這才鬆了一口氣。

宋衍仔細詢問沉歡支付銀票的面額後，推論出兩方的分贓形式。

「這兩方分了銀子，就各自善後。楊大本來就是四處遊蕩之人，是故他不在村子裡，大家也不會覺得奇怪。」宋衍徐徐推論。「妳那日在酒樓支付，可曾記得酒樓是否還有人可為妳作證？」

沉歡想了一下，那日酒樓人不算少，只是客來客往也不甚在意。

隨後沉歡的眼睛陡然亮起來。那日的確有個跑堂的來了她這桌兩次，就是不知還記得不記得。

「人為財死，鳥為食亡。若王家媳婦真的貪了妳的銀票，待妳遣返，她亦放下心來，勢必會尋求合適的機會兌換現銀，徹底洗脫嫌疑。按我說的去做吧。」宋衍將茶盅置於桌上，起身準備離開。

隨後沉歡按照宋衍的吩咐，有計劃、有針對、有遞進地引誘王家媳婦，目的是突破她的心理防線，層層施壓，讓她拿出銀票來兌換。

只要她肯出來換銀子，到時候人贓並獲，她無收入管道，何來大額銀票？

沉歡在宋衍的指導下，開始她的反詐騙之路。

第一步，宋衍要她找群人，環伺王家媳婦四周，假意討論錢莊兌銀政策，他們三三兩兩，時出時沒，真真假假，假假真真。那王家媳婦既持有銀票，在沉歡走之前肯定經常徘徊錢莊四周，打探消息，伺機兌銀。

第二步，宋衍要她與假扮的掌櫃在錢莊顯眼處高聲說話，暗示錢莊最近配額緊張，這兩日若不把銀兌出來，後續吃力。言詞間特別強調時限在今、明兩天。

第三步，宋衍要沉歡假裝已經被遣返，找人賣房子，向王家媳婦傳遞她一定會離開的虛假心理安全感。

第四步，宋衍要她今日封宅，假裝攜帶所有家眷離開南城，落實假象。

這些她都一一照做了，可那王家媳婦還沒出來。

「人之心，猶如崖下深淵，既是淵則有下落過程，缺一步不可，多一步亦不可，現在還須兩步，與妳無關，等待即可。」宋衍一句話又把沉歡給打發了。

沉歡其實很想現在就到錢莊附近去蹲守，又不好開口，最主要的是，關鍵證人楊大還沒找著。而最令沉歡著急的是，宋衍除了張貼告示，幾乎沒有調動任何縣衙兵力搜索。時間緊迫，自己到哪兒去找楊大？

「知縣大人，那逮捕令真的能引出楊大嗎？您能不能從衙門多調些人手去尋楊大？」沉歡手裡只有喜柱兒尋找實在太慢了，人多至少可以多搜些地方。那楊大沒有出城令，肯定還在城裡哪個地方窩著。

宋衍依然在棋盤上左右互搏，黑白子的廝殺讓他很是盡興，聞言他抬起眼皮望過來。

沉歡被他黑漆漆的眼珠盯著，彷彿要看穿她的靈魂，她只得笑一個化解氛圍。「我、我也知道衙門裡人手不夠，又各司其職……」

宋衍盯著她，頗覺有趣，嘴角緩緩勾起一絲弧度，帶上笑意。「誰說那逮捕令是為了引楊大？」

「啊？逮捕令不抓楊大要抓誰？」沉歡傻眼。

宋衍慢條斯理地將棋子裝回棋笥裡，一邊打量著沉歡，一邊清理著棋局。「衙門不是人手不夠嗎？」

「啊？」沉歡還是不懂。

陶導撫鬚而笑。「姑娘，逮捕令也就虛張聲勢，時間如此緊急，這引蛇出洞，引的可不是楊大，引的是楊大的債主。縣衙兵力有限，就算是搜到楊大，可能也過了姑娘入戶之日。」

陶導也是嘆氣，宋衍這新知縣一上任，果然沒個消停，衙役人數有限，又諸事繁忙，能抽時間料理此事，已是不易。

「楊大的債主可都是南城縣的地頭蛇。您想用債主的勢力幫您完成二次搜索？」沉歡越想越覺得這法子甚妙，衙門缺人，債主有人啊，這簡直就是無形中增加宋衍的兵力。

「衙門抓住楊大無用，須得他的債主抓住他才有用。」陶老摸著鬍子補充道。

沉歡思索了一下，說出自己的想法。「只有債主抓住他，楊大才會毫無顧忌地用銀票支付保命，衙門的人抓到，他死不認帳，若銀票始終搜不出又無物證，這案子在楊大這一環依然是無解。」

而且衙門去抓，反而打草驚蛇。只須守在後方，等楊大的債主將他搜出來，又逼他拿銀票保命之後，衙門的人再跳出來抓個人贓俱獲，楊大自然無話可說。

好一招螳螂捕蟬，黃雀在後！

「那債主也找不到他呢？」

宋衍一隻手托著頭，眸光閃動，微掠過一絲陰翳。「本官可沒指望債主把他找出來，圍剿得他東躲西藏、疲憊不堪就行了。他是人，會饑餓，會疲憊。」

亦會恐懼。恐懼會壓得賭徒放縱，賭上最後也最大的一把。

「衙門的人已被本官安排扮作販售湯餅吃食的小販，盤旋於楊大可能出沒的各個據點。」

「楊大餓得實在受不了，一定會賭一把出來找吃的，他不敢搶小販打草驚蛇，說不定會用那張小面額銀票支付，到時候依然可以人贓並獲。」沉歡順著這思路徐徐道。

她神色複雜地盯著宋衍，突然發現她曾經睡了一個多麼可怕的人。

這時，忽然有一小廝快步進來在門口稟告。「爺，那醫館大夫今日去王家診治，現在剛剛回來。」

宋衍將未收完的棋子放下，站起身來召喚另外一個小廝給他打理衣角，待整理好後對沉歡說：「走吧！」

幾個人來到飛旗錢莊附近，卻發現衙役早已埋伏妥當。沉歡正想說你怎麼知道王家媳婦現在會來，就見宋衍對她比了一個噤口的手勢，示意她看門邊。

果然見王家媳婦披著披風，匆匆而來，她臉色焦慮，腳步不停，待得靠近錢莊附近時謹慎地四處張望，又假裝成路人走動。來回好幾圈，確認安全了，這才進錢莊，拿出銀票。

宋衍撐著頭安靜地看著，隨後吩咐身邊跟著的衙役。「去吧。」

那人飛速領命而去。

「掌櫃，是不是只有今天能兌了？」王家媳婦拿出銀票焦慮地遞給那掌櫃。

掌櫃收過來一看，又確認一下數量，冷笑道：「大娘子怕是今天兌不了了。」

王家媳婦不解，以為是時間過了，正要開口詢問。只見兩個衙役忽然衝上來，一左一右將她制伏，接著見本縣縣令、一個老頭還有今天已經遣返離開的沉歡著男裝站到她的面前。

王家媳婦心中膽寒，一時間嚇得魂飛魄散，知道落入陷阱已經露出馬腳，卻還是昂起頭來，問道：「大人這是為何？敢問奴家所犯何罪？」

宋衍不緊不慢。「妳夫君考上秀才之後即患風寒，妳務農為生，一年收入不過二十兩銀子不到。這大額銀票，一百兩一張從何而來？」

那媳婦立刻狡辯。「大人怎能如此斷案，奴家親戚接濟難道不可？這銀票乃是遠方叔叔給奴家的。」

沉歡適時站出來，憋屈這麼久終於輪到她表演了。「敢問王家姊姊，妳這遠房叔叔所在何處，這銀票又出自何方錢莊？」

那王家媳婦咬牙強辯。「奴家叔叔乃蘇州人士，上個月看夫家病重，接濟奴家，這銀兩就是蘇州錢莊所出。」

他媽的，就等妳這句話了。

沉歡拍手。「眾目睽睽之下拿出我的銀票兌換銀子還敢狡辯，掌櫃的，還是請你來說明吧！」

此時，裡面走出來一位中年男子，原來之前的掌櫃是假扮的，那真正的掌櫃先出來向知縣大人行禮問好，這才朗聲說明。「飛旗錢莊和其他錢莊不一樣，只要京城總行出來的銀票俱是黃紙，這張銀票的黃紙乃桑樹皮特別染製而成，是京城飛旗總行兌出來的，怎麼可能是蘇州飛旗分行？」

王家媳婦腿一軟，直接跪在地上，聲音發顫，牙齒打架，還在垂死掙扎，囁囁嚅嚅。

「楊、楊大你們沒逮著，憑什麼說奴家……」

宋衍轉身不再看她，只是音色染上戾氣。「緝拿回府。」

衙役們哪敢耽擱，立刻上前綁了就走，王家媳婦此刻臉色灰敗，已是沒了之前的伶牙俐齒。

那麼此刻，楊大在幹麼呢？

楊大好餓，瘋狂的饑餓。胃部火燒火辣，前胸貼著後背，渾身的每個細胞都叫囂著餓。他已經三天三夜沒吃飯了，連口水都沒得喝。到處都是尋找他的人，連小憩一會兒都擔心債主忽然蹦到面前索命。

他一把年紀了，此刻眼冒綠光、老態畢現，猶如地溝裡的老鼠，生存在陰暗的角落。東躲西藏這麼久，就等著那外地的小娘子顧沉歡入不了戶被遣返回原籍，這樣他就可以明目張膽地吞下銀子。

哪知道這外地女子竟然鬧到衙門，惹出一大堆昔日債主圍捕他。他到處流竄，苦不堪言，這幾日都沒吃著一口熱飯，生生餓了好幾天。

好不容易捱到晚上，他餓得實在受不了，又見附近有流動小販販售吃食，把心一橫就想露面出去撈點吃的，哪知剛冒頭，就被姓雷的活閻王債主帶著人逮個正著。

雷閻王一陣獰笑。「老不死的東西，別人找不著你，我雷閻王卻知道哪裡可以逮著你。」說罷，帶著人就把楊大按在地上一頓狂揍，鮮血飛濺，片刻間已是打得楊大鼻青臉腫，求饒連天。

楊大一把老骨頭被打得捱不住，知道今天如不善了，只怕自己凶多吉少，立刻高喊。

「我有銀票！我能還錢！我能還錢！」

連連告饒稱自己有錢還債，這才保住性命。

「你個老東西，早點拿出來不就得了。」雷閻王也是本地一霸，扯了銀票就核對金額，邊看還不解氣地又踢了一腳。

這好會躲的老東西，虧他堵了好幾天才逮著，勾欄裡那小蘭哥兒的酒都少吃了幾盞。

衙役領了宋衍的令，埋伏四周，一直悄悄等著不敢擅動。

等銀票出現、楊大出來，好了，衙門的人鬆口氣，終於可以收網了。

「宵禁！何人在此？」捕頭帶人一吼，終於可以出場了。

這幾個折騰人的東西！

又是升堂，沉歡覺得自從來這南城縣，她就和衙門結下謎之緣分。

買地賣方死了，升堂縣令換了，如今還要聽這離奇的案情發展，看著王家媳婦哭得撕心裂肺，沉歡也是一臉無話可說。

「楊大見這外地女子四處尋找可賣田地，似乎焦急，又裝作與她攀談，得知她為入戶而來，遂找到家主遊說賣田之事。」

王家媳婦一頭亂髮，臉色灰敗，眼淚滾滾而下，一句一句招供。

「家主起初不願意，奈何他病勢沈重，家裡已到極限，又見這外地女子獨身一人且銀錢豐厚，終被楊大打動，設下圈套，誘這女子上鈎。但凡這女子過來瞭解情況，俱打發奴家及孩子避讓，為以後做準備。

「奴家……奴家實在是家貧如洗，四個孩子每日都吃不飽，為了吃食時常打鬧，那日家主與楊大分了銀子，那楊大提醒家主指印可比對確認。」

說到這裡，那王家媳婦臉色就變了，帶著追憶和悔意。

「家主以吃藥為名，找了仁妙醫館的郎中，問出指紋抹去之事，言只要人溺死或者死前手指僵硬彎曲，指紋亦不好取證。」王家媳婦帶著恨意的眼神掃到楊大身上。「也不知這惡毒的老東西給家主出了什麼主意，家主就……」說到這個，她伏地不起，嚎啕大哭。「家主第二日就跳水了，屍體抬回來之事，奴家已在那日公堂上就據實以報了，並未有任何隱瞞。」

楊大滿臉紫脹，顯是氣著了，指著這大哭不止的婆娘惡聲惡氣。「這怎可怪我？難道我還殺了妳男人不成？是妳男人想著自己反正也是要死的，乾脆先自殺死了，保妳銀子萬無一失。」

本來嚎啕大哭的媳婦，猛然抬起頭來，哭聲止住了，她的表情也變得恍惚。

時間靜止幾秒之後，她捶胸頓足，哭得驚天動地。「當家的！你糊塗啊！」

衙門外的人都議論紛紛，一時間竊竊私語聲四起，各種意見都有。

至此本案正式告結，二百二十五兩銀票，宋衍原封不動地還到沉歡手裡。

「妳那孩子還請郎中嗎？」沉歡問她。

審到後面的時候，沉歡才知道宋衍當初所謂還差兩步是什麼意思：這差的第一步，是鄰居羅大嫂子的消息，目的是勸王家媳婦回頭是岸，亦是步步施壓。最後一步，則是王家媳婦被傳染風寒的孩子，需要銀子治病。

一個母親，怎能眼睜睜看著孩子病死？最後一根稻草，一定會徹底擊潰母親的心理防線。為了骨肉，不管再大的風險，這王家媳婦都會出來拚命一搏。

王家媳婦哭得臉都花了，不知沉歡何意。

嘆口氣，沉歡又問她。「妳那田地還賣嗎？」

王家媳婦呆呆的，不知所以地看著她，伶俐的口條消失得無影無蹤，只留下新滾落下來的淚珠。

沉歡對著宋衍道：「王家家主已和民女簽訂契約，原本官府加蓋紅印備案登記，這田地一事便可了結，若是王家媳婦仍願意按她家主意願賣出田地，民女也願支付這二百多兩銀子。」

宋衍點了下頭，意思是妳高興就好。

沉歡再次轉頭詢問。「妳那田地還願意賣嗎？」

而今王家的勞動力不夠，無力耕種，更無銀錢可以雇傭佃農，這田地對王家媳婦而言，變現才是最好的途徑。賣了就有錢可以給孩子治病，可以解決燃眉之急，何況當初的簽約金額本就比一般的田地高一點。

那媳婦淚痕未乾，連忙點點頭，呆呆地看著沉歡。

兩人在官府的見證下，重新擬了地契簽字畫押，紅印當場就改了，沉歡接過地契，長長地舒了口氣，王家媳婦全程呆愣地緊緊捏著銀票。

終於趕在入戶的最後一天，拿到正式的地契，沉歡轉頭看著宋衍，向他行了個禮，眼中有感激。「知縣大人，明日民女可否來完成入戶事宜？」

宋衍一笑。「可，不過須攜帶所有家人。」

沉歡一踉蹌，差點滑倒，小姊兒也要帶過來？

看著王家媳婦，沉歡嘆了一口氣。「好好給孩子治病，以後教他們『君子愛財，取之有道』。」留下這句話，沉歡轉身就出去了。

夥同詐騙，死罪可免，活罪難逃，宋衍自有後續處理以正視聽。

王家媳婦聽完，忽然拚命地掙脫衙役撲到門口，對著沉歡的背影用力磕了幾個頭，眼淚打濕地面。

第二十四章　京城來信

今夜，沉歡入睡，感受到許久不曾有過的安穩。

前塵往事，逐漸淡遠，忠順伯府、昌海侯府皆如雲煙慢慢飄散，上輩子的那一日，她形容枯槁，於馬車中緩緩搖曳，掀簾對宋衍的那一瞥，何曾料到今生還能再次見面？

直到真正解決買地入戶之事，她才生出浮萍有根、不再隨波逐流之感。

第二日，沉歡攜如心和小姊兒，去縣衙處理入戶登記之事。

如心心中有鬼，一見宋衍猶如山民聽了虎嘯，渾身僵硬。

沉歡看著小姊兒卻也發愁，這孩子玉雪可愛、眉眼精緻，可是五官卻甚是肖似宋衍。特別是那眼睛，凝視人時自有一種沈靜的凜冽，與宋衍簡直如出一轍。不過只要開口說話就破功，咿咿啞啞地像母親一般愛笑。

沉歡烏髮如雲，臉色紅潤健康，眼睛更是常常彎著自帶幾分笑意，為何這孩子不像她長得溫柔可親呢？

沉歡暗暗嘆氣，雖說今日入戶不見得會遇見知縣大人，不過還是謹慎點好。

因此，當宋衍見著沉歡抱著孩子腰肢輕扭、款款而來的時候，他一向沈穩的臉上，也難得出現了一絲裂縫。

小姊兒穿著一身茜色小襖兒，手裡捏著小紙鳶，她年歲小，手也小，那紙鳶的蝴蝶尾巴骨被她緊緊捏在手裡已經變形，顯是經常捏著玩耍所致，展開的翅膀撲在沉歡領子上，把沉歡雪白的脖子蹭出一絲紅痕。

那小手髒髒的、黑糊糊的，不知是玩了泥巴還是弄了什麼暗色的粉糊，連帶著小臉蛋也是東一塊、西一塊的泥巴，糊了大半張臉，除了那雙黑白分明的眼睛，看著也和泥娃娃區別不大了，其他樣貌一概看不清楚。

喜柱兒心尖都在顫，他看到宋衍提著筆的手輕輕顫動了一下，顯是情緒異常波動所致。又因沉歡從他跟隨的第一天起，就叮囑不能洩漏當年的事情分毫，是故喜柱兒這戲演得分外吃力。

自從知道宋衍來南城之後，沉歡就語重心長地找喜柱兒談過心。「喜柱兒，我知道你以前是前院的小廝，見著世子來此肯定是高興，但我既已出府，不想打攪世子，你若還想跟著世子，可以與我道明，明日你就可以去投奔世子。」

喜柱兒差點嚇尿了，他好不容易才跟在沉歡身邊完成任務，現在要是打包回去，指不定主子怎麼收拾他，連忙善解人意地搖頭。「小的不去，世子爺身邊不缺小的一個，小的跟著姑娘，就在姑娘下面當差也是一樣。」

「你說的可當真？」沉歡吃驚。

喜柱兒點頭如搗蒜。「小的已經領了姑娘工錢，簽訂契約，怎能背信忘義？姑娘不想世子爺知道以前侯府的事情，小的明白，絕不洩漏分毫。」

沉歡這才放心地點點頭，沈默了一下。「當年我與夫人協定之時，你也在場，也知我育下一子後就要離開，如今南城相遇實是機緣巧合，世子對當年之事一無所知，還是不要打攪他才好。」

世子不會在意一個曾經的奴婢通房，而她的身分也不可能成為宋衍明媒正娶的妻。沉歡壓下微微的酸澀後嘆氣，過好自己的生活才是最重要的。

「姑娘想瞞著，小的就瞞著，姑娘放心。」喜柱兒繼續表忠心。

當時說是這麼說，此刻再看看小姊兒這大花臉，喜柱兒忍不住發顫。

這沉歡姑娘腦子裡不知道裝了什麼，簡直天馬行空，不按常理出牌。當年在侯府時怎麼就沒看出來？平時看起來規規矩矩、老老實實，是個悶聲不響的人，這一出了府，簡直猶如脫韁的野馬，拉都拉不回來。

「民女給知縣大人請安。」沉歡暗讚自己高明，就怕遇見宋衍，提前給小姊兒糊了滿臉泥巴。

哈哈哈，誰還看得出女兒長什麼樣子？還能現場打盆水，給娃洗臉不成？這不，果然就遇見知縣大人了。

宋衍意味深長又不露聲色地讚嘆。「姑娘這孩子養得甚好。」

一句甚好，連如心都聽出裡面的反諷修飾語法，忍不住默默地縮到沉歡背後。

好好一個侯府千金，不說錦衣玉食，婆子、乳母地伺候著，至少像個人吧！

沉歡卻不以為然，在養育孩子方面，她和如心的意見經常背道而馳，小孩子幼時天真爛漫，不要拘著，多接觸自然，玩玩泥巴，在田野裡奔跑，這才是童年。

「大人也覺甚好？民女也覺得呢，嘿嘿。」沉歡沒聽出反諷，她覺得宋衍真的認可這自然養育法。

高門大戶規矩太多，單看宋衍就知道，年紀輕輕卻喜怒不形於色，腸子三步一打彎，隨處走隨處都是坑，沉歡想一想，覺得做個山野良民也是不錯，自由自在，不用像貴族女子那樣拋頭露面即受人指責，落個水就失了清白，婚姻大事皆由父母做主，一身命運繫於夫家。如果可能，她希望女兒也能自由的生活。

既然想到了女兒，沉歡又怎可能忘記兒子，趁著衙門主事在登記辦理的空隙，變著法子試探宋衍，也不是她找死，她實在忍不住。

她想問大人，您哪裡人士，何故到此？是否有子嗣？哎喲，孩子情況如何？

要不就問，大人，您家裡可曾娶妻，可曾孕有子嗣，孩子情況如何？

——這又不是審犯人。

——這簡直是說媒的婆子。

可是沒有前提，忽然問個孩子，這更可疑不是？

沉歡想了半天，擠出一句。「大人言這孩子養得甚好，難道大人亦有養育經驗？」快回答吧、快回答吧！這樣就可以自然而然地套幾句兒子的消息。

兒子過得好不好？可曾生病？夫人疼愛他嗎？還有世子你可曾疼他嗎？

宋衍將筆置於桌上，沒搭理沉歡，只低聲吩咐衙役辦事仔細等語，一席話交代完畢，才抬頭用黑黝黝的眸子審視著她，那眼光談不上冰冷刺骨，卻莫名涼颼颼、冷冰冰、直直地浸到沉歡心間。

都要翻春了，沉歡被這眼神一盯，忽地感覺喝了一碗涼水，莫名心悸。她有種自己不只問錯話，還做錯事的感覺，不知為何，腦裡猛地浮現出她以前的豪言壯語。

比如：「世子勿怕孤單呢，沉歡願意永遠陪著你。」

關鍵字：永遠。

又比如：「此生或許不會再見，綿綿今天來給世子道別。」

關鍵字：此生不見。

若是永遠相伴，何故她又離開？若是此生不見，何故她又與他在此相遇？沉歡瞬間有被老天爺打腫臉的感覺。

好在宋衍根本無心回答這個問題，待戶帖做好，親自遞給沉歡。「好生收著。」

沉歡立刻接過，略有尷尬，她心裡隱隱約約地有種猜想，莫非宋衍知道什麼？

「謝知縣大人。」沉歡心裡翻起滔天巨浪，臉上還要強自鎮定，道了謝，就抱著孩子想要匆匆離開。

小姊兒初次到衙門，卻並不害怕，一邊四處張望、手舞足蹈，一邊嘴裡胡亂發音學著說話。沉歡接戶帖那會兒，她那小黑手居然一把抓住宋衍青色綢緞官袍的袖子下襬，一坨泥印子瞬間就印上去。

沉歡瞬間嚇得臉色大變，說話頓時結巴。「大、大人……」

小姊兒這熊娃娃，幹麼此時扯後腿，萬一他說洗個袖子，把妳也洗了怎麼辦？

「無礙。」宋衍輕輕撣了撣糊上泥巴的袖子，眼睛裡浮現一抹清淺的溫柔。
啊？沉歡微張著嘴，感嘆宋衍原來也有如此溫柔的眼神。
「好好養著。」宋衍竟是主動輕捏了一下孩子的小手。
小姊兒一點不害怕，又用小手糊了宋衍的大手一把泥巴，格格笑著。
沉歡平時覺得女兒笑，是天真爛漫，不是弱智的小雞仔，但是此時，她竟然看出一絲智商堪憂的前景。
沉歡心情複雜地趕緊抱走孩子，一旁的如心早就待不住了，不知道宋衍什麼時候會看出來，只覺得這南城縣簡直埋了冷箭，指不定哪天就來個一箭穿心。
兩人各有所思地回了宅子，恰巧縣裡送信的人也來了，如心趕緊打開摺子。
沉歡好奇。「誰的信？」
「前幾日妳忙得厲害，我想說世子爺不在京城怎會突然出現在南城縣，是故寫了封信給我那已經嫁人的姊姊，託她打聽一下京裡有什麼消息。」
「信裡有說什麼嗎？」沉歡也是好奇。
如心不識字，趕緊把信給了沉歡。之前寫信，她是託寫字先生代寫，雖然所有人名均用化名，但沉歡是一看便知。
見沉歡這一讀就呆住了，如心趕緊搖醒她。「姊姊，這寫了什麼？」
沉歡難以置信。「信裡說，京城裡誰都知道，大將軍宋明東伐失利，接著昌海侯府被牽連治罪，奪爵封府，世子爺不再是世子了，貶到南城縣來做縣令。」

「什麼？」如心大驚失色，她雖然一見宋衍就心裡打鼓，但是宋衍在她心裡畢竟是雲端的人物，這樣的人物居然被奪爵位，還被貶到這偏遠的南城縣為官？

沉歡臉色凝重，原本宋衍世襲爵位，如今出現在南城縣，從天上到地下，真可謂跌得萬丈深淵。但是他行事從容不迫，加上心性穩定，因為買田一事，沉歡與他相處幾日，實在看不出他有任何頹喪、憤世嫉俗之意。

只是沉歡忽又想起那日出門，宋衍似是只帶了陶導一個門客和兩個小廝上任，和以往前呼後擁、嬌婢美僮，伺候之人圍了幾大圈相比，實是天差地遠。

一時間不知道說什麼，沉歡既擔心孩子，又覺得宋衍此生實在命途多舛，心中滋味雜陳，有點異樣的遺憾，還有點莫名的心疼，還有種不真實感。

好比，世子終於不再是雲端的白蓮花，不再隔著浩瀚星河只能仰望，這朵白蓮花落凡塵了，快快來摘啊！

呸呸呸！沉歡被自己無恥的想法震驚了。

且說沉歡喜孜孜地入戶了，簡直覺得萬事順遂，和王家家主那點小波折，她就當個教訓好好記下。

只不過，他們也不能坐吃山空，沉歡悲傷地看著帳目數字每日減少，當務之急是買來的十五畝地得盡快拿來掙錢，這才是支撐之後走下去的資本。

是故，沉歡買地後的第一件事，就是白天在田間反覆察看，夜間翻著那本《農務天記》邊學習邊籌劃。

沉歡琢磨著，這本書裡提到育種的方法，如果能找到一個有經驗的老農來協助種植，說不定產量真能提上去。隨後派了喜柱兒，沒事就到各大佃農田間去轉悠，打探消息。時間久了，還真有這麼一個人。

「什麼情形？趕緊說說。」沉歡等了幾日消息，都有點迫不及待了。

這個人可不僅僅是個有經驗的老農，他是個種植行家，在本縣頂頂有名！

喜柱兒也不賣關子，一來就直奔主題。「那可是個奇怪的老叟，這南城縣的人，給他取了個渾號叫徐老天，意思是要和老天爺抗爭的人。」

如心聽得新奇，笑問：「這徐老天好大的脾氣，閻王讓人幾更死，他還能攔著不成？」

「這老叟聽說成日喪著一張臉，無兒無女，歷任官府都撥銀子維持他的研究以及吃食用度，聽說他還想要弄什麼一年三熟的高產稻種以及旱地種植。」

沉歡一聽就來勁了，一年三熟？旱地種植？這簡直超越想像，敢情這徐老天還是個心懷天下的主？

喜柱兒趕緊繼續講。「這老叟發了個宏願，要用畢生所學讓『天下永無餓殍』。當初周圍農戶都笑他不自量力，如今三十年過去了，他種的稻米就是比平常豐年的產量還高，本縣大戶們不管種植上有什麼問題都要去請教他。」

沉歡很吃驚，這宏願簡直媲美地藏王菩薩的「地獄未空，誓不成佛」了。在這看天吃飯的時代，朝廷政策、官員吏治、水利工程、年度蟲害，影響的因素太多了，個個都致命，竟然有人敢公然提出「天下永無餓殍」？

沉歡決定去拜訪一下這個傳說中的徐老天。先不說產量，光蟲害減少這一項就值得取經，說不定還能得到其他一些有價值的建議。

尋了一日，天氣晴朗，太陽也出來了，比前幾日暖和。

沉歡早上起來先察看小姊兒，又安排喜柱兒去田裡守著佃農翻耕，自己換了衣服，戴了頂帷帽就上了那雇來的二人小轎，往徐老天田地的方向去了。

她出了門才發現這幾天縣裡都快翻天了，城裡三三兩兩，成堆的成堆，討論的討論，都圍著在議論今年祭祀稻神的事情。

沉歡路過縣衙門口，見貼告示的地方，人尤其多，不禁好奇最近是不是出了什麼大事。

「停轎。」沉歡示意轎伕停下，自己從小轎裡出來看那告示寫什麼。

只見告示白紙黑字地寫著，本縣祭祀稻神，擇全縣未出閣之女子參與祀奉稻神的神女選拔。

未出閣的都要參加？如按這個要求，那不是自己也得去報名？

那抬轎的轎伕在後面候著，看沉歡似乎好奇，又見她戴著帷帽，想必也是個未出閣的女子，因此好意解釋道：「姑娘定是來南城縣不久吧？今年可是出了件大事。」

「所謂何事？」沉歡確實是好奇。

「咱們南城縣啊，年年都要祭稻神，那神女可是稻神選中的仙子，要去奉上五色神米，保佑咱縣及州府年年大豐收。」

神女？稻神？她聽過祭天，沒聽過祭稻子的。

原來並州府是大律的產糧大府，年年春耕前都要祭祀稻神。這祭祀稻神不是小事，攸關著當年是否豐收，是故朝廷亦重視，年年都有官員下來督導。

南城縣、南光縣、陳石縣幾個種稻的大縣，都是輪著做東道主舉行祭祀大典，而今年剛好輪到南城縣。

旁邊有一頭戴紫絨方巾的文士聽罷也笑道：「馬上就是祭祀稻神的時候了，往年神女之位都由鄉宦、縉紳之家把持，輪流送女兒上去，博取了好名聲。今年因新知縣美姿儀，聽說幾家個個不讓，都想送自家女兒上位，爭得面紅耳赤。知縣大人說了，乾脆就讓全城女子都來競選，以示公平。」

瞭解之下才知道，神女位可以替南城的鄉紳之女鍍金，以後說親的時候身分可以提高，得嫁高門。

熱鬧看完，沉歡上了轎子繼續走。那轎伕一邊抬轎子、一邊絮絮叨叨，說著他回家也要講給女兒聽，一邊又說歷年南城的祭祀大典，都由當地父母官攜神女上稻神壇位進行祭祀之禮。

沉歡琢磨了一下，既然都是大縉紳之女輪流坐，那和自己扯不上關係，遂興致不大。

一路上議論紛紛，漸行漸遠，不多時就逐漸只能看見大片大片的農田了。此時不是農忙季節，農戶大都休養生息為春耕做準備。

那轎子走著走著忽然一頓，沉歡被顛了一下，正在穩住身體，就聽到前面有衙門的人喝道：「何人來此？」

沉歡掀開轎簾下來解釋，一抬頭就遠遠看到宋衍領著陶導、一個中年文士還有本縣縣丞正在前方田地察看，沉歡只得請衙役代為通報，說路過此地，請放行云云。

沒想到那衙役回來，竟說知縣大人視察民情順帶勘探地形，要她候著等勘測完了再過去。

沉歡簡直一口老血卡在心間，那萬一你半天勘測不完，難道她要一直在這裡等嗎？過個路而已。

好在此時陽光燦爛，已不是當初剛到南城時寒風凜冽的氣候，植物冒了嫩芽，有著隱隱的綠，鳥兒們也出來活動，在林間飛得正歡。

沉歡看著宋衍帶人於田間行走，今日他穿著一身玄青色箭袖束腰長袍，一頭烏髮束得整齊，因隔得遠看不清臉，只覺得陽光下那人身形挺拔，如同一根沾著露水的竹子。

想著想著，沉歡一頓，奪爵一事飄進腦海，又見宋衍以前奴僕成群，如今卻只一個衰老門客陶導跟著，連個小廝都沒瞧見，瞬間又為宋衍感到微微心酸，還有點心疼。

忽地見那衙役走來，沉歡以為是通知放行，結果衙役一過來竟然說道：「知縣大人言姑娘久等了，如今已近晌午，為表歉意，如若姑娘不嫌棄，請姑娘與眾位大人一起用餐。」

什麼？萬萬沒想到，竟然是留飯的，難道她戴著帷帽都被認出來了？

沉歡為難地看了一眼，她還勉強算認識陶導，可是並不認識縣丞和中年文士。

但是宋衍都說了，若不嫌棄與眾位大人一起用餐，若是不去，豈不是明擺著嫌棄？

斟酌了一下，想著上次買田一事還未親自謝過宋衍斷案之恩，今日剛好去謝過了。兩人說話間，那邊已有一個中年農婦，在稻田旁的草地上鋪好一層淺色墊布，幾張小榻几依次擺好，正在擺放飯食和一些新鮮的瓜果。

衙役領著沉歡過來，中年文士也是吃了一驚，為表禮貌，沉歡只得取下帷帽向幾位大人依次行禮。

宋衍點點頭，那衙役竟把她帶到宋衍旁邊的榻几位置，與宋衍挨得極近。

「原來是沉歡姑娘，不知姑娘近日可好？」陶導見她取下帷帽才認出人來。

「謝陶老問候，民女一切安好。」沉歡落落大方地回禮，又向宋衍道謝。「買田一案多虧大人多謀善斷，這才為民女追回銀錢，得以順利入戶，民女在此謝過大人了。」

沉歡帶著微微的笑意，將以前在侯府養的好禮儀，展示了個十成十。雖然來南城，她時常放飛自我，但是在這種需要裝模作樣的場合，沉歡從不失禮，端的是佳人淺笑如春日海棠，嬌音婉轉如黃鶯出谷。

不知道是不是錯覺，沉歡總覺得宋衍在看她，她垂著頭，保持風度。

宋衍自上而下打量著她，良久，沉歡都覺得宋衍是不是故意在坑她。

「姑娘言重了。」在她腦袋都垂僵之後，宋衍終於有了回答。

沉歡一解脫趕緊抬起頭，這一抬頭對視，就差點醉倒在宋衍的眸子裡。初春的陽光下，那雙黝黑的眼睛裡有淡淡的笑意，宛如華山上初融的冰雪，將凜冽化為溫柔的溪水，潺潺而下，一路流到沉歡心間。

他們隔得如此之近，時光彷彿回到昌海侯府的那個晚上，宋衍於玉石鋪就的床上第一次睜開眼睛，她和他彼此對視，那深黑的眼珠幾乎窺透了她的靈魂。不過那時候，沉歡知道，那眼神毫無意識，猶如玉石人偶，哪有此刻冰雪消融後的瀲灩鮮活。

沉歡似乎天生就能讀懂宋衍眼中的需求，那時候她背著一長串的世子不喜清單，然後小心翼翼地把朱斛粥舀進他的嘴巴裡，她一邊餵、一邊哄著說好話，盼他趕緊吃完。

如今，與那時可謂天上地下。

沉歡發現宋衍的眼珠轉到那盞茶上面，那是丁縣丞今天帶過來的，吩咐農婦用山裡的泉水沏了。不過那茶擺放的位置不甚妥當，山間民婦不懂伺候人，宋衍要傾身大半才能端起來，不過她的位置就很方便。

當沉歡回過神來的時候，已經身體先於大腦，從小榻几上迅速、穩當、專業地端起那盞茶，像以前一樣奉到宋衍跟前——那位置不近不遠，他抬手就能端起來喝，一切都很是妥貼。

很專業的奉茶姿勢！

啊啊啊啊啊啊啊啊啊！

沉歡內心尖叫，猶如被巨石砸中！

她為什麼要端這杯茶？她已經不是宋衍院內的大丫鬟了啊！

沉歡退不得，進不得，只能謎之尷尬一笑，望著宋衍，期盼著他能給點面子，接過這杯茶，不然真的太丟臉了。

宋衍看了她一眼，端起來喝了，眼睛裡有揉碎的笑意。

接下來還有更可怕的……

那農婦遞上筷子，沉歡前面才告誡自己，可一看見筷子，她又開始大腦身體不同步，先宋衍一步接過那雙筷子，然後很自然地拿出隨身攜帶的白色絲帕，細細地擦拭之後，奉給宋衍。

沒錯，奉給了宋衍，就和當年在世子院內做的一樣！

因為當年伺候清單裡明確表示，宋衍所用一切器皿均須仔細擦拭方能使用。

這可怕的奴性啊啊啊啊啊啊啊啊啊啊！

沉歡已經不是尖叫了，她在心裡叫號打滾。

宋衍盯著她，眼睛珠子微顫，轉動了一圈。

周圍人顯是已經注意到了，沈默的詭異，復有種曖昧。

沉歡欲哭無淚，只能持續保持謎之微笑，內心已經想要切腹自殺了。

這不能怪她啊！

沉歡安慰自己，只能怪當年自己勤學好問，把封嬤嬤的要求記得太好，而且當初為了在侯夫人和平嬤嬤手底下保住性命，這些服侍之事，她還是受過專門訓練。

沉歡在心裡生無可戀地流淚，好在宋衍繼續給面子，伸手接過那雙筷子。

宋衍不接還好，如此自然地接過，周圍又是一陣窒息的沈默。

宋衍接過筷子的手指莫名吸引了沉歡的全部注意力。那手指和記憶中略有不同，以前如同冷白玉，此刻指尖卻有了淡淡的血色，好像雕像有了生命，靜止的河流開始流淌，從死寂有了鮮活的美感。

沉歡心裡慶幸，還好沒有一盆水和一張帕子，她怕自己會情不自禁幫他擦拭手指。想想也是醉了，大丫鬟這職業有病，得治。

遞完筷子，沉歡默默地坐到自己的榻几前，挪了挪下半身，離宋衍遠了一點。

「謝姑娘體恤本官。」宋衍低聲輕笑，卻是道不盡的風流。

沉歡低著頭尬笑。「哪裡，是沉歡要謝上次知縣大人替民女挽回了損失。」

「既是如此，姑娘何故離本官如此之遠？」

沉歡不想理他，瞬間很哀怨。

這回宋衍也沒為難她，只是輕輕叩一下桌子。那候著的農婦立刻給沉歡端上一碟新鮮的燴魚，一碗炒蔬菜，一碗煮豆腐，隨後是一小甕包著荷葉的米飯，那荷葉一打開，米香撲鼻，加上那稻米一粒粒晶瑩剔透，宛如玉石一般。

「嚐嚐。」宋衍頷首。

那農婦也面露笑容。「姑娘，這是奴家種的水晶稻，不比那貢米差，妳嚐嚐。」

沉歡低著頭，默默開始認真吃飯，同時決定管好自己犯罪的手。

米飯確實太好吃了，口感醇香，有嚼勁卻又不過分，幾乎可以不用吃什麼菜，光是白飯都能乾掉一大碗。

一碗見底，沉歡哭喪著臉，還想吃第二碗怎麼辦？還是吃豆腐算了，保留一點矜持。

這時，宋衍竟然把自己身前還未拆封荷葉的那一小甕水晶米飯，放到沉歡面前。

沉歡的臉一下就紅了，她忍不住抬起頭瞪了宋衍一眼。

這……大家都知道她想吃第二碗了，剛剛明明只是想一想而已，現在則被坐實了。

宋衍卻毫不在意，甚至還帶著意味不明的笑意，挑眉慢慢補充。「為在座諸位再添一甕晶米飯，此米甚好。」

農婦高興得不得了，抱著幾個泥罐子小甕給在座每人各添一罐荷葉飯。

沉歡一邊吃飯，一邊發現宋衍的毛病又犯了。那長長的世子不喜清單，她可是背了無數遍。宋衍明顯只挑自己喜歡吃的，不喜歡的則一點都沒動，於是她又手賤，不受大腦控制地把那碗新鮮豆腐，悄悄往宋衍的身邊推了一點，只是一點。

宋衍黑沈沈的眼珠子這次沒了笑意，瞄了她一眼，好像她做了什麼大逆不道的事情。

果然還是討厭豆腐啊。

沉歡用左手捏住自己的右手，強自鎮定，擠出個什麼都沒發生過的笑容，在陽光下厚著臉皮默默吃菜。

這飯已經沒法吃了，她想撤退。

宋衍之前身為勛貴子弟，如今入南城縣為父母官，此刻田間為席，與民同食，毫不驕奢不說，更兼態度不驕不躁，不卑不亢，一切都恰到好處。那中年文士暗暗點頭，心道不負此行，回去之後定要向老爺稟明清楚。

丁縣丞在旁邊瞅了半天，琢磨不明白，這女子與知縣到底是什麼關係？若說親密嘛，一切又顯得很自然，若說普通吧，可是總覺得哪裡不對勁，特別是那股別人完全難以介入的氛圍。

丁縣丞忍不住再瞧沉歡兩眼，陽光下，她臉如嬌豔花朵，一張朱唇似翹非翹，生生勾人，又見其身形婀娜窈窕，雖然那日公堂之上言自己有隱疾，但實在是個難得一見的美人兒，心裡一時間浮想聯翩，跑得遠了。

忽見宋衍轉頭往他這邊看了一眼。那一眼，睫毛下陰霾密布，冷鋒如刃。

丁縣丞生生打了個寒噤，待得再看時，只見宋衍微垂著頭，姿態優雅地端坐榻前，將筷子輕輕置於碗旁，已是準備起身。

沉歡不明所以，反正這頓飯沒法吃了，她早已放下筷子就等散席。

等宋衍一聲「席罷」，沉歡趕緊給大家行禮起身告辭，竟是跑得比兔子還快。

待得上了轎子，那兩位轎伕納悶道：「姑娘，咱們還去那地方嗎？」

沉歡看了看天色，一咬牙。「去！」

趕緊走吧，須得早去早回才好。

轎子剛要起來，只見剛剛添飯的農婦捧著一個罐子走來，沉歡不明所以地掀開簾子，一臉納悶，正要開口。

那農婦卻笑道：「姑娘，知縣大人說了，天色將晚，若姑娘今日辦事，還須早去早回。」說完又將罐子遞給沉歡。「另外這新米最是新鮮，若姑娘不嫌棄，還請姑娘收下。」

原來那罐子裡裝的，即是今天沉歡喜歡吃的新米。

沉歡情不自禁地轉頭去尋找宋衍，卻見地上席面已撤，哪還有宋衍的蹤影。

轎子朝著目的地開始繼續前行。沉歡抱著那罐米，整個人呆呆的，轎子一邊搖一邊走，她的心也隨著轎子一起搖得七葷八素，自己找徐老天幹什麼都忘了大半，遂振作了一下打起精神，將思路在轎子上理了一遍。

第二十五章　稻神祭祀

沉歡走了，宋衍一行人也各自回了自己的住處。

那中年文士進了當地一座鄉紳大宅，徑直去了葛家老爺的書房。

葛老爺已是等候良久，也不忙給那人賜茶，趕緊問：「如何？」

那文士一作揖，微一沈吟道：「此子必不是池中物，今日田間視察，只怕對空倉之事早已瞭若指掌，南城縣恐要再起變化，老爺意欲攀附還得從長計議。」

且說南城這邊的縉紳們正在開小會，從南城返京的陸麒則悄悄地溜回自己的房間。

當朝次輔陸閣老早就在這裡候著他了，「啪」的一巴掌拍得桌上的茶盞彈得老高，就等著陸麒回窩。

「祖父怎麼今日得空，來見孫兒？」陸麒臉色不變，笑咪咪地向祖父行禮。

陸閣老被他氣得差點岔氣，一枴杖就要打過來，陸麒閃得飛快，枴杖舞了半天竟然沒沾到他半點衣角。待陸閣老打累了，出汗了，陸麒才跳過來扶著祖父的手，安撫老人。

「祖父莫氣，都是麒兒的不是。麒兒給祖父請罪。」

陸閣老確實累了，一邊喘氣、一邊丟掉枴杖，端起茶喝了一口。「你老實說，是不是去南城縣見宋家那小子去了？」說到這個話題，陸閣老痛心疾首。「我與你爹爹成日戰戰兢兢，唯恐行錯一步，禍及滿門，你怎如此大意莽撞，如若被其他人知曉……」

陸麒給老人順氣。「祖父，內閣由崔家把持了幾個朝代，您受制於他多年，只能當個泥菩薩，此時不搏，只怕未來幾十年還是自身難保。」

陸閣老剛才熄下的怒火又躥起來，一枴杖打在陸麒的小腿上，疼得陸麒俊美的臉皺成一團。「那崔家可是好惹的？前朝那崔入淵滅了林氏滿門，信德侯府除了出嫁的女兒其餘全部被斬，你道為何？」

陸麒不說話，陸閣老嘆口氣勸道：「祖父實話告訴你，崔家如今的掌家人乃一不起眼的低品小官，此事朝中只怕沒幾人看出端倪。此人盡得崔入淵真傳，不可小覷，在朝堂上翻雲覆雨。那崔入海也不過聽命行事罷了，為防引火焚身，這段時間和宋衍不可再見！」

陸閣老說得不錯，崔家乃清貴世家，連著出了三代首輔，牢牢把持著清流的核心權力層，這一輩的掌家人，確實是一位年輕的低品小官，此人乃崔簡，七品監察御史，這位置專職嘴炮告人，如朝廷飼養魚苗般養了一百來號人。

同時間，崔家的議事廳，站了幾個人，均是家族核心，都在朝中領著要職。

他們正你一言我一句，議論著最近的朝中大事。一個先說皇上近日在為公主挑選駙馬，不知是陸閣老家的狀元遭殃，還是明國公府的嫡子入選；一個又說昌海侯府終於沒人了，吏部已經有人迫不及待催著皇上填缺了。

「不妥。」一人又說：「皇上雖貶了宋衍去南城縣，可是為何偏偏是南城？那南城縣乃北部糧倉，前面又是宿州府軍事重地，這是何意？」

「想是皇上終究念著舊情？」一人回道。

「憑他怎樣，七品知縣要想返京，只得靠他舅舅平國公崔汾的勢力，若是壓得崔汾施展不開手腳，這宋衍也只有一輩子在那南城為朝廷積攢糧食。」一人補充。

「宋衍資歷尚淺，南城縣被縉紳高門把持，所謂強龍不壓地頭蛇，糧倉之事就夠他喝一壺的了。」

崔入海卻不語，只是看那玉珮被拋到空中又落下接住，接住又拋到空中，生怕這傳家符被砸碎了，無可奈何地問道：「阿簡，你是何意？」

快把玉珮放下吧，碎了可就對不起祖宗了。

雙魚如意紋的玉珮落在掌心，崔簡一收手，這才緩緩開口。「五年前那場探花宴飲，宋衍一個曲水流觴，亂了整個棋盤。那日聖上宣宋衍謝旨，意在滿朝大臣面前折辱，我候於殿外與他打了一個照面……」

崔簡撫摸著如意紋玉珮的紋理，似乎想到什麼，又緩緩補充。「我言『走好』本欲激怒於他，讓他南城赴任留下心魔，那宋衍卻並未答話。」

不僅沒有答話，甚至還笑了一下。

「叔父曾言，他這小師弟只怕是我此生唯一的對手，如今想來倒是如此。」崔簡瞇著眼睛似在回憶那日情形。「人生驟變，寵辱不驚，只怕他要的絕不是一個昌海侯府而已。」

隨即崔簡又嘻嘻一笑，翹著二郎腿，玩世不恭地閉上眼睛，將玉珮置於胸口，竟是不想再說的樣子。

崔家幾人面面相覷，崔家族規，每屆家主持雙魚如意紋玉珮為號令。前朝首輔崔入淵一生未婚亦無子，只從遠房過繼了這唯一的姪子作弟子。崔簡不負眾望，盡得崔入淵真傳，崔家旺了好幾代，如今卻因個昌海侯府總是不得安寧。

朝廷的風起雲湧，此時並未波及遠在天邊的南城，至少沉歡此刻還在安安穩穩地吐槽。

「果然是個怪老頭。」

沉歡見徐老天吃了閉門羹，卻莫名其妙得了一袋種子。送種子的下僕言明，若是她育此種出苗，再來與徐老相見，沉歡只得坐著小轎打道回府。

待沉歡回到家，如心如往常一樣抱著孩子過來打招呼，卻納悶地看到沉歡手裡抱著一個罐子，喜柱兒也過來彙報情況。

沉歡累了一天，也沒心思細說，收拾過後就打算歇下。

看著今日宋衍讓農婦交給她的那罐米，沉歡愣愣出了一會兒神，又嘆了口氣。

宋衍真是好教養，看出她對這米的口感情有獨鍾，就著人送一罐，好細膩周到的人。睡前又想到白日情景，似乎恍恍惚惚又回到在侯府當差的日子，特別是劉姨娘產子那日。

那日恰逢世子生辰，滿府都以為世子這輩子醒不來，湧到前院去討賞。

人群散盡，留世子院獨自寥落。沉歡推開門，看見月光下的宋衍。

滿室月輝，她想，其實世子很孤獨，她還說：「綿綿會永遠陪著你呢！」

可惜，人生後來的路，誰也料不準。

沉歡陷入沈睡後仍在納悶，為何在侯府待了兩年，記得的東西竟比伯府待八年還多？大概是因為她在侯府經歷了懷孕生子的緣故吧？

哪知第二天，衙役竟然把甄選神女的告示送到家家戶戶。

按規定，沉歡和如心在名義上都需要參加。

沉歡想著南城縣和周邊幾個縣這麼多女孩，肯定自己選不中，草草報了名字先去應付一下。

縣衙裡，宋衍正在議事。

「這祭祀稻神按慣例，各家往年都要做善事，要納捐，向縣衙捐米，可是導近日察看下來……」說到這個問題，陶導的臉色變得凝重。

宋衍提筆正在畫圖紙，聽他語氣，淡定道：「可是糧倉空了？」

陶導鼻子裡一陣冷哼。「這幫不怕撐死的老鼠，雖沒全空，可也差不了多少。導清查府邸存糧的使用紀錄，糧官都說這幾年大災沒有，小災不斷，都給歷屆縣令用來賑災及扶貧濟弱了。」

宋衍一邊細細描繪，了然一笑。「賑災？還企圖瞞天過海呢。」

大律各府州縣在縣衙均設置一個公倉，這公倉是歷代捐糧儲存所用，並州府的公倉算是大倉，如遇大災年就用這個倉的糧食賑災，不僅供給南城還要供給旁邊的軍事要地宿城。但是由於大律風調雨順幾十年，漸漸地朝廷也只是口頭上重視，地方上監管不是很嚴，漏洞很多。

「南城地理位置特殊，乃宿城後方，一旦領國進犯，這南城區域就是宿城的軍糧輸送之地。如若空倉之事傳出，只怕對本朝不利。再者聖上定以為南城縣儲糧豐富，不懼進犯，到時候一旦缺糧……」陶導深感憂慮。

一旦缺糧，宋衍就是人在家中坐，鍋從天上降，甭管最後揹的是大鍋還是小鍋，反正不是好鍋。

「賑災用不完南城縣的糧食，必是換了銀子。著人去暗中調查前幾任縣令。」宋衍在紙上寫下一個名字，將那名字用筆圈了出來。「此人生性謹慎，如今已經升了京官，切忌不可打草驚蛇。」

陶導看了那名字一眼，笑了起來，暗嘆宋衍心思縝密，遂領命，臨去之前又想起遺漏一事，開口問：「那選神女之事，打算如何處置？」

宋衍挑眉一笑。「既是三家相爭，又在這節骨眼上，定要好好榨點糧食出來。」

兩人又合計了一番，陶導才退出去。

宋衍畫好圖紙，用火漆封緘，裝進一個木鴿子裡。這木鴿子乃一精巧機關盒，是他少年時在陽明子膝下學藝時自己手作，可盤旋於天際，與飛禽無異，如今是他和平國公通信的唯一憑證。普天之下，只有他本人和平國公能打開。若有人想強開，木鴿子則自動毀信碎裂。

那接信之人早已經等候多時，接過木鴿子，按宋衍的吩咐快馬趕回京城。

見宋衍在衙門正常辦公，丁縣丞和主簿都摸不清他的套路，前日聽說他翻了糧倉，兩人深知這事查不出名堂，流水的縣令，鐵打的副手，多少任縣令來了去了，還不是沒有撼動背後那人分毫，遂兩人都還算淡定。

又因近來宋衍在關注水利，兩人作為知縣左臂右膀，也只得出門裝模作樣幹點實事。幾天下來頓覺工作量巨大，苦不堪言。

待兩人都出門體察民情、裝模作樣去了，宋衍才起身喚人進來。

這人是一門子，一進來就激動地跪在地上，先是按家僕禮磕頭，這才出聲彙報。「世子竟是真的來了，奴才等了好幾日，因世子未召見，奴才怕壞事，不敢相認。」

宋衍點點頭，淡聲道：「如今亦不是世子了，聖上剝了宋家的爵位，喚知縣大人即可。」

那門子怎敢，連忙擺手。「不是世子，亦是主子，奴才不敢造次。主子深謀遠慮，早幾年安排奴才進這縣衙，如今升了兩任知縣走，這中間糾葛甚多，容奴才慢慢道來。」

那門子遂將南城縣目前幾大縉紳盤踞的勢力情況、利益關係、家中子女情況，盡數道來。

「那葛家如今被洪家壓得厲害，丁家卻是個牆頭草的性子，重利得很。」

宋衍點點頭，卻問個不相關的事。「你那遠房族弟呢？」

那門子立刻笑道：「要謝主子賞識，那族弟比我爭氣，大將軍戰死，我那族弟回來伏地大哭一場，言大恩未報，怎可為人。如今在知州下面任職，主子盡憑差遣，萬死不辭。這天高皇帝遠的，還得是地方上的人好用。」

宋衍若有所思，沈默了一陣子，叩了叩桌面。「下去吧。我自有打算。」

那門子又磕了頭，這才算行完家僕禮退出去。侯府子嗣單薄，故世子早慧，他五年前領命來南城，奉命潛伏進縣衙，原本以為此生就在這地方晃蕩，既然世子來了，想必他出頭的機會也來了。

等那門子走後，又有一戴帷帽的人進來，帽子一脫竟是個男裝打扮的女子，那人向宋衍行了禮，這才將洪家後宅的情況做了說明。此人也是早些年就安插過來，扮做丫鬟進了縉紳之家，如今和那門子一樣過來覆命。

等人都退完了，宋衍才慢條斯理地打開全城報名參與神女選拔的名單。翻出名單逐步掃過，果然看到門子所提到的那幾家縉紳之家的女兒。還有本縣幾個監生、秀才之女也在上面。

宋衍心中對幾家的關係慢慢有了思量，忽然他的目光頓住了。少見地，他眨了一下眼睛，並且疑心自己看錯了。

沒錯，「顧沉歡」三個大字赫然在紙上。

宋衍的眉頭微微打了個結，他記得告示上明顯寫的是雲英之女參選，她孩子都給他生兩個了，還雲英之身，竟然要摻和這神女選拔一事？莫非她還想著以後嫁人？

宋衍如白玉雕刻般的臉上，漸漸浮出一抹陰霾，隨後這陰霾歸於平淡，然後顧沉歡的名字被他提筆優雅地劃去。他可以放任沉歡去做任何她感興趣的事情，但是必須在他界定好的範圍內。

這神女一事，不在此列。

然而，令人意想不到的是，等初選名單貼出來的時候，顧沉歡的名字赫然在列，如心卻已經被淘汰了。

複選有好幾個環節與稻種知識有關，沉歡不敢懈怠，近來都在惡補各種稻穀種類、品性知識。

那日沉歡沒見到徐老天也不氣餒，自己在家翻閱《農務天記》進行育種實驗，近來已有不少心得。

此書是沈芸的朋友遊歷所得贈與沈芸，沈芸見沉歡敏而好學又給了她。全書分為三個部分：第一部分是稻米的品種；第二部分講述提高水稻產量的方法、育種、肥料的研製等；第三部分是關於地質災害的天象預測、示警，以及旱災、水災等常見災害的處理。

最後幾頁則記載一些神怪事宜，如奇遇、祈雨、與天地溝通等，只是字數甚少，只有寥寥幾句，沉歡有的也領悟不透，只是每當看到書籍封面「南代怒怒生」的署名時，都深深覺得這名字取得極有意思，不是什麼「醉南亭主人」、「蒼南齋居士」等雅致的名字，偏偏是這「南代怒怒生」，也不知道作者是怒個什麼名堂？

眼見複選在即，朝廷今年委派的兩位監官也到南城縣，宋衍作為本城父母官自然是要起身相迎和設宴款待。

這監官其中一位是朝中重臣杜大人，另一位與宋衍年紀相當，看人眼尾自帶三分笑意，也是個俊美風流的青年，正是禮部今年提議的勛貴子弟，考察民情的第一個中標者——忠順伯府排行第三的沈笙。

他隸屬戶部，原不耐煩來這偏遠小城，朝廷既點了他補這個缺，他只得赴任待上半個月，等稻神祭祀弄完再返京；又加上他適逢婚齡，伯夫人自然在給他議親，他樂得走遠點也清靜些，直接就來了這南城。

宋衍品級比他低，自然在縣衙門口率眾相迎，卻見沈笙的目光黏在門口的名單上。宋衍不露聲色地掃過那列名字，最後目光微閃地停在「顧沉歡」的名字上。

不過只有一、兩秒時間，宋衍的目光旋即錯開，拱手朗聲道：「下官恭迎沈大人，還請大人入衙門一敘。」

沈笙整個人都懵了，他在京城快翻了個底朝天，毫無這賤婢的音訊，本也漸漸死心了，這榜上的顧沉歡是她嗎？還是同名同姓？

為何她的名字會出現在南城縣？如果真是她，她一介女子為何千里迢迢來到這南城？

宋衍何等敏銳，電光石火間已經猜出端倪，沉歡在伯府為婢數年，經他調查並無與伯府三爺沈笙有何牽扯，何故沈笙對她的名字如此在意？

他垂下眼簾，遮住所有表情，再次朗聲提示。「恭請沈大人入內。」

沈笙本來想開口詢問，被這麼一提醒，反而覺得此時詢問一個女子有失體統，只得滿腹心事隨著宋衍進了衙門。

「沈大人初來南城，今日稍作歇息，待明日養足精神，晚上再由下官設宴，為大人接風洗塵。」

沈笙是第一次如此近距離與宋衍打交道。昌海侯府沒被奪爵的時候，宋衍不是他攀得上的。後來宋衍活死人臥床幾年，也無甚交際，但是滿京城關於他的傳聞就是熱度不減。

沈笙的狐朋狗友裡也有人對宋衍讚不絕口，那時他就不服氣，宋衍憑什麼把天下的好都占去了？自從被沉歡無視之後，他更是勤學不輟、發憤圖強，這才有在戶部的穩當。

如今看宋衍行事不卑不亢、禮數周全，作為曾經的侯府世子雖奪爵被貶卻並無怯懦之態，心中一時間拿自己和對方比較了起來。

「沈大人可有心事？何故愁眉不展？」宋衍命人斟上一杯茶，清淺地笑問。

沈笙收斂表情，客套道：「宋大人客氣，這設宴一事我看還是罷了，本是公差不便勞動衙門。只是……」復話鋒一轉。「只是剛剛見衙門外張貼榜單，有一名字與一故人相似，疑惑而已。」

沈笙話頭都遞出來了，宋衍卻只喝茶不接話，沈笙憋了半天，宋衍寒暄的卻都還是官場的客套話。不僅寒暄得甚是風雅，並且話題離沈笙原本想問的越來越遠。

沈笙耐不住了，又找不到合適的地方把話題拉回來，只得暫時作罷。

兩人又寒暄片刻，宋衍派人將沈笙安排到縣衙裡上好的廂房，待一切妥當，才把縣丞及相關主事叫進來詢問了名單的篩選過程。

宋衍神色冷淡，一邊皺眉、一邊翻閱著初選名單，那初選官本就心裡有鬼，此時已是冷汗涔涔。

待下面的人彙報完退出去，陶導才自幕後站出來，行禮後推測道：「導之見，必是這初選主事收受賄賂又怕名單報上來不好看，遂添加幾位平民女子以粉飾太平，是故，沉歡姑娘的名字才會在其中。」

宋衍早已推敲出過程，用手指摩挲著名冊上沉歡的名字，目光甚是溫柔繾綣，似笑非笑道：「看來是她運氣好。」

陶導一忍再忍，上前一步，實在忍不住詢問。「請公子恕導逾越，公子何故對那沉歡姑娘另眼相看？」

陶導入侯府多年，深知宋衍品性隱忍，善於隱藏，卻從未見宋衍對女子如此上心。這買田入戶一案已經了結，他看不穿宋衍的態度，正是因為看不穿，他又平添幾分憂慮。

宋衍卻並未回答。或者說暫時未回答。

陶導深悔自己逾越，想著宋衍何許人也，這沉歡乃一鄉間女子，實是多慮，情不自禁補了一句。「是導逾越了，公子何許人也……」

話還沒說完，宋衍就放下批公務的筆，毫不掩飾地直視陶導。

陶導被他盯得不解，只覺宋衍眉目俊美，氣質清貴，他生得甚似母親崔氏，此刻那狹長如柳葉狀的眼中，瞳孔顯得幽邃如深潭。「陶叔覺得此女如何？」

陶導心中有不祥的預感，略加思索，謹慎答道：「此女豁達聰慧，心性純善，加之樣貌如此，在這南城免不得招人眼目。」

他說的是實話，沉歡的身段、模樣難免惹人覬覦，好在她行事謹慎，性格也機敏。可宋衍何故如此一問，莫非……

宋衍知他心思，眉頭一動，不禁嘴角微翹，似是嘆息，又似自言自語。「此間糾葛，非三言兩語能道清，端看是正緣還是孽緣了。若是正緣自然諸事皆好，若是孽緣……」只見他垂下眼簾，手指在那名字上反覆摩挲。「只怕今生，誰也不得安寧了。」

陶導大驚失色，實在沒想到，宋衍竟然會說出此話。

這「孽緣」二字甚不吉利，看公子這意思彷彿不管良緣、孽緣均是要與此女子牽扯不清，他不禁驚聲勸道：「公子若是悅之，待得正妻擇定，納之即可，莫要提這孽緣二字。公子在此蟄伏，時機一到必是一飛沖天，太夫人與夫人必會給公子擇一身分高貴的貴女相助。」

就算如今，宋衍丁憂，潛龍入鄉野，京城癡慕宋衍的貴女也不少啊。

宋衍端著茶噙在口裡，聽完竟是笑了一下，不再說話。

這反應讓陶導心中的不安更甚，夫人必不會允許身分不明的女子進府伺候宋衍，成為宋衍的禍患，一旦得知，只怕第一時間除之而後快。雖然昌海侯府此時被奪爵封府，但宋家所埋棋子眾多，均為宋衍所用，宋衍弱冠之齡即折服宋明手下如此之多能人，可見其心性深沈，非常人能及。如果夫人得知大怒，要在南城動手除掉此女……

他抬起頭看向宋衍，恰好宋衍也在看他，兩人目光對視。

宋衍嘴角帶著玩味的笑意，那雙眼睛卻暗沈沈、黑漆漆，深不見底，似乎所有的光此刻都被吸得乾乾淨淨，只留下濃烈的黑點，凜冽、冰冷、警告。

陶導心中一凜，深悔自己今日多嘴詢問。宋衍平日隱藏甚深，沒想到今日竟直接回答了他的問題，可見是早有準備向他暴露此事。

「導……」陶導在夫人和宋衍之間猶豫，夫人的背後是平國公崔汾，宋衍則要靠自己，但宋衍是宋明的嫡親兒子，他家族一脈效忠的是宋家。

電光石火間，思緒驟轉，幾秒時間，陶導的腦內已經推演了無數可能。此女身分卑微，按常理說只能納不能娶，但是以宋衍的心性，他想要得到的東西勢必不會放手，手段用盡也會給顧沉歡安個合適的身分。

宋衍卻恢復他光風霽月的樣子，徐徐施壓。「陶叔何故憂慮？我是母親的兒子，亦是父親的兒子，不瞞陶叔，此女已為我產下子嗣。」

「什麼？」陶導驚得臉上皺紋一抖，鬍子都要掉了！

他在侯爺身邊多年，只知道夫人當年一意孤行，以一陰女在余道士的輔助下，成功讓還是活死人時期的世子留下血脈，可那產子的通房丫鬟，當時就一個棺材抬出去了啊！

陶導是何許人也，瞬間就打通任督二脈，把沉歡的身分推測出來，不禁喃喃道：「那、那顧沉歡成日所抱的小姊兒……」

宋衍很大方。「不錯，亦是容嗣之女。」

陶導老了，心臟受不住這轉折，他已經不想再知道侯府的任何秘密了。

宋衍卻不打算放過他。「母親只抱走一個孩兒，並不知道她還產下一女，她自己攜了一個孩兒出府，是故每次一見我均是受驚不已。」

想到沉歡如鵪鶉般瑟瑟發抖的樣子，宋衍覺得很是有趣。

「公子既知道那顧沉歡是小哥兒的生母，何故卻……」不與之相認，反而裝作陌生人般相處？

這女子一介丫鬟，簡直吃了熊心豹子膽，竟然敢偷抱侯府骨血出府？哪裡來的膽量？

陶導的話只說了半句，宋衍卻知道他想問什麼，不答反問道：「陶叔可認為我昌海侯府乃一座禁錮之圍城？」

聞言，陶導正了正臉色，一臉認真虔誠。「昌海侯府乃我朝一等高門，公子乃侯府最高也最尊貴的主人，雖如今侯府被奪爵卻並未抄家，局勢風雲變幻，公子乃人中龍鳳，萬不可有此念頭。」

宋衍知他意會錯了，也並未糾正。

顧沉歡，侯府之婢，看似卑微，卻驕傲得很。

不過，他卻意外心悅之。既悅之，就要完整地得到，心魔還須心來破。

想到這裡，宋衍的臉上露出少見的渴望表情，隨後一閃即逝。

一旁的陶導此刻心中卻掀起滔天巨浪，心裡暗嘆，只怕夫人想讓公子迎娶其內姪女之事，遲早失敗。宋衍今日，分明是故意讓他知道，藉以敲打他，要他做出選擇，是忠於宋家，還是忠於崔家？

那顧沉歡，卻是動不得了。

只是那丫頭究竟有何特別之處，竟能讓宋衍如此記掛？此女若要以正室進門，此舉難如登天，光是夫人那裡恐怕都要有場惡戰了；若是納為妾室，或許夫人還會遂了兒子心意勉強同意。

且宋衍的親事，不只是心悅如此簡單，世家關係錯綜複雜，這中間纏纏繞繞，非三言兩語能道清中間的利害關係。

陶導不禁暗嘆，公子耐性甚好，心悅的女子就在眼前，都能成日面不改色至此，若是持久戰，只怕夫人戰不贏公子。

不知自己有何特別之處的顧沉歡，此刻正抱著孩子和如心閒聊。不久就要競選了，她一時間有點緊張，打算說點其他的事分散注意力。

「如心，我瞅著為何我們搬來之後，隔壁竟陸續有幾家搬走了？」

剛開始還有戶夫婦，有個年歲和如心相當的兒子，剛過來時那男子還幫了她們不少忙，可是不久就搬走了。還有一戶鐵匠，見到她們還臉紅，瞧著很靦覥，但是不久也搬走換人了。

「有嗎？」如心沒注意過這問題，不禁疑惑。「這麼一說好像是，隔壁新來個大娘子，帶著孫子。左邊是張婆子，右邊是戶年輕小娘子，有什麼不妥嗎？我覺得甚好，我們孤身在此，周圍少了一些男子也是好事。」

沉歡點點頭，也覺安全。「看來搬來這裡是對的，明日我出去後，妳做些點心，分給各位鄰居們，以後彼此也好有個照應。」

如心連忙點頭，沉歡原本抱著小姊兒還算高興，可是笑著笑著，那笑容就消失了，最後化為苦澀和思念。

息。

「如心，妳說我的小哥兒現在好嗎？」沉歡託弟弟在京城打聽，竟然打聽不到孩子的消息。

昌海侯府封府之後，如今崔氏不再是侯夫人，便搬去另外的宅子，雖不如侯府巍峨，卻還是整齊，可整日大門緊閉。

如心能體會沉歡的擔心，不禁安慰她。「離開時，孩子甚是健康，只是京城怎會一點消息也沒有？我看姊姊還是從世子身上找機會吧！」

沉歡立刻彈她的額頭。「不可再叫世子了，要叫大人，宋家已被奪爵，若是再叫世子，被有心之人聽了去，不是給他招禍？」

如心立刻點點頭，趕緊改口。「大人肯定知道小哥兒情況，姊姊是哥兒、姊兒的生母，如心思量過許久，為何姊姊不願意讓大人知道當年之事？姊姊不想和大人有瓜葛嗎？」

「這……」沉歡竟被如心問得愣住了，一時不知道如何解釋，只得苦笑一聲。「我不是很喜歡大宅裡的生活，覺得不自在。」更深層次的原因，她沒法給如心解釋清楚，如心不會明白。

「可姊姊為何不開心？姊姊如此美貌，這南城貴女多有不及，大人若是知道以前的事情，定也是滿意妳的。」

沉歡趕緊捂住如心的嘴，被如心的思維嚇到。

宋衍知不知道當年的事情，對她現在的生活有影響嗎？或許還會是宋衍的煩惱吧。

宋衍帶著笑意的眉眼忽地從腦海中閃過，他的眼珠很黑，當他沈靜凝視著妳時，妳甚至能在陽光下清晰地看到那一絲絲瞳孔的紋理。在那種注視下，沉歡覺得非常心悸，像被大型獵食性動物盯著，又像被人緊緊捏著心臟，還會有無法控制的窒息感。

只要宋衍存在，她就無法將目光從他身上移開，本能地去關注他的需求，繼而情不自禁地去滿足他，甚至會去猜測宋衍記得她嗎？是否會厭棄她以及她所生的子女？畢竟當時這些事，是侯夫人崔氏一手主導，宋衍並無選擇權。

當這個想法浮現在腦海的時候，沉歡情不自禁地打了一個寒噤，覺察到自己的逾越以及不現實。

她能改變這時代根深蒂固的子嗣及妻妾制度？她能抗拒女性主內宅的環境習慣，回到那扇朱門後？或者她能成為知縣大人納入後宅的一位妾室，以邀寵為己任，在姨娘的路上心滿意足？

沉歡深深發抖，將所有念頭按下，若是如此，她為何要選擇出來？上天讓她重活一次，是為了讓她重蹈覆轍嗎？

她告訴自己，顧沉歡在等的那個人，必是她心中的勇士，是那個願意護她一生與她平等對視的人。她可能會花很長時間去尋找，也或許終究是自己的癡心妄想罷了，但是那又怎樣呢？出身高貴如宋衍都不可能事事順心，那她找不到滿意的配偶也不是什麼大不了的事。

找不到對的人，那就找很多很多錢，吃穿不愁，日子順心愜意，反正大齡稅及罰款也交了，再大不了，以後謊稱丈夫死了，孀居於此也是個出路。總之，她想按自己的想法過完這一生。

甩甩頭，把所有亂七八糟的念頭通通拋遠，沉歡一邊思考著如何才能從宋衍嘴裡套話，一邊逗著孩子享受著這平靜的時光。

她沒注意到，就這麼纏纏繞繞間，宋衍的名字出現次數已經在她的腦海裡嚴重超標了！

沈笙想知道顧沉歡是否是他心中那個顧沉歡，多次想打聽細節，又忌憚自己京官身分，忽然打聽一陌生女子難免讓人生疑，可是每次想從正常管道獲得消息，到了宋衍那裡就是軟釘子。

宋衍就像一面水做的牆，看似平緩沈靜卻滴水不漏。

沈笙每次想問的話到了他那裡，回答倒是回答了，語氣不緊不慢，儀態端正優雅，禮數周到合適，可就是答了等於沒答。

交流的時候如沐春風，一切順利，回過頭什麼消息都沒有。

沈笙只得等到正式競選這一天，一切答案自會出現。

宋衍這裡可就比沈笙那裡熱鬧多了，南城幾大縉紳世家這段時間變著戲法和他交流，日日都有賓客上門拜訪，可謂絡繹不絕。

這宋衍的上任以及背景，加上沈笙的出現，且又是未婚，攪得南城幾個大家族內部風起雲湧，各家貴女們更是心思浮動。

洪家獨女洪成雅，瓊鼻媚眼，美貌無比，洪家是當地勢力排名第二的縉紳大戶，亦是糧價波動的控制者之一，更是皇家糧食採購商背後的直接供應商，每年朝廷的貢米，就有她家的一份。

她的父親洪泰心中有著更長遠的打算及野心，這麼美的女兒，須得擇一門好親事為他助力。宋衍以及沈笙的出現恰好觸動了他的心思，近段時間他早就借助京城的關係，將兩人的身世打聽了個遍。

第二十六章　小姊兒生病

沉歡對滿城浮動的心思毫無所知，她每日都到縣丞夫人這裡接受祈福培訓，定時要到縣衙來報到。

今天卻和往常有些不同，只見一匹快馬停在門口，傳信之人面色焦急，只說京中急事，就報了衙役往宋衍那裡奔去。他走得急，不小心撞翻沉歡的種子籃，那種子細小，滿地灑了之後要再撿起來就要費些時間。

他不禁擦汗道歉。「姑娘莫怪，我乃知縣大人信使，因大人有封緊急家書須得速速傳報，這些種子還得麻煩姑娘自己撿起來了。」

他神色勞頓，顯是不眠不休趕來的，一雙眼睛裡滿是血絲。

沉歡的心提到嗓子眼上，京中而來的緊急家書，必是重要事情，能讓信使如此焦急，不是家事即是政事。若是政事，以宋衍之縝密，必是暗中進行。沉歡以自己對侯府的瞭解推敲，覺得十之八九是家書。

這一推敲，沉歡的臉色忽然就變得煞白，因為她想起近日弟弟顧沉白給她的家書，提及到一個詞語——「孩子殁」。

這是京城最近正流行一種好發於三歲幼兒之下的傳染病，與風寒類似，發病幼兒高燒不斷，死亡率極高。

因昌海侯府被封，沉歡這侯府當差的幌子肯定編不下去，顧父成天指天罵地，要沉歡回家嫁人。沉歡聯合弟弟沉白，寫了封家書，稱伯夫人慈善，仍舊留自己回伯府當差，又言夫人想撥她去已出閣的二姑娘處，當個管事丫鬟，如今瑣事甚多云云，不便見面細談。

因兒子帶來消息，又見女兒書信，顧母不疑有他，想著女兒乃伯府送去侯府，如今侯府倒了，回到伯府也算回到原主子身邊，也算是個出路。

顧父雖心裡疑惑女兒侯府之事，但女兒每月捎帶給家裡的銀錢並未中斷，顧母每日家務沈重，兒子又即將科考，家裡正是用錢需求旺盛之際，久了也沒細想。

這廂，沉歡見那人道歉之後就急急進去，不禁心中揣測良多，惴惴不安，等了半天又不見那信使出來，想走又擔心不已，一直在縣丞夫人這裡徘徊到衙門下班。

如此煎熬等待，終於等到宋衍從衙門裡出來，沉歡眼尖，猛地瞥見宋衍背後也跟著出來一個人，定睛一看。

咦？怎麼有點眼熟？很像伯府三少爺沈笙。

沉歡擦了下眼睛，這天高地遠的，莫不是眼睛花了？

青色官袍，面容俊美，一雙眼睛自帶桃花，眼尾雖總是含情帶笑，神色間卻總是抹不掉那隱隱帶著的一絲倨傲，張口閉口喊她「賤婢」不離嘴，這不是沈笙那是誰？這真是過河的碰上擺渡的——巧極了！

沉歡可不想在南城再見故人，更不想聽到賤婢這個稱呼，特別是以前避之不及的人，於是她啥也不想，轉身提著裙子就溜得飛快。

沈笙並未察覺有異，和宋衍寒暄告別，明天即是選拔開始之日，兩人手裡均有大把工作要做。

待沈笙走遠，宋衍那雙狹長如柳葉狀的眼睛才略帶思索地瞇起來，冷瓷般光潔的臉上並未有多餘表情，往沉歡藕色衣衫消失的方向狀似不經意地一瞥，隨即才發出淡淡的一聲冷哼。

此時，沉歡想著，莫不是沈笙到南城來辦事？為何會和宋衍一起出現？想來想去沒個頭緒，沈笙是京官，南城偏遠，這裡能有啥事？說不定是自己眼花了。

自我安慰一番，沉歡就將精神放到神女選拔的事情上，只是多少掛念孩子，心緒難免不寧，凝神好一會兒，才平靜下來進入狀態。

夜已深，一道黑影悄無聲息地溜進宋衍的房間。房間裡點著燭火，燃得正旺，顯然已等候多時了。

喜柱兒照例將近期發生的事情一一彙報。「姑娘住所數里內凡是適齡的男子，奴才按爺的吩咐均以各種手段清理乾淨，有那起心思的，也被奴才整治了。如今搬的搬，走的走，新來的都是些婆子、婦孺住著，奴才瞧著甚是安全。」

沉歡與如心，年輕貌美，與小城女子截然不同。特別是沉歡，豐唇皓齒，肌膚奶白，一雙眼睛靈動生輝，加之生育後身材前凸後翹，張嘴說話猶如撒嬌，天生嗲音，聽之讓人酥骨，實在養眼。

她自己也知道，起初出門都是戴著帷帽，能遮就遮。南城民風開放，女子出門猶如男子，並不避諱，農戶女子下田幹活也沒那麼嬌氣，是故沉歡戴到後來就鬆懈了，後面乾脆帷帽都省了。

她一門心思都在改善生活上，並未注意周邊男子對她打有什麼主意。

宋衍聞言點點頭，抬手將燭火撥亮一點，喜柱兒這才發現，宋衍的几案上竟擺著兩個針線粗糙的布老虎，雖線頭都看得見，但表情還算生動，一大一小並列放著。

喜柱兒以為這是宋衍不知哪裡收來的玩具，以為又是給小姊兒的，不禁多瞄了兩眼。

哪知宋衍並沒提布老虎的事情，隨口問道：「姑娘來南城這段時日，可曾提到侯府的生活？」

喜柱兒不明所以，回憶一下搖了搖頭。「不曾提過。」

宋衍也沒說什麼，揮手讓喜柱兒退下。

待室內恢復最初的安靜，宋衍才抬手在布老虎的鼻子上用力刮了刮，冷哼了一聲。「真是個沒良心的小東西。」

熄了燭火，宋衍這才和衣躺下，合上眼簾。

日子還長，他總會要她明白，有他在，宅門不會是她的圍城。

還沒等沉歡琢磨透沈笙怎麼會突然出現在南城，小姊兒就生病了。

如心急得團團轉，自責不已。「許是那天吹了風，前幾日也沒見端倪，今天怎地忽然就發起高燒？」

沉歡著急地摸著孩子的頭，看著她通紅的小臉，心裡涼了半截，孩子發燒是個大事，萬一治不好，夭折的不在少數。

「事不宜遲，準備好銀錢，趕緊去請郎中。」沉歡當機立斷，站起身來。

如心點點頭，正待轉身，沉歡忽然改變主意。「等等！等郎中再過來，這一來一回更耽擱時間，等我換身輕便的衣裳，我們直接去醫館！」

如心連忙去櫃子找衣裳，想著大袖衫子抱著孩子不方便，須得翻件小袖的好做事，就把那件胭脂紅的衣衫拿出來。

自到這南城，沉歡不想太引人注目，衣裳都穿得素淨，好久不曾穿鮮豔的顏色了。這件胭脂紅的衣衫，還是在侯府的時候封嬤嬤給她做的，小袖、窄領，腰間束帶上繡了一片海棠花，裙襬上也有相同的花紋，幹練是幹練，就是頗顯身材，束腰不僅顯胸大，還將她的腰身束得盈盈不堪一握。

時間緊急，沉歡來不及多想，匆匆換了衣衫就抱著孩子出門。她心中焦急，臉上不復往日笑意，緊蹙的眉頭讓豔麗中多了分清冷。

小姊兒燒得迷迷糊糊，小臉一片通紅，邊哼邊哭，沉歡心痛地一邊摸著她的頭，一邊輕聲安撫。「姊兒乖，一會兒就好了，一會兒就好了。」

正在疾步前行，左肩忽地一痛，一個男人的五指猛地扣在她的肩膀上。

被忽然捏住的感覺，讓沉歡忽然湧起不好的回憶，在重生前，伯府只有一個人喜歡這樣控制她。

「賤婢，果然是妳！這嬰孩是誰的？」沈笙的聲音自背後傳來，沉歡一僵。

今日沈笙例行辦公，他到南城有一些日子了，自從那日看到顧沉歡的名字就在心裡一直琢磨是不是同名同姓？

這裡遠離京城，他也沒抱希望。恰好今日天氣晴朗，他心血來潮不想坐馬車，帶著人打算慢慢在城中走一走，順帶看看這南城風貌。沒想到走到這裡，就看見兩個女子抱著一個嬰孩匆匆前行。

他那次在昌海侯府對沉歡印象極深，之後午夜夢迴總是她帶笑的眉眼和嬌嬌的聲音，是故那身段只瞧一眼，就認了出來，只是不敢確認。

那女子行走頗快，身形婀娜，一頭烏髮隨意側綰了一下，頭上插著一朵寶石海棠花簪子，下面吊著三串短流蘇，邊走邊蕩。

每蕩一下，就在他的心間撩了一下，待那人側頭給另外一個女子交代什麼，沈笙才看清楚她的面容。

緊蹙的柳眉，秋水般的杏眼，似翹非翹的飽滿菱形嘴唇，猶如誘惑，不是他朝思暮想的賤婢是誰？竟然真的有膽子跑到南城來了！

沉歡被沈笙驚了一大跳，上次都避開了，沒想到竟然在這裡遇見。

沈笙捏著她的肩不放，沉歡吃痛，臉色微變，立刻退後一步，警惕地躲避他的動作，敷衍地扯出一個笑容。

「沒想到在這裡碰見沈三爺，三爺可好？」說完，不露聲色地把孩子遞給如心，並擋在如心面前。

沈笙目不轉睛地盯著沉歡，眼露狂熱，心臟竟然狂跳起來。他很快有了思量，壓低聲音咬牙切齒。「我著人去妳家裡打聽，妳竟然敢胡謅還在我府裡當差，卻悄悄跑到這南城，說，這孩子到底是誰的？」

如果真是宋明侯爺的，為何會跟著她流落在外？還是說這嬰孩根本不是她的？

沈笙不願見她為別人生孩子，此刻恨不得她立刻否認孩子身分。

沉歡知沈笙的性格，越是得不到的越是心裡惦記，又著急給小姊兒請郎中，實在不想和他糾纏，語氣忍不住就冷下來。「與三爺無關，還請三爺不要擋道。」

沈笙本就容貌俊美，一身貴氣，在這南城非常引人注目，身後跟著的僕役圍著沉歡，周圍已有不少人竊竊私語。

沈笙冷笑一聲。「怎麼不自稱奴婢了？妳以前可都是如此自稱的。」張口閉口不敢高攀，事實上從沒將他放在眼裡。

沉歡不想在這裡生事，想著小姊兒還發著高燒，正事要緊，行了個禮告辭，轉身就要走，沈笙卻一把扣住她的手腕，幾個僕從也向如心靠近，竟似要搶孩子。

沉歡臉色一變，怒道：「沈笙！」

沈笙難道還想強抓她不成？

這時一個小廝滿頭大汗跑過來，一見沈笙就上來賠笑道：「這位可是戶部沈大人？剛剛您在席間走得匆忙，摺扇掉了，宋大人派我給您送過來。」說完遞上那柄摺扇，正是沈笙遺忘在席間的。

沈笙接過摺扇，正待開口，那小廝卻轉身對著沉歡行禮後，接著道：「姑娘讓小的好找，今晚稻神祭祀設了祈福宴飲，衙門已挨家挨戶通知中選的女子，偏姑娘不在，杜大人和縣丞夫人說姑娘摺的請神花甚好，杜大人和縣丞夫人請姑娘過去多做一些以備大會使用。」

這一番話下來，又是宋大人，又是杜大人，又是縣丞夫人，又涉及稻神祭祀一事，特別是同行的杜大人，乃沈笙上司。

沈笙聞言，略微一驚。「杜大人也來了？」

那小廝語氣恭敬。「大人的馬車在前方街角。」

杜大人乃他父親同僚，此次同行半是辦公也半是被他父親所託來看顧他的。

沉歡正愁沒理由脫身，這小廝來得正好，不禁喜出望外。「夫人來了嗎？我去見見夫人。」

沈笙不甘心就此放過沉歡，立刻對那小廝說：「既然杜大人來人，我不去招呼一下禮數不合，你前方帶路，我帶著沉歡姑娘一起過去。」

見他還扣著自己的手，沉歡吃痛，皺眉提醒。「沈大人乃督促本次稻神祭祀的京官，想必公務繁忙，大人在朝為官還是妥當點為好。」

沈笙心中一凜，看到周圍有人圍觀，終覺不好，這才放手。

沒想到沈笙如此執著，這超乎了沉歡的預料，前世沈笙眠花醉柳，待她並無多少真情，看現在情形，一時半刻竟還甩不掉他，她又看如心懷裡生病的小姊兒，不禁心裡著急。

沉歡沒辦法，被沈笙半是脅迫、半是邀請，只得跟著去了。

行至前方街角處，果然見兩輛馬車停在路邊，一位身著官袍的中年男人站在馬車旁邊，沈笙連忙上去招呼。

兩人見了禮，那杜大人似乎吃了一點酒，哈哈一笑卻說有位同僚要為沈笙引薦，拉著沈笙一起上馬車就要走，沈笙沒料到杜大人有這一齣，礙於職級高低，又不好拒絕，只得跟著上車。

「待會兒好好送顧姑娘回去。」沈笙使了個眼色，臨行前吩咐僕從。

「夫人是女眷，不便下車，還請姑娘上車一敘。」小廝恭敬地對沉歡道。

這兩個聲音幾乎同時響起，沉歡一笑，先對沈笙說：「沉歡不敢煩勞沈大人。」又轉頭對小廝說：「帶我去見夫人，想必是有急用，那請神花我回頭就做。」

沈笙還想糾纏，側頭一掃旁邊的馬車，車身簡潔，並無平常女眷之華麗外飾，心中疑惑，又怕杜大人不耐煩，身邊有眼力的小廝都是領著伯夫人的叮囑來的，趕緊勸著沈笙走了。

待沈笙一走，沉歡如釋重負，拉著如心跟著小廝疾步前行到馬車旁，今天要不是有縣丞夫人出手相救，不知道沈笙還會糾纏到什麼時候，沉歡趕緊上前道謝。

小廝恭敬地掀開馬車的竹簾，沉歡只一抬眼就定住了，所有道謝的話全部卡在喉嚨裡，心臟似乎被人猛地攥了一下，一陣心悸。

只見宋衍端坐在裡面，那雙動人心魄的黑色眼睛正直勾勾地凝視著她。

沉歡僵在原地，旁邊站著如心，如心抱著小姊兒，這次小姊兒臉上沒有泥巴，乾乾淨淨一張小臉，因為發燒而紅紅的，委屈兮兮地皺著。

馬車裡除了宋衍，空空如也，沒有縣丞夫人，也沒有其他人。

「世、宋……宋大人……」沉歡心裡惴惴不安，下意識側身擋住小姊兒的臉。

今天這是什麼日子，出門前沒燒高香嗎？

宋衍自上而下打量著沉歡，隨後視線定在小姊兒身上，眉頭微皺，命令道：「上來。」

這聲音一如以往的清冷，不知是不是沉歡多心了，似乎還帶著少許平靜的催促。

沉歡覺得不妥，一時間有點猶豫。小姊兒正發燒難受，她耽擱不起，另外，她畢竟是女子，與宋衍同處一輛馬車難免被非議。

沉歡躊躇了一下，開口道：「多謝大人解圍，今天要不是大人，沉歡真不知如何是好。」沉歡頓了一下，一口氣說完。「只是今日確實還有事不能耽擱，望大人見諒，改天沉歡定來衙門感謝大人。」

本來還想繼續補充幾句，硬著頭皮說完也沒見宋衍有任何反應，沉歡只得抬眼一掃，看到底什麼情況。

這一眼，沉歡整個人就定住了。

那雙形狀優美的眼中，暗沈沈的黑色瞳仁涼颼颼、冷冰冰地盯著她。

在昌海侯府的無數個夜晚，沉歡伺候宋衍的時候，也曾這樣和他對望，但是宋衍那時候了無生氣，沉歡只覺得是個美麗的冰冷人偶。現在宋衍如此鮮活，沉歡卻覺得此刻猶如冷血動物蛇類盯著雛鳥。

直覺告訴她，宋衍並不喜歡她的拒絕。

宋衍沒有說行，也沒有說不行。剛剛還靈活傳話的小廝，此刻也換了張臉，安靜地站在馬車旁，彷彿消失一般，氣氛一時很詭異。

她上車後，小姊兒和宋衍那麼近，宋衍如果問起孩子的問題，她自信能糊弄過他嗎？如心此刻也看出氣氛不對，更是兩腿微顫，在世子院時就不敢逾越，此刻世子活生生在她面前，更覺不敢冒犯。

宋衍的眼睛從沉歡身上，移到孩子身上，沉歡本能地擋回去。

宋衍看了她一眼，不置可否。「上來！」

沉歡敏銳地聽出這兩聲上來的差異，以她以前在世子院對宋衍的瞭解，沉歡權衡了一下，還是上了馬車。

「把孩子抱上來。」

沉歡無奈，只得硬著頭皮抱著小姊兒上馬車。

宋衍低頭給小廝交代了兩句，沉歡隱約聽到院子的名字，她不知宋衍葫蘆裡賣什麼藥，只得耐著性子給宋衍解釋。「宋大人，我的小姪女生病了，我想要去醫館。」

宋衍伸出手。「抱給我看看。」

沉歡愣住了，什麼？

給還是不給？不給，欲蓋彌彰，給了，她實在心裡害怕宋衍看出端倪。

小姊兒今天算是很乖了，一直依偎在沉歡懷裡，沒有無端哭鬧，此刻她雖然還發著燒，一邊哼哼唧唧，一邊也好奇地看著宋衍。

小姊兒的眉眼，和宋衍實在太像了。

馬車行得很快，沉歡心疼孩子，斟酌了一下，還是勇敢拒絕。「大人，我看還是算了，等郎中來吧。孩子頑皮，今日發燒哭哭嚷嚷，我怕她吐在大人身上。」

宋衍挑眉，明顯不樂意，沉歡也覺得自己有點超過了，正在為難時，小姊兒向宋衍的方向伸出小手。

下一秒，沉歡懷裡一空，孩子已經到了宋衍懷裡。

宋衍抱著孩子，小姊兒好奇地望著他，兩個眼睛一眨也不眨。

「大人！」沉歡音量都提高了，她立刻坐直身，如臨大敵。

「容嗣。」宋衍低頭露出一個清淺的笑意，用手指摸了摸孩子的額頭。

「啊？」沉歡不明所以。

宋衍將手指放在孩子額間，感受著體溫，也沒抬頭看沉歡，只是放緩了聲音算是解釋。

「我的名字，容嗣。」

宋衍，字容嗣。宋家子嗣單薄，容嗣，是取自子孫繁茂的意思。

在世子院時，沉歡喚宋衍為世子，出來後沉歡喚宋衍為大人，容嗣卻是她從來沒有想過的，太親暱了。

宋衍握著小姊兒的小手，孩子濕漉漉的眼睛注視著他，小嘴笑了起來。

望著這父女和諧的畫面，沉歡忽然覺得氣氛正好，可以趁此機會多問下消息。

小姊兒用小手不斷去抓宋衍的手指，邊抓還邊笑，宋衍輕輕地彈了一下她的額頭，她小嘴一扁，似要開始哭。

沉歡望著宋衍，話在嘴裡憋了好久，終於還是忍不住試探性開口問道：「大人對孩子頗熟悉呢，不知家裡是否還有孩兒，家人可好？」

「不好。」宋衍回答得很快，淡淡地瞥了她一眼。

這句「不好」讓沉歡的心提到嗓子眼，一句「為什麼」立刻脫口而出，腦子裡全是之前信件裡，提到京城流行的孩兒歿這種病。

宋衍轉過頭來凝視著沉歡的眼睛，臉上露出少有的一點哀思。「因為孩子的母親去世了。」

沉歡嘴角一抽，「被去世」的她現在正好端端地坐在正主面前。

還沒尷尬完，宋衍嘆口氣又開始道：「是有一幼孩，不過近日乳母照顧不周，生病了。」

沉歡臉一白，擔心得差點就跳起來，完全按捺不住，正想繼續追問下去，只見宋衍眼珠狡黠地轉了一下，輕飄飄地冒出下一句。

「又治好了。」

沉歡有些無言以對，喪氣地隨口說：「那孩子的母親您還記得嗎？」

那時候她經常伏在床榻前替沈睡的世子唸書，偶爾還高談闊論，不過那時候世子昏睡，神志不清，不會記得了。

「記得。」宋衍的聲音含著沉歡都沒有察覺的清淺溫柔。「我記得的。」

什麼？沉歡定住了，懷疑自己是不是聽錯了。

四目交接，宋衍黝黑的瞳仁裡映出她茫然吃驚的臉，一句「怎麼可能」差點就要衝出口，卻被她強壓下去，然而，心臟卻不受控制開始「怦怦」劇烈跳動。

宋衍，怎麼可能記得？他，記得？

「你……怎麼可能記得？」當沉歡回過神的時候，她發現自己已經囁囁嚅嚅開了口。

宋衍微垂著頭，烏黑的髮絲如以前每一個他們相見的早晨，都束得整整齊齊，半垂的眼簾遮蔽了他此刻的情緒，只餘下他清冷的聲音，迴盪在馬車之中。

「是啊，為什麼會記得呢？」

這是一個疑問句，沉歡卻聽出中間的無奈，她實在問不出口你記得什麼，空氣卻陡然凝結了起來。她覺得宋衍的臉上，有淡淡的哀傷，彷彿被拋棄了一樣。

沉歡猛然想起以前的豪言壯語，宋衍過生辰的時候，她趴在宋衍榻前豪情許諾。「世子爺勿怕孤單呢，綿綿會永遠陪著你的。」

別說陪了，連當初發生的事情，都在糊弄他。

沉歡忽然有點內疚感、心虛感，或許……或許離開之前還是應該去給世子道別？

沈默讓人窒息。為了掩蓋這種窒息，沉歡只得主動撫摸小姊兒的頭說一些其他事情以緩解氣氛。

她知道，只要是宋衍不想回答的問題，就算她使出渾身解數也問不出個所以然，只要兒子沒事、健健康康的，她就滿足了。

好在宋衍指定的地方很快就到了，是一處乾淨別致的三進院子，門口一位老叟拖著藥箱早已經候在門口，等宋衍下車，連忙拱手行禮。「給大人請安，老叟恭候多時。」

來人正是城中的名醫范老，沉歡如遇救星。

那老人仔細察看姊兒的情況，微微點頭。「如大人所料，姊兒並無大礙，乃是飲食不調所致。這個時期的嬰孩，開始添加綿軟米粥以及動物內臟等食物，但是餵養還須慢慢添加，多食不易消化，積食亦會導致發燒。」

折騰了一天，到此刻，沉歡才算是放下心來。抱著孩子，她輕聲地拍哄著，小姊兒吃了藥，迷迷糊糊地睡著了。

「這孩子可有名字？」宋衍突兀地問一句。

沉歡一僵，孩子被她取了一個小名叫果果，但是出府後又是養病、又是籌劃出行，每日忙碌不堪，一直沒幫孩子取名字。

想了一下，沉歡老實作答。「沒有。」

宋衍也沒問為什麼，點點頭，沒繼續說什麼。

此時一個中年僕婦托著一個木盤進來，上面整齊疊著一套冰藍色的衣衫。

沉歡面容嬌豔，喜歡蔥綠、鵝黃、水紅這類顏色，從未穿過藍色這麼冷的顏色，不免有些納悶。

宋衍朝那僕婦點點頭，那僕婦將衣衫呈到沉歡面前，笑著說：「姑娘，今夜有祈福宴飲，本地高門都會出席，姑娘這一身隨意了一些，還是換一件妥當。」

忙到現在直到確認小姊兒無大礙，沉歡才算是鬆了口氣。她不禁低頭看了看自己的衣衫，沒覺得有什麼不妥當啊。這顏色雖然豔了一點，但是還好吧！本城諸多女子，衣衫比自己華麗多了。

宋衍不發話，那僕婦端著的衣衫就一直呈在沉歡面前，沉歡不明所以，意思是非要她換？

那僕婦上下打量一下沉歡，委婉提醒道：「姑娘模樣、身段都是上等中的上等，宴飲男子眾多，還是這寬大的衣衫好一些。」

沉歡臉一紅，這才發現那僕婦剛剛打量的目光，是從她胸上盤旋到腰肢，她向來不是弱柳扶風型，今日這腰身一束更顯前凸後翹，好身材一覽無遺，胸大腰細，尤其是裙子的下襬是雙層，內層是一層薄紗，掀開半遮半掩更添旖旎感。

當時為取悅世子，封嬤嬤替她送來這套衣服，她出府後就不曾穿過，今日走得著急，才發現是這一身。她不施粉黛只顯嬌豔，要是濃妝簪花，步搖珠釵，那肯定是更顯媚惑。

沉歡沒想到宋衍居然注意到這個，臉上火辣辣，只得點點頭，尷尬接過去，想著晚上妥當點也好，藍色比水紅色穩重一些。

那僕婦要伺候沉歡去隔間換衣，沉歡連忙擺手。「嬤嬤請慢，我可以自己換。」

「還是讓老婆子伺候姑娘吧，這衣衫繁雜，姑娘今日疲憊，也可稍微歇息一下。」

兩人再客套幾句，那僕婦卻甚是堅持，沉歡想，許是怕主子責罵，只得讓她跟隨自己一起進去。

進去之前，沉歡眼尖，覺得似乎宋衍在背後盯著她。

待一套冰藍色衣衫換好，那僕婦點點頭，似乎滿意了，這才領著沉歡回到正廳，宋衍卻已經不在了。

那僕婦將她帶到外間，小廝迎上來。「姑娘趕緊上車吧，誤了時辰可不好，如心姑娘和小姊兒都在車上等著呢！」

沉歡趕緊上了馬車，果然見如心抱著孩子在馬車裡坐得好好的。小姊兒吃了藥，發了汗，已經退燒了，此刻在如心懷裡睡覺。

沉歡心中一片柔軟，摸了摸孩子的頭，正想讓馬車先送孩子回去，那小廝卻早一步開口。「大人安排了馬車先送如心姑娘回顧宅，姑娘放心。」

第二十七章 宴飲

今日縣衙果然好生熱鬧，門外馬車擠得水洩不通，看來競選的各家女子都過來了。

沉歡攏了攏頭髮，整理袖子，確認自己衣衫齊整，各方妥帖這才跟著引領的僕婦進去。

這宴飲一過，明天就正式開選，是故今夜眾多參選女子都神色疲倦，想是緊張所致。沉歡選了個不起眼的角落，安靜地等待開席。

「妳也是明天競選的？妳叫什麼名字？」一個嬌俏的聲音自上邊傳過來，隱隱含著居高臨下的詢問。

沉歡抬頭，只見一個年約十四、五歲，身著明黃如意紋綢緞衣衫的美貌少女站到她的面前，少女頭上戴著一支精巧的攢金絲珠花髮簪，中間的花蕊用拇指大的一顆珍珠點綴，那珍珠不似凡品，隱隱透著粉，光芒動人，一看就是上品。

只是那少女語氣略不禮貌，沉歡思考了一下，不想惹事，起身行禮。「姑娘喚我沉歡即可。」

她站起來才發現，少女背後還站了一個婀娜的身影，一身上好緞子裁的新衣，著婦人打扮，珠釵比眼前少女略豔麗了些，只是蒙著面紗，看不清臉。

這身段，沉歡莫名覺得有點熟悉，但是又想不起在哪裡見過。

少女上下打量著沉歡，眼珠轉了一下，笑了起來。「原來妳叫沉歡，我之前看到笙哥哥和妳說話，還想著妳是誰呢！」

沉歡心一凜，果斷決定不再搭理，但凡扯上沈家三爺，定沒好事。「姑娘許是看錯了，妳口中的笙哥哥，沉歡並不認識。」

那姑娘不吃這一套，正想再開口，廳中僕婦穿梭，示意宴飲要開始了。那女子神色一喜，往宴飲前排更好的位置走去。倒是那蒙著面紗的女子走時還回頭看了她一眼。

沉歡不認識對方，心中略有疑惑也未特別在意。今日她一身藍色大袖衣衫，領邊繡著展翅的蝴蝶，繡線不知什麼材質，像緞子一樣泛著光。裡面是月白色的綢緞小衣，上面盤著一顆寶石小釦。雖然低調卻精巧雅致，沖淡了豔麗，多了一分端莊和優雅。

忽然廳內喧譁四起，一時人聲鼎沸，原來是上賓們魚貫而入，打頭的正是今天見過的杜大人，旁邊還跟著一位老頭。那老頭眉眼微垂，略帶苦相，看杜大人對他頗為禮遇，看來也是德高望重之輩。

老頭後面陸續跟著沈笙和宋衍，幾人都未著官袍，顯是都換了常服。沈笙絳紫，宋衍朱紅，兩道人影一現身，現場竊竊私語聲不斷，間或穿插著現場少女們小聲的嬌羞驚呼。

沉歡一時也看癡了，罪過罪過，宋衍實在是太好看了，清冷又熱烈，似是畫中人。

不過這是什麼情況？沈笙怎麼又跟著來了？陰魂不散啊！

「此次宴飲不過遵循南城舊日傳統，各位大人雅興，是本縣榮光，請各位大人上座。」

宋衍不緊不慢地開口，吩咐婢女領諸位大人入座。

原來沈笙跟著杜大人走了，杜大人見了同僚，兩人相見甚歡，同僚說起這南城有一道民間風味吃食曰「擔子魚」，聽說那魚生長在冰涼的泉水底，一年才長一寸，異常鮮美。

杜大人一則興起想去嚐嚐宴席間的擔子魚，二則宋衍前幾日修書一封談到選拔一事有變故，所以中途他又帶著沈笙更衣後來到宴飲現場。各地縉紳們此時齊聚一堂，名義上是祈福的宴飲，實際上則是聯絡關係的好時機。

「宋大人過謙了，同請。」

杜大人對這昌海侯府之事也略知一二，本以為侯府封府，宋衍革爵，這世家子會很頹喪，但幾日觀察下來，只覺宋衍心性沈穩，善於隱藏，雖到南城不久，但所問之事都能一一作答，毫無焦躁之態，可見到了這天高皇帝遠的南城，宋衍並未懈怠公務。

衙門的僕婦捧著盤子依次來到眾女面前，只見各自的盤子裡都裝著一根銀紅的髮帶，髮帶的旁邊擺著一碟子稻米，沉歡依樣畫葫蘆將髮帶和稻米收下，靜聽下面的安排。

「諸位手裡拿的都是參選的髮帶，用於繫於髮間以示區分，這稻米各女不同，各位姑娘收好了，待會兒會用到。」

沉歡不明所以，但是看這僕婦的意思，似乎今天不只是宴飲，參選女子們都整齊地在右邊，一同過來的當地豪族縉紳都列席在左邊，此刻席間談笑甚歡，並未注意到有什麼不同。忽然席間音樂驟停，眾人所有目光齊刷刷望向上面，宋衍起身附在杜大人耳邊悄聲說了幾句。

那杜大人點點頭，清了清嗓子高聲道：「諸位，今日宴飲，一則為這神女選拔一事齊聚一堂，二則亦有要事要通知參選的各位。近日朝廷星相司上報皇上，言近段時間星象反覆，南城乃我朝糧倉所在，朝廷頗為關注祭祀一事，星相司的諸位大人們占卜了吉日吉時，這神女選拔複選，將在今日酉時三刻正式開始。」

「今日酉時三刻？那不沒多少時間了？何故事前並未通知啊？」

「今日毫無準備，這可怎生是好？」

「何故如此？」

一時間廳內炸開了鍋，沉歡也愣住了，驟然緊張起來，她原本以為自己是陪吃飯的，沒想到今天就要提前開始。

這神女選拔名單一事幾經波折，到此環節也就餘下不到二十位女子，此刻這些縉紳之女們面面相覷，頗有些措手不及。

「何故如此驚慌，這神女備選也不是一、兩日，莫不是有些人還想著糾纏知縣大人為自己鋪路？」一絲譏諷自人群中飄出，說話的人正是之前沉歡見過的葛貞兒，她乃南城葛家葛老爺子的孫女，持有南城近半數的土地，實打實的地頭蛇。

「妹妹慎言，宋大人光風霽月，品行高潔，這神女一事亦是南城要事，怎可如此戲言？」

沉歡從沒聽過如此婉轉動聽的聲音，情不自禁就隨著聲音望去，隨後愣了一下。

她還未見過如此美貌的女子，多一分則妖，少一分則黛，眉入遠山，目若秋水含煙，檀口朱唇，手持一面湘妃竹蘇繡宮扇，只要她眉頭一蹙，就讓人忍不住心生憐惜，沉歡也不禁看呆了一下。

那女子持扇一笑，顯是習以為常，不動聲色地將了葛貞兒一軍之後就不再出聲。

周圍還在喧譁，一幕僚小聲附在洪泰耳邊輕聲道：「這選拔一事忽然提前，定是知縣大人不想幾家臨陣糾纏，特別是糾纏到杜大人那裡，如今搬出朝廷，打了個措手不及。」

洪泰不動聲色地點點頭。「不知他用了什麼法子，竟然說動了杜大人，之前籌謀之事怕是不能行了。」

下面波濤洶湧，宋衍不為所動，順著杜大人的話頭朗聲宣佈。「朝廷決定，不容置喙，離酉時三刻還有一段時間，準備布菜吧。」

女婢們魚貫而入開始布菜，沉歡一邊默默盤算，一邊感嘆。「這頓飯怕是吃不好了。」

忽然桌面多了一碗本地佳餚「胡龍肉」，這肉頗似東坡肉，選豬肉肥美位置而烹製，講就火候，味道鮮甜，入口軟香。

沉歡下意識地看向宋衍，卻發現沈笙對著她露出一個笑容。

「沈大人在看這邊呢！」旁邊的女子發出驚呼。

沉歡連忙低下頭，沈笙自幼順遂，伯夫人對他寵愛有加，在伯府要風得風，要雨得雨，加之一副好皮相，自己上輩子，不也是落他手裡了嗎？

「沉歡姑娘，這是沈大人命小人送過來的，請品嚐。」

周圍的人瞬間都轉過頭來看著沉歡，沉歡挾起來的肉，「啪」的一下落在碗裡，她嘴角略有抽搐，一時間不知道該不該繼續吃。

「姑娘多嚐嚐，沈大人說妳肯定愛吃這個。」那僕從不知道是不是收了沈笙銀子，加之邊城下人忌諱沒那麼多，說話也不避諱。

不、不！我不想吃！我也不愛吃！我不想和你扯上關係！

沉歡立刻將肉退給僕從。「許是端錯桌了，速速退下吧！」

那僕從不明其中糾葛，納悶道：「沈大人賜下佳餚是美事，姑娘不喜歡嗎？」

這沒眼力的僕從真的是拿銀子辦事，完全反應不過來，沉歡無語凝噎。

正在言語糾纏，一顆花生米悄無聲息地飛過來，正打在那裝碗的肉上，那碗光榮殉職，瞬間裂成兩半，菜餚的湯汁流了一桌子。

沉歡抬頭看了下宋衍，宋衍正端著酒杯飲酒，桌前擺著一小碟花生米。

但是花生米是酒桌標配，不敢確定是不是宋衍，畢竟他此刻朱服廣袖，飲酒後星眸微睐，一手撐著額頭，還是仙風道骨的樣子。

僕從見壞了事，心中害怕，立刻去收那碗，湯汁順著一濺，就濺了大片在她的裙子上。

沉歡。「……」

今天真的，幹什麼都不順。

「姑娘饒命，姑娘饒命，我、我……」那僕從嚇得都結巴了，慌忙找著擦拭的帕子。

「笨手笨腳的東西！」沈笙實在看不下去了，勃然大怒。「趕緊重新端一碗過來！」

一時間周圍人看沉歡的眼神都有些不一樣，似在揣測沈笙和她之間的關係。

沉歡心中一凜，連忙擺手。「等等！我自己處理。」

還好濺得不多，就一、兩滴，須臾間，桌上又放了一碗「胡龍肉」，看樣子沈笙是鐵了心要塞給沉歡。

沉歡不想再招人非議，她深知沈笙的性格，越不順著他的意思他越瘋，思考了一下，打算暫時息事寧人，假意用筷子沾了下湯汁，以示食過了，示意僕從離開。

僕從完成任務，滿意而歸，沉歡剛鬆一口氣，桌上忽然又多了一碗山楂色的湯汁。

另一個小僕伶俐道：「姑娘，宋大人說饕餮之食雖美，卻易傷胃停食，還是這山楂湯化食容易，姑娘趁熱喝了吧！」

「啪」一聲，沉歡剛剛挑起來的筍子，就這麼直挺挺地落到地板上！

這一晚上，她連塊肉都沒吃到，就沾了肉汁一下打發沈笙，宋衍就送來消食湯了！這日子要不要人過了？

不用沉歡表態喝不喝消食湯，宋衍又開始玩著酒杯，笑咪咪發言了。「沈大人消消氣，大人體恤眾女，愛護百姓，怎會厚此薄彼。這胡龍肉用料考究，做法複雜，今日是祈福宴飲，所謂朝廷賜福，我看讓沈大人的私廚為在座諸位都添一碗胡龍肉方顯厚愛。」

杜大人也看出沈笙對其中一位參選女子頗為不同，想起臨行前伯府所託，不禁暗自皺眉，掩護道：「我朝歷代京官到這南城，都有施恩惠的慣例，上屆大人宴飲之後開倉施粥，得百姓愛戴，近期天象不順，我看今日在這宴飲上就賜粥於民方顯恩德。」

薑還是老的辣，杜大人一開口祖護，這賜肉就改成施粥，小眾還變成大眾，全了朝廷恩德，也讓沈笙和沉歡顯得不那麼引人注目了。

施粥是善事，這提議甚妙，一群人叫好，銀子卻得京官自己掏。

既然杜大人都開口了，又是歷屆慣例，沈笙不好推辭，只得應了，只是難免對宋衍咬牙切齒，懷疑他是故意的。

「宋大人憐貧惜弱，本官甚是佩服。」沈笙皮笑肉不笑。

「容嗣代城中貧苦百姓謝大人恩賜。」宋衍躬身行禮，禮數周全，一身朱袍更襯得臉如冷玉，眼似星辰。

那邊唇槍舌戰告一段落，這邊沉歡也沒有消停。

「姑娘，這消食湯除油解膩，您趁熱喝了吧！」身邊僕從還在殷切的期盼。

還消食，消個什麼食？

沉歡從早上出門送孩子看病到現在，餓得饑腸轆轆，本想著宴會只管吃啥也不用管，結果好了，肉還沒吃，消食湯就來了，再消她都要前胸貼後背了。

周邊竊竊私語聲不斷，打量的目光一直盤旋，沉歡耳朵不背，明顯聽見不少人為宋衍抱不平。

「這哪家的女子，得知縣大人抬愛還如此拿喬，真是好大的脾氣！」

嗯，這聲音有夠大的，周圍幾桌都能聽到。

洪成雅搖著扇子，低眉笑道：「姊姊莫要置氣，不要被一些不知道哪裡來且不知禮數的女子，氣壞了身子。」

沉歡皺眉，這洪成雅說話好夾槍帶棒。

葛貞兒卻低頭對蒙面的女子低聲嘔氣道：「這顧沉歡身分存疑，今天我分明聽見笙哥哥叫她賤婢，定是哪家的奴婢跑出來！」
竊竊私語聲不斷，沉歡端起碗，原本打算像打發沈笙一樣，也打發宋衍，抬碗假意抿一口，放在桌子上。「好了，替我謝過宋大人。」
那僕從銅鈴眼一瞪，來一句。「姑娘，您還沒喝完呢！」
今天這是怎麼回事，找來的僕從沒一個有腦子的！
沉歡面帶微笑，內心燃燒，臉上笑咪咪地吃菜，裝作什麼都沒聽到，內心恨不得把宋衍大卸八塊。
宋衍，你真的過分了啊！可惜了那碗胡龍肉啊，熱騰騰的，看起來很香，好想吃肉。
因杜大人要施粥，幾位大人中途離席去門口視察準備情況，席間女子多數隨他們而去，她身邊瞬間就空了。
沉歡沒吃飽，只得哀怨地嚼著青菜，自從離府以來，除了坐月子吃得開心一點，來南城的路上也顛簸，買地的時候又操心，她都瘦了。
正在發愣，卻見收拾碗筷的老嫗，一邊收拾旁邊，一邊在她桌上放了一個碗，那碗不是席間宴請賓客所使用的碗碟，而是一只天青色的斗笠碗，上面一個蓋子，蓋子上燒出一朵蓮花，栩栩如生。
沉歡立刻警惕，又是誰賜的菜？她可不會再上當了。
那僕婦不知沉歡一臉警惕是為何，麻利地揭開斗笠碗的蓋子，熱氣瞬間奔騰而出，裡面是一碗魚丸湯，湯色熬得奶白，配著少許新鮮豆腐，上面撒著碧綠的蔥花，開蓋鮮味四溢。

沉歡愣了一下，情不自禁地吞了一下口水。「這……」

僕婦又拿出一個小碗，裡面盛著小半碗晶瑩剔透的白米飯，小碗也是天青色，顯然與斗笠碗是一套的。

「宋大人說了，施粥頗費時間，一時半刻眾人都不會回來，姑娘現在剛好再用點餐，吃完時間正好。」

「宋大人？」沉歡嘴角抽搐，她真的怕宋衍再來一碗消食山楂湯，刮她僅存不多的油。

僕婦自然不知道沉歡在想什麼，只是奇怪道：「姑娘為何不用餐？大人說您到現在都未進主食。這擔子魚無刺，價格不菲，做成魚羹熬湯，鮮美異常又極易消化養胃，姑娘趕緊趁熱喝了吧！」

擔子魚？沉歡感嘆，這可真是破費了，這玩意兒貴啊！

轉頭又想，今日設宴並未有此道菜，除非是衙門宋衍的小廚房專門烹製的。

僕婦說完，就退下去，一邊繼續收拾碗碟，一邊清理著桌上的殘羹剩菜。中間折騰太多，多數都涼了。

四周確實無人，偶爾幾個人也以為這僕婦在收拾沉歡的桌子，並未注意到她桌上又多了兩個碗。

沉歡用勺子舀了一口湯，太鮮了，胃一下就暖和起來了。

丸子也有嚼勁，嗯，果然沒有刺，清淡卻好吃。

待熟悉的米香在鼻尖縈繞，沉歡立刻就分辨出來，是那次田間吃飯，那老嫗家的米。

沉歡震驚，宋衍竟然還留著這米，是特意帶到宴席間為她而製？

宋衍的心思，沉歡不敢多想，她又餓又累，坐在角落悶頭吃飯，片刻間就吃了個碗底朝天。也不知宋衍是不是計算過，她剛好喝完湯和丸子，飯也吃完了，再多一點就會浪費，因為之前在席間已經吃了一些，現在正好合適。

沉歡撫摸著肚皮嘆氣，暫時不和宋衍計較，她拚不贏他的腦子，適當的時候和以前一樣哄一哄，裝死就可以了。

飯後，眾女歸位，稻神祭祀是南城的傳統節日，規模盛大，是全大律王朝的盛事，得選的女子，由南城縣衙請命，上報朝廷，授予供奉稻神的神女一職，是全族的榮耀。

沉歡對自己不抱希望，倒是葛家、丁家、洪家的女兒各不相讓，爭相表現，沉歡對米種頗熟悉，徐老天給出的種子，她都陸陸續續育苗成功，此輪還算能應付，待得第一輪完畢，天色已經很晚了。如之前規則所說，這輪之後就砍掉一半的人。

待得散場，沉歡才拖著疲憊不堪的身軀悄悄隱藏在人群中，額頭隱隱有冷汗浸出，卻又說不出到底什麼感覺，只覺得渾身非常疲憊。

從早上出門到現在，她覺得很累。到底是初春，白天還好，晚上就不行了，寒風一吹，透著骨頭的涼。

縣衙門口擠滿各種華麗的馬車，沉歡放眼望去心中明白一大半。這神女選拔越到後面，就越是當地豪族掌控，自己只怕下一關就會被刷下來。

為防著沈笙半路發瘋截人，她混入人群出門之後，悄悄躲在衙門的右側迴廊暫避，想著待人走得差不多了，自己再慢慢回宅。

不知道小姊兒怎麼樣了？如心雖然照顧孩子細心，可畢竟沒有生養過，經驗差一點，以後還是要物色一個有經驗的婦人才妥當。

迴廊四面無遮擋，沉歡站一會兒就有點站不住了，風好大。

等人都散得差不多了，沉歡才趕緊出衙門，此時天色已晚，外面黑漆漆一片，她搓了搓手，打算大著膽子自己走回去。正冷得跺腳之時，忽見前面一道影子掠過，那衣衫顏色有點眼熟，依稀是之前宴飲時和葛貞兒一起戴面紗的女子。

待沉歡回過神來再看，前面一片空空盪盪，哪裡有什麼人。沉歡揉了下眼睛，暗笑自己是不是眼花了，畢竟今天太累了。

南城的夜晚不像京城那麼熱鬧，這個時間點，只有打更的還在活動，略顯陰森。沉歡心裡害怕，只得疾步快走，心裡想著孩子分散注意力。

直到前方一輛馬車橫在面前，顯然是在等著她。

沉歡很累了，也有點茫然，為何宋衍的馬車會出現在這裡？

宋衍掀開簾子，看見沉歡嘴邊呼出的白氣，皺了下眉。「快上來。」

這次沉歡沒有拒絕，也沒有矯情，她走到馬車前，抬頭看著宋衍。

她離開的時候，宋衍身邊圍著一大堆人，官員們顯然沒她們這些選女精神緊張，她依稀聽到有縉紳精力旺盛地建議杜大人，這個時間剛好去雲坊聽小娘子唱戲，這民間女子雖不比貴女，卻也是別有風味。

那時候宋衍並沒有看見她，怎麼知道她走這條路？

還有，明明剛剛在迴廊還覺得很冷，冷得直發抖，為什麼此刻卻覺得腦袋昏沈沈的？喉嚨像火燒一樣乾，臉頰不正常地發著燙。

茫然間，一雙手臂將她輕巧地摟上馬車，身體一會兒冷、一會兒熱，此刻她也不知道自己到底是怕冷還是怕熱了。

「到底是這段日子太累了。」宋衍皺著眉頭嘆口氣，將手放在沉歡的額上。

沉歡掙扎著想起來，卻被宋衍按住，宋衍垂眸看她，眼睛裡有揉碎的星光。「不要動。」

他的聲音很溫柔，動作卻很強勢。沉歡被禁錮著根本動不了。

「我沒事……」沉歡囁囁嚅嚅。

「妳有事。」宋衍一錘定音，不准她反駁。

沉歡還想解釋，外面卻傳來車伕的稟告聲。「主子，這東門街我看是不能走了，那葛老頭正在街邊候著您呢！」

沉歡這才注意到，駕車的僕從不知怎地換了人，還是兩個，兩人都戴著斗笠遮住大半邊臉。

宋衍想了一下回答。「走西邊吧，醫館在那邊。」

兩人面面相覷，似是猶豫。

主子本來就是想避開西邊，現在又要走西邊。

宋衍抬眸。「走吧。」

兩人不敢忤逆，只得調整路線往西街走去。

沉歡此刻發起高燒，想是之前照顧小姊兒又忙了好幾天受了風寒，這一時發作起來就來勢洶洶。她在高門做事多年，察言觀色簡直就是本能了。

宋衍的僕從向來對他言聽計從，此刻宋衍說要去西街，兩人卻如此猶豫，想必，西街沒什麼好事發生，她不想給宋衍添麻煩，遂掙扎著坐起來。

「不用、不用去醫館，大人送我回家吧。」她一說完，卻見宋衍轉頭看著她。

宋衍的眼珠很黑，眼睛形狀線條很優美，猶如柳葉斜飛向上的弧度，渾然天成，鼻梁挺直，當他凝視一個人的時候，會讓人感到心悸。

怎麼了？沉歡疑惑地看看自己，衣衫、頭髮都整整齊齊，沒犯宋衍的忌諱吧！

沉歡摸摸自己的臉，一邊疑惑，一邊不想給宋衍添麻煩，嘴裡道：「我臉上沒什麼吧？真的不用麻煩大人。」

馬車只有一盞燭光，明明滅滅間，只見宋衍嘴角扯出清淺的笑意。他拿出一張絹帕，拿起水壺將絹帕打濕，疊得整齊，伸手過來，看樣子是想替沉歡擦拭額頭和臉頰降溫。

兩人隔得這麼近，沉歡心臟跳得厲害，只覺得臉上更紅了，還好高燒可以掩飾。以前伺候的人，現在反過來照顧她，沉歡嚇了一大跳，反射性就往後躲避。

宋衍笑得更厲害了，眉眼都似乎鮮活起來。「我是食人的惡鬼嗎？躲我做什麼？我出身高門，自幼受詩書禮儀薰陶，又不會強迫姑娘什麼，姑娘不必擔心。」

話說得如此風度翩翩，宋衍外表如芝蘭玉樹，此刻行為卻剛好相反，沉歡被他一手扯到身邊，只得伏首半趴在他腿上，猶如一隻被強行按在主人懷裡被捋毛的貓。

沉歡淚目，你話是這麼說，你倒是這麼做啊，我動不了啊。

冰涼的帕子貼在她額頭帶來陣陣涼意，這姿勢雖然曖昧，但是宋衍也沒有更進一步的動作，只是用手撫過她漆黑的頭髮。

「大人這稱謂太過生疏，上次已經說過了，姑娘可喚我容嗣，我想想，我喚姑娘什麼呢？」

「這……」沉歡每次想說話，宋衍冰涼涼的帕子就剛好貼在她嘴邊，捂個透心涼。

「這樣吧，姑娘可有乳名，我喚姑娘乳名如何？」

「這……」沉歡覺得太親密了，雖然兩人更親密的事情都做了。

話還沒說完，透心涼的帕子又來了。

「姑娘乳名叫什麼？讓我猜猜如何？」

沉歡被按在宋衍的腿上，臉上一片灼紅，好幾次想爬起來，但是可惡的宋衍看似輕撫摸著她的頭髮，讓她就是爬不起來。

「姑娘幼時一定圓滾滾，我看這乳名說不定就叫滾滾。」

居然譏笑她胖，沉歡生氣嘟嘴反駁。「才不是呢！我才不是滾滾，多傻的名字。」

宋衍但笑不語，將帕子移回她的額頭，冰涼的感覺自額頭傳來，沉歡覺得舒服不少。

「我再來猜猜，姑娘不喜歡滾滾，我看綿綿這個名字適合妳。」

綿綿？

沉歡愣住了。以前在侯府，每次她把宋衍當成情緒發洩桶吐槽的時候，都喜歡加上「綿綿我呀、綿綿我呀」的冠名打頭。

宋衍你……

沉歡有個略驚恐的猜測，不知該不該講。

第二十八章　發燒

沉歡的臉紅透了，比煮熟的蝦子還誇張，三分之一是真的高燒，三分之一是被宋衍嚇的，還有三分之一是羞的。

乳波甩耳光，熊掌拍流食，外加冰敷子孫根的破事，現在一樁樁浮現在眼前，沉歡驚恐地想找地洞，但是宋衍不配合。

「咦？怎麼不反駁了？看來我猜對了。」宋衍嘴角一翹，玩味說道。

沉歡要求救了。「大……大人……」

宋衍將帕子取下，翻了一面，繼續貼在她額頭上，幽邃的眼神有著探究，最終卻是漫不經心地強調。「綿綿，喚我容嗣。」

沉歡沒辦法，知道今天不遂他的願，這日子不好過，只得軟綿綿示弱道：「容……嗣……」

宋衍低頭垂眸盯著她，有那麼幾秒鐘的停頓，馬車的時間似乎停止了，沉歡本能地感覺到危險，瑟縮著掙扎一下，這次宋衍沒有按住她，她立即爬起來，縮到馬車角落裡。

帕子在起身的過程中掉到地上，看到宋衍伸手去撿，沉歡立刻手忙腳亂地自己爬過去搶那絹帕。「我自己來，我自己來。」

如果宋衍再幫她捂一次帕子，她怕要了她的命。

看沉歡一副避之不及的樣子，宋衍從鼻腔裡哼了一聲，隨後看她又慌慌張張地擰帕子，宋衍又低聲一笑，卻是道不盡的風流了。

沉歡肯定了，宋衍就是喜歡逗她！可惡！

這時一道突兀的男聲自馬車外陡然響起，馬車似乎被攔住，停了下來。

「在這南城想見宋大人一面竟比登天還難，宋大人年紀輕輕，卻是好大的官威啊！」

宋衍微掀簾子，剛好遮住沉歡，回答道：「新官上任，諸事繁忙，洪老爺錯怪了。」

洪泰冷笑一聲，遞了個眼神，周邊一下竄出十來個人把馬車團團圍住。

這宋衍上任，不過是個知縣，不管他以前家世如何，來了這南城，就是虎落平陽，被貶的世家子弟他見多了，一開始都還端著架子，等那點微薄俸祿入不敷出，又翻身無望過得豬狗不如，就是哭爹喊娘的時候了。

宋衍打量一下四周，臉色不變，只是瞄了洪泰一眼。「洪老爺手握諸多土地，過著堪比王孫的富貴生活，納糧一事俱是朝廷旨意，南城眾農均要納捐，這區區米糧，洪老爺何足掛齒？」

洪泰冷笑，宋衍的區區米糧就是個獅子大開口的數字，歷屆納捐，誰敢向他要這麼多糧食？

「宋大人何故與老夫拐著彎說話，這神女選拔年年都是幾家做莊，宋大人半路截了杜大人，打了幾家一個措手不及，聽聞葛老頭以同意納捐為由送他小女兒入選，宋大人一邊忙活這神女選拔，一邊還要視察糧倉，也不怕路遠折了腿。」

宋衍不為所動。「此刻天色已晚，明天還要繼續選拔，洪老爺還是早些歇息吧。」說完示意馬車直接走。

洪泰咬牙。這宋衍不識抬舉不說，還打亂了他的安排，洪成雅是他女兒，原本就是要借這神女選拔一事作為跳板進京，何況今年做莊，輪也該輪到他洪家了，偏宋衍軟硬不吃！

沉歡立馬坐起來，擔憂地望著宋衍，所謂強龍不壓地頭蛇，這短短幾句話涉及的問題不簡單。

何況這洪老爺什麼身分，好狂的口氣！

「妳在發燒。」宋衍按住她。

「此人不好打發。」沉歡固執地搖頭。

距離馬車十幾公尺的草叢裡，一個戴面紗的女子藏在林間，旁邊跟著一瑟瑟發抖的侍女，那侍女沒見過世面，只覺得前面氣氛劍拔弩張，禁不住害怕地勸道：「洛姨娘，我們走吧，被老爺知道了，會打斷我的腿。」

那女子厭惡地推了那侍女一把。「沒膽的東西，要妳喪氣多嘴！老爺此刻還在另外一條街上！」

侍女害怕地哭起來。「洛姨娘，您隨著小姐出來好一會兒了，我們再不回去，夫人那關也難過啊。」

「夫人？等老爺回了我榻上，看他想不想得起夫人。」

那女子死死盯著前方，眼露狂熱，一把扯下面紗透氣，只見她柳眉桃腮，眼波嫵媚，一張櫻桃檀口，美貌是美貌，只是多了股妖氣。

幻洛死死捏住面紗，捏得整個手指都發白了，才呼出一口氣。

世子宋衍，是世子，竟然真的是世子！

當年她被罰到官府，又充為官婢，靠著伺候官卒管事老爺換得一線生機，那人得了美人又把她賣給一富商，那富商看她容色絕佳，為了打通米糧買賣之路，又把她獻給南城的大縉紳之一，葛老頭。

可恨她吃盡苦頭，從侯府流落到民間，在男人身上幾經沈浮，而沉歡那個賤婢居然還活著，夫人竟然沒有殺了她，她還遇見了世子！

幻洛「嗤」的一聲，把面紗撕了個粉碎。

且說沉歡見宋衍毫無退讓之意，不禁有點擔憂，本朝縉紳把持著地方，排擠官員早有先例，她也有耳聞前幾任知縣日子都不好過。

雙方你來我往，氣氛著實算不上和諧，正在僵持間，卻聽見前方馬車聲陣陣而來，顯然聞風而動的人不只洪泰。

「是葛老頭嗎？」洪泰豎起眉毛，怒目問隨從。

隨從尋聲而望，馬車形制不同，不禁搖頭表示不是。

戴斗笠的僕從卻立刻轉頭悄聲稟告宋衍。「主子，我看此地易生事端，那馬車是杜大人的。」

宋衍凝思片刻，杜大人如果吃了酒，確實有可能從這條路折返。此刻剛剛完成選拔，如若被他看見本地官員與縉紳私會，難免不多想。

「我看倒像是杜大人的馬車。」洪泰的僕從也看了一下，轉頭催促。「老爺，杜大人多疑，若被他看到您與宋大人在此相見，難免生出其他猜想，我看此地不宜久留。」

兩邊都心照不宣，洪泰哼了一聲，心中還是不忿，終是被催促著走了。

沉歡沒想到今天會遇見這一齣，她高燒未退，又中途被截，實在忍不住了，才小聲喃喃。「容……嗣……我想喝水。」

宋衍聞聲轉頭，果見沉歡滿臉通紅，眼神都黯淡了。

他將水壺遞給沉歡，摸了一下她的額頭，皺眉嘆道：「怎會如此厲害？」接著轉身掀簾在僕從身邊說了什麼，那駕車的僕從點頭，駕著馬車往另外一個方向走去。

沉歡小口小口地喝著水，馬車速度很快，沉歡發高燒還伴隨著痠痛，好幾次想憑藉意志保持清醒都宣告失敗，熬了一段路之後，就著顛簸的路程，昏昏沈沈地睡了過去。

外面是風的轟鳴聲，呼呼作響，今天真的太累了。

冰涼的帕子在額頭擦拭，像以前她服侍宋衍漱洗的每一個清晨。現在，不過是反過來了。

沉歡覺得以前被余道士挖過肉的地方，比額頭還燙，迷迷糊糊間她見自己走過南城熟悉的土地，可是大地一片乾裂，炙熱的太陽懸掛在天際，原本金黃的麥浪一片荒蕪。

到處空無一人，只有明晃晃的荒野，連宋衍都不見了。

沉歡想著小姊兒在哪裡，夢裡極度恐慌，這一掙扎，就醒了過來。

但是，讓她沒想到的是，這一睡就是整整三天。

當她睜開眼的時候，只見如心臉色蒼白，面露憂愁。「姊姊，妳總算是醒過來了，我擔心死了。」

「我……」沉歡一開口，聲音嘶啞。

如心趕緊捂著她的嘴。「姊姊可別說話了，妳燒了幾天，人都快燒沒了，先喝口水再慢慢說，不急。」

沉歡愣愣地望著床頂。這裡，不是她的宅子，床，也不是她的床。

她依稀記得出衙門後，接著遇見宋衍的馬車，宋衍帶她去醫館的路上遇見圍堵，然後就記憶模糊了。

「好歹是醒了，小姊兒一直吵著要見妳，哭聲震天，我都哄不住。」如心一邊給沉歡倒水，一邊絮絮叨叨。「醫館的人來了好幾回，都說風寒來勢洶洶，還有就是過度疲勞積累所致。」

說完如心非常內疚。「產後虛弱出府，南城一路顛簸，買田四處奔走，我竟沒有注意到姊姊的身體，總覺得姊姊看著有精神。」一邊說、一邊眼淚撲簌簌直下。「這次原以為沒事，結果大病一場，現在好了，這神女選拔都快結束了。都怪我沒注意到姊姊身體，當時我好生害怕，真怕姊姊有個三長兩短。」

沉歡想安慰她，掙扎著爬起來，這一動才發現頭暈手軟，渾身綿軟無力。「小姊兒呢？」

說到小姊兒，如心一頓，顯得有點尷尬。

沉歡看她的樣子就知道肯定不簡單，只得起來換衣服。「走吧，我去看看孩子。」

於是待沉歡換好衣服，如心帶著她，一來到院子就看到眼前這一幕。

小姊兒此刻正被宋衍抱在懷裡，宋衍手裡拿著一個小布老虎，用小布老虎逗著孩子，嘴角帶著平和的笑意，一邊用小布老虎點一點孩子的腦袋，一邊說：「老虎來啦，姊兒怕嗎？」

「不……呀呀……不……呀。」

小姊兒正是牙牙學語的階段，天真無邪，格格直笑，只覺得那布老虎新奇，一邊笑、一邊用手去抓，發出快樂的笑聲。

好一幅居家寵女圖！

沉歡一時不知道該怎麼形容此刻的心情，只得退回來，一邊凝視，一邊抿唇不語。

如心知道沉歡的想法，囁囁嚅嚅。「世……大人派人來接小姊兒，妳知道大人性格，我拗不過他，索性就跟著一起來了。」

沉歡點點頭，只是憂慮道：「姊兒與大人相貌如出一轍，大人心思細密，我擔心再這樣下去，此事瞞不過了。」

如心也擔憂。「姊姊，我看見世子就害怕，前幾日見世子抱著妳，我心都跳到嗓子眼了。」

「抱著我？」沉歡震驚了。

「妳高燒不退，世子命人接了我和小姊兒，那日我在門口候著，見世子抱著妳從馬車下來。」如心當時差點嚇得岔氣了。

沉歡心裡震驚：宋衍……你……

外面持續傳來小姊兒歡樂的笑聲，這孩子自跟著沉歡，生人見得不多，可是幾次見到宋衍都不陌生，難道這就是傳說中的父女連心？

沉歡內心波濤洶湧，一時不知該如何面對宋衍。

等等，那是什麼？

她用力地眨了一下眼睛，盯著那個布老虎。

那布老虎，不就是當年世子昏睡時，她做的嗎？那不該在世子院或者扔掉嗎？怎會出現在這裡？

沒有錯，她繡工一向一般，那簡陋的針腳、奇葩的造型，因為當時用碎布且時間不多，她想著世子反正看不著，就胡亂做來充數。

他竟然還留著那個布老虎？不可能吧，不至於吧，不符合常理啊。

心裡還沒碎碎唸完，宋衍就發現她的存在，抬頭笑了一下，招了招手。「過來。」

沉歡反射性地就走過去，走了幾步發現不對，她為什麼要這麼聽宋衍的話？萬一宋衍知道真相後，以掠賣人口把她送官府，這可就嚴重了。

沉歡腳下沒有停，臉上卻像走馬燈，一時間變了好幾個臉色。

宋衍見她調色盤一樣的臉，但笑不語。

沉歡走到宋衍旁邊，調整了表情，憋了半天，厚著臉皮想出個形容詞描述自己的手工，接著伸出手想拿布老虎。「大人這布老虎表情好生動，能讓我仔細瞧瞧嗎？」

沒想到手還沒沾到邊，布老虎就被宋衍挪到另外一邊。

「表情生動？」宋衍拿起來看了一眼，瞧著動物五官擠成一團的樣子，微微一笑。「是挺生動的，大約做的人挺敷衍的吧。」

冤枉啊！大人！當時你根本就是睡著的，布老虎再精緻，你也不會看啊！

沉歡一陣尷尬，清了下嗓子，決定還是幫自己解釋一下。「哪有的事，做老虎是手工問題，願不願意做是心意問題，做的人是誠心的就好了呀！」

宋衍愣了一下，放柔聲音，盯著那布老虎，輕聲問道：「心意？有嗎？」

「有有有，肯定有！」沉歡點頭如搗蒜。

宋衍看了她一眼，似乎被取悅了，他招了一下手，如心連忙過來抱走小姊兒。

沉歡看著如心這嫻熟領命而退的樣子，內心很複雜。

接著，那上次見過的僕婦，端了兩碗熱氣騰騰的白粥過來，粥熬得又稠又軟，配著幾樣新炒的小菜。

「妳發高燒了幾天，這白粥養胃，這幾日還是飲食清淡一點好。」說完示意沉歡用餐。

沉歡從沒在宋衍面前吃過飯，推了幾下都被宋衍擋回去，只得萬般不習慣地開始吃。一勺子舀進嘴裡，米粥果然綿軟，不知裡面還加了什麼，有股淡淡的清香。

沉歡磨磨蹭蹭，吃得很慢，這才想起宋衍幫她請郎中，自己還未道謝呢！立刻放下勺子，放下碗，準備給他行禮。

她一站起來，宋衍就皺眉。「妳做什麼？」

「那日多虧大人幫我請郎中，不然後果不堪設想。」要是她孤身一人暈倒在野外，有可能會遇上野獸還是不懷好意的人。

沉歡向宋衍行完禮，原以為宋衍會開心，卻敏銳地發現他臉色微沈。她一時不知道自己哪裡又招惹他，只得耐著性子試探一下。

「大人用過早餐沒有？要不要一起？」她瞧著這碗也是兩個人。

「不用了。」宋衍將布老虎放回桌子上，用手指彈了一下布老虎的額心。

這一彈，彈得很重，發出「砰」的一聲。

沉歡摸了摸自己的額頭，彷彿在彈自己，看著都痛。

她想了一下，沒哪裡招惹宋衍啊。

沉歡只得默默地舀粥到另外一個碗，端起來呈給宋衍，放軟聲音，笑著哄道：「那日又請郎中、又折騰，大人又諸事繁忙，這早飯還是要吃的。」

宋衍看了她一眼，嘆口氣，終於還是坐了下來。

沉歡心裡高興，小心翼翼地將筷子幫他放好，再將幾樣小菜往宋衍旁邊挪了挪。「大人，快吃。」

宋衍坐下來，盯著她不停動作的手指，緩緩開口。「這幾天，神女大選已經結束，妳大病初癒，好好休養，過幾天就是稻神祭祀大典，想出來再出來逛逛。」

原來這選拔已經結束？沉歡原本不報希望，只是不知道哪家中選了。

用完早餐，宋衍就著人送沉歡、小姊兒還有如心回去。

沉歡本不想再麻煩他，可又婉拒不了宋衍，只得坐馬車走了。

待他走後，陶導才得空進來和宋衍議事。「公子，京城來了消息，皇上的聖旨快到了，我看今日必須得回衙門一趟了。」

自沉歡高燒不退來了這別院幾日，宋衍就在這別院待了幾日。

宋衍接過僕婦的帕子，擦拭著手指，緩緩開口。「京城米糧專供一事向來由皇后外戚把持，我升了同知，倒也不算引人注目。」

陶導捋了捋鬍鬚，卻又憂慮。「同知之後就是知州，這南城知州的位置，可不好坐。」

說完又想起什麼怒道：「今年徵糧必不太平，聽說那日洪家帶人圍了您的馬車，如此猖狂，可見前任知縣日子也並不好過。」

宋衍卻不以為意，只是淡聲吩咐。「這祭祀大典既是丁家上位，就讓那丁楚楚好好準備一下吧！」

兩人說完，就陸續上馬車往縣衙而去。

衙門那邊，杜大人受京城急召，等不了祭祀大典結束就已經返程。

沈笙有私心，自然要待到這稻神祭祀大典完畢才肯離開。

小廝見他瘋魔了一般，哭爹爹、告奶奶地勸他。「我的爺，好三爺，那沉歡姑娘不是早早就被夫人送到侯府去了嗎？您怎會在這天高地遠的南城給見著了？」

沈笙獨自喝著酒，也不說話。

小廝在他身邊多年，一看這情況更覺不妙。「爺，您就聽小的一句勸，天下女子多的是，那沉歡不過是個丫鬟，爺您就別惦記了。」

伯夫人給沈笙相中一門親事，近期已經傳話要他盡快回京。

沈笙卻極不願意，他只想再見沉歡一面，是故當杜大人讓他一起回京的時候，他一口就拒絕了，只說督辦祭祀大典完畢再回京交差。杜大人見他言詞懇切，也覺得回去可以和伯府交代，這才放心離去。

沒想到杜大人一走，沈笙就著人尋找一名叫顧沉歡的女子。

此刻，已是連人何時來此，家裡有幾口人，家住何處都探了個清清楚楚。

第二十九章　祭祀大典

稻神祭祀大典是整個並州的大事，也是大律民間重要的祭祀典禮。並州下幾個產糧大縣的百姓們蜂擁而至，全部如潮水一般湧向南城，大街上擠滿看熱鬧的百姓，擠得整個道路水泄不通。

喜柱兒對這些看熱鬧之事興趣不大，自願在家準備春耕事宜。沉歡物色了一個性格溫柔、有生養經驗的中年婦人，作為小姊兒的保姆，代替如心照顧孩子。如心則負責家裡佃農相關飲食、物料領取歸還等事宜。一切安排妥當，她們才去大典現場看看熱鬧。

自前幾日回來之後，沉歡就沒有再見過宋衍，宋衍也未派人再傳話給她，大典籌備這幾日，沉歡的生活似乎又回到從前，平靜亦無波瀾。

心底空盪盪的，似乎缺了一點什麼，沉歡盡力不去想起和宋衍發生的一切，井井有條地安排著自己的生活。

「往常未注意，這小紙鳶竟然如此精緻，如今這個壞了，我們哪裡再買一個？」如心看著壞掉的小紙鳶犯愁，小姊兒很喜歡這個玩具，哭鬧了好幾回。

沉歡拿著小紙鳶也暗暗驚嘆，骨架精巧，薄如蟬翼，上面的繪畫栩栩如生，即使不用上天，僅是拉動繩子，那小翅膀也能自由飛翔。

「我也問了喜柱兒，這小紙鳶如此精緻哪裡買的，也沒見他找我支取銀錢。他卻只說出去辦事見紙鳶精緻就買了，未曾注意這手藝人是誰。」

沉歡嘆口氣，小孩子真的對自己的玩具很有執念，小紙鳶翅膀壞了，小姊兒就經常對著翅膀哭鬧。

兩人並肩在街上走著，邊走邊聊。「姊姊，我看今天小販多，捏糖人的也有，如果我們買不到好的小紙鳶，就帶個小糖人給小姊兒玩。」

沉歡點點頭，覺得這樣也行，至少可以吸引一下孩子的注意力。

街上行人三五成群，聚成一團，老的、少的、年輕的姑娘們，婦孺婆子們全都在討論待會兒稻神祭祀大典的事情。

「聽說那葛家和洪家到底是撲了個空，被丁家鑽了空子。」

「可不是嗎？丁家小姐激動壞了，聽說都高興得哭了出來。」

「我看倒未必是神女中選，這大典上與宋大人一起奉米才是哭出來的理由。」

「老婆子活了這麼多年，也是第一次見到宋大人這樣俊俏的郎君。」婦孺們也加入討論，興致甚高。

「男才女貌，一段佳話，兩人攜手奉米該是何等風采。」說完一陣陶醉，彷彿那場景已在眼前。

「非也，要說男才女貌，也該洪家那小姐，那才是天仙人兒。」

這話說完，另外一人卻嗤之以鼻。「洪家魚肉百姓又隻手遮天，洪家小姐落選，我看就是老天爺的懲罰。」

他身邊的朋友趕緊捂住他的嘴巴，小聲提醒。「天殺的，你不要命啦，洪家向來霸道，你是想惹禍不是？趕緊閉嘴！」

沉歡邊走邊聽，回憶著丁家小姐的模樣，只依稀記得是個安靜嫻雅的女子。

周圍討論宋衍的聲音未曾斷過，少女們興奮地塗脂抹粉，頭上簪花，盛裝打扮，都期盼著大典上宋大人能向這邊看一眼。

有的嬌羞地說「大人才不會看見妳呢」，有的則頗費心思地盤著高高的髮髻自認「京城流行我這樣的髮髻，大人定是喜歡」，還有的則不服氣地反駁「宋大人冷冰冰的，沈大人才是好的」。

沈大人皮相雖好，卻是要回京的，南城的少女們免不了一陣唉聲嘆氣，都期盼著抓住這次大典狂歡的機會，盡情地展示自己。

如心仔細地觀察著沉歡的表情，忽然鄭重開口道：「姊姊，等這祭祀大典一過，我們就離開南城吧！」

沉歡驚了一大跳，沒想到如心忽然冒出這一句話。「好好的，妳怎麼忽然說起這話來？」

如心一邊替沉歡披上披風，思考了一下說：「姊姊，我想了很久，我們先遇到了世子，又遇見了三爺，我瞧著三爺任性，卻不是個好相處的，而世子……」

「世子怎麼了？」沉歡疑惑地問。

如心想了一下，努力想找個合適的形容詞，最後結結巴巴地繼續說：「而世子……世子強勢，我怕姊姊拗不過他。」

沉歡沈默了，勉強擠出個笑。「妳看妳胡思亂想些什麼。」接著點了點如心的額頭。「都說了多少次，不能再叫世子了，只能叫大人。」

如心卻沒有再說話，只是帶著探究的眼神盯著沉歡。

沉歡嘆口氣，田地一事多虧宋衍才能入戶，如今剛安頓下來，再次遠走，她又適合去哪裡？真是剪不斷，理還亂。

兩人越走人越擁擠，臨近會場更是人山人海，沉歡暗自感嘆這規模，果然是超級盛事，怪不得神女選拔，大家爭得頭破血流。

大典的祭臺上擺放著象徵稻田的裝飾物，上面插著五種顏色精美的旗幟，那旗幡繡工精緻，上面栩栩如生地繡著稻穗及花朵，寓意招請稻神來享受民間的祭拜和供奉。案桌上照例早已擺放好祭祀的雞、羊頭、豬肉、米酒、瓜果、鮮花等貢品。執事們分居兩側，顯然已是準備就位。

沉歡覺得這裡人太多了，她個子嬌小，淹沒在這人群中，只覺得什麼也看不見，遂和如心商量，到祭臺兩側山上的高臺去圍觀，看得更清楚。

兩人正準備換地方，卻見前面一位高個子的勁裝男子迎面而來，沉歡覺得有點眼熟，這才想起那日她坐宋衍馬車，他是駕車的其中一個，只是當時戴著斗笠，今天沒戴而已。

那人遞上一頂帷帽，拱手行禮，這才傳話道：「姑娘，大人言此地人多且雜，命卑職將此帷帽拿給姑娘戴上。」

沉歡看著帷帽，接過來無語了一下，笑道：「勞大人費心了。」

她不是很想戴，戴上帷帽看外面不如這樣視線清晰、舒服。

那人卻不走，還站在沉歡面前。「姑娘，大人言姑娘必是敷衍了事，要我看著姑娘戴上。」

沉歡看見對方不放她走的架勢，只得一邊心裡嘀嘀咕咕，一邊不情不願地戴上帷帽。討厭啊！一戴上看啥都跟蒙了一層灰似的。

勁裝男子點點頭。「大人還讓卑職傳話給姑娘，說晚上城裡更熱鬧，讓姑娘在典禮左大門等著他，大人願攜姑娘夜宴同遊。」

那人傳話完就走了，留下沉歡紅著一張臉留在原地。

前往高臺的路上，沉歡有些心不在焉，好在帷帽遮掉她的表情，如心則被周圍的熱鬧吸引了全部的注意力，並未注意到沉歡的反常。

剛爬上高臺，典禮就開始了，人群中發出陣陣驚呼，執事們莊嚴進場，唱神詞的少女們一邊將稻花灑在舞臺上，一邊跳著請神舞蹈，執事們按陣列站好位，這才請出主祭宣讀祭詞。

主祭是徐老天，看來在百姓中頗得聲譽。頌詞祈禱上蒼，賜予大律，賜予南城今年取得豐收。接著沉歡看到宋衍左手持一根長形稻穗，右手持一根羽毛從左側緩步而出。

他頭上戴著金線描邊的黑色梁冠，身著白紗中衣，外面罩青羅袍服，下著赤色蔽膝，腰配革帶，下面垂著藥玉，白襪黑履，隨著唱詞踏步而來，冠下人美如玉、恍若神人。

少女們都癡癡地張望，一時間忘記了言語。

古代偶像大約就是這個威力，剛剛還喧譁無比的大典現場，此刻鴉雀無聲，眾人心蕩神迷，都被宋衍吸引了全部的注意力。

接著右側一個盛裝打扮的美人踏著蓮步出來，她從宋衍手裡接過稻穗和羽毛，隨著唱詞起舞，音樂陣陣，鼓聲震天，莊嚴中自有華美，是丁楚楚出來了。

一舞畢用羽毛祈雨水，二舞畢用稻穗祈豐收，三舞畢以貢品獻稻神，接著就是奉上五色稻米的奉米環節了。

只見周圍明顯出現了屏氣聲，執事端上貢盤，上面擺著五種顏色的米糧，要南城父母官宋衍和選出來的神女一同奉到神前敬香。

丁楚楚站到宋衍身側，兩人對視後，各自端起奉米。

丁楚楚有點不好意思，臉上泛紅，帶著羞怯。

人群接著開始發出驚呼。

沉歡雖然努力控制，但還是忍不住和萬千少女一樣內心酸得要死，因為宋衍伸出手，丁楚楚也將手放到他的掌心，兩人攜手往稻神供桌前走去。

沉歡這才知道眾人口中男才女貌，並肩奉米，為什麼讓南城少女如此激動了。

沉歡立刻拿下帷帽，捂住胸口，無法掩飾這種酸酸澀澀，彷彿被人捏住的感覺。人群還在歡呼，沉歡耳邊都彷彿聽不見，只覺得胸腔呼吸不暢，一片空茫，原來看熱鬧的好情緒，此刻已經蕩然無存。

臺上已經到了點香的環節，只見宋衍和丁家小姐並列，將香插進香爐，主祭還在說話，沉歡卻已經沒有再看下去的心情。

茫然四顧，才發現如心不知道什麼時候和她走散了，人群擁擠，沉歡不想再待下去，低頭轉身想離開這個喧鬧的地方，忽然一陣人群湧來，沉歡還來不及反應，就被一群人往後撞去，她「啊」一陣驚呼，迅速淹沒在喧鬧中，整個人往高臺後面跌落。

掉落的一瞬間，剛好臺上也燃完香，耳邊是喧鬧的唱詞聲、百姓們的歡呼聲、嘈雜的人群議論聲，沉歡模模糊糊地看到原本祭祀的舞臺及人群一瞬間消失不見，只留下乾裂的大地和衣衫襤褸的人群。

那高臺後面是石板階梯，滾下去不死也是半條命。

「天殺的臭丫頭，妳壓著我了！」一個壯婦大喝一聲。

沉歡只覺得左邊小腿一片疼痛，顯然是跌傷了，要不是後面有這壯婦墊底，只怕今天凶多吉少。

那壯婦也痛得厲害，張嘴叫罵著，沉歡忍著痛又是道歉、又是安慰，自己忍著痛賠了銀錢，這才送走那壯婦。

人群中一個龜縮的影子一下子不見了。

那人跑到轉角處，對候在角落的葛貞兒說：「小姐，那丫頭命大，被個壯婦給救了，不過自個兒也傷了，我看她拖著傷腿走路，不死也得半條命。」

葛貞兒早等著消息。「好，待會兒我去堵這賤婢，憑她這樣，現在受了傷不是個瘸子也會留疤，我看笙哥哥還找不找她！」

沉歡腿上有傷行動不便，只得一拐一瘸地拖著左腿，找到一個人少的山間石頭上喘息。喜柱兒沒出來，如心走散了，前面到處都是人，這可麻煩了。

她用手帕綁住傷腿，頭上一層薄汗，試著動了一下，感覺骨頭沒事，應該是皮外傷。在外面歇了好一陣子，血跡就乾涸了。

沉歡放下長裙，倒也不算明顯，就是每走一步都很痛，從高臺到這石頭上，都走出一頭冷汗。

太倒楣了，早知道不出來了。

她有心避著宋衍，何況如今這樣子，約定的地方是不能去了。

此刻已經是晚上，整個大典周圍的矮山上都布滿燈籠，山間全是各種商販，叫賣聲不斷，夜間巡遊的陣列引來大批人群喧譁，人們又跳又唱，將大典的氣氛延續到晚上。

沉歡看到蜂擁而至的人群，將稻花往前面的花車上扔去，心想，是不是本屆神女丁楚楚巡遊的車隊來到這邊？

結果看到宋衍幾乎快被周邊扔出來的稻花淹沒了。他的身邊擠滿婦孺女性，還有婦人抱著孩子給他招手。丁楚楚的花車與他巡遊後似乎會合了，她的花車上也收穫了很多稻花。

在南城，每家每戶都早早地準備家裡曬乾的稻花。稻花代表著祝福和心意，在祭祀大典晚上的夜遊，按民俗，少女們可以將稻花大膽地投給心儀的男子，不會招來任何非議。

在兩輛馬車交錯的一瞬間，沉歡看到丁楚楚將手心裡的稻花拋給宋衍。

沉歡垂下頭，裝作沒看見花車經過的樣子，泛白的手指緊緊捏著胸口，耳邊只剩下人群的喧譁聲。她摸了摸自己的荷包，那裡也裝著出門時準備的稻花。

周圍發出尖叫和驚呼，接著是哄笑聲，那稻花一把撒過來，落在宋衍青色暗紋的衣服上，丁楚楚滿臉通紅，羞怯地低下頭。

宋衍垂眸凝視了一下那小小的乾花，輕拍了一下肩膀，那稻花紛紛落下。

兩輛馬車交錯而過，沉歡沒看到宋衍的表情，她猜想，那麼多人，宋衍想必沒看到她。

小腿很痛，這樣下去也不是辦法，還是得趁人稍微少一點，能通行了，自己硬撐著下山。

就這樣又捱了一點時間，人群都隨著花車而去，沉歡身邊的人瞬間跑空，她長長地呼出一口氣，終於沒什麼人了。

原本熱鬧的地方，此刻安靜得有點寂寥。

沉歡嘗試站起來，雖然還是痛，但是比之前走動要好一些，看來確實沒傷到骨頭。只是走幾步就要歇一歇，山間掛滿了燈籠，映得燈火通明，沉歡一邊扶著青石扶手走路，一邊無聊地數著燈籠轉移疼痛。

「笙哥哥那日稱呼那女子賤婢，可見就是舊識，她腿上有傷，走不遠，再找找！」

這熟悉的女聲？

沉歡立刻警覺地躲進旁邊的灌木叢中，察看四周，果然見到葛貞兒帶著幾個男僕和一個侍女在四處尋找什麼。

一男僕邊走邊淫邪地問：「小姐，我哥兒幾個還沒見過如此美貌的女子，如若逮著了，可真是送給咱們幾個？」

今日那女子雖戴著帷帽，可身段窈窕，露出的皮膚一片雪白，撞她跌落的時候，他還小小地心疼了一下。

男僕似乎在確定什麼，一邊說話、一邊還和旁邊幾人對視幾眼，幾個人心照不宣，都發出意有所指的淫穢笑聲。

「笙哥哥不准我打聽，我就偏要，這顧沉歡不過一婢，說不定還是偷跑出來的。大律有規定，偷跑的奴婢都是要歸還主子的。她要是被人玷污了，看她有什麼臉回到笙哥哥身邊。」

沉歡原本疼白的臉蒙上幾分冰寒，這葛貞兒不過和她見過幾面就能下此毒手，可見心思歹毒，聽她話語的意思，好像以為自己是沈笙的逃婢？

此刻他們人多，自己不能被抓到，不管哪種情況，都對她不利。

那幾人提著燈籠，四處搜尋，一人還說：「小姐放心，這灌木叢中野草瘋長，這個季節最好躲人，看我哥兒幾個沿著這條路給您找！她一個女子又腿腳不便，此刻四下無人，不信找不到她！」

沉歡心中驚悸，屏住呼吸，眼看那人燈籠越來越近，只得慢慢悄聲往後面野草中退去，她全神貫注著前方，未曾注意到腳下有個石塊，這一響動那群人立馬就警覺了。

「誰！」一人提高燈籠大喝。

完了，沉歡驚得面如白紙，掙扎著站起來就要跑。

忽然一雙手捂住她的嘴，沉歡還來不及叫出聲，另一隻手又飛快地攬住她的腰。沉歡左腿行動不便，只一瞬間就被人拖進山洞裡。

「什麼聲音？」葛貞兒皺眉問道。

一男僕從前方跑回，臉上帶著不懷好意的笑容。「小姐，小的在前方搜索，依稀見一黃衫女子被一名男子拖進山洞。」

葛貞兒臉紅了，每年大典都會出這樣的事情，有的是你情我願行此好事，有時也有良家女子被迫苟且的，總之一言難盡。

身邊侍女也臉紅紅的，一行人繼續尋找。

第三十章　戳破

沉歡被捂得嚴實，胸腔心臟激烈跳動，幾乎要不受控制地跳出來，她幾次想掙扎，竟然完全無法撼動對方。

是誰！究竟是誰？這股香味……

冷泉般清冽的味道，混著淡淡的烏松及白麝香的氣味，一般平民是用不起香料的，只有貴族男子，可這味道好生熟悉。

麝香名貴，中間還混有淡淡的酒味。

沉歡已經猜出來者是誰！

即使捂著嘴，沉歡依然發出「唔唔唔」的抗議聲，灼熱的氣息噴在耳邊，沉歡耳根通紅，又生氣、又惱怒，一張粉臉柳眉倒豎，想到剛剛的擔心受怕，整個人都快氣炸了！

「好生氣的樣子。」宋衍被她逗笑了，卻並沒有放開她的打算，沉歡的嘴依然被捂著。

沉歡張嘴想咬他的手，卻被捂得緊了，只能「唔唔唔」，不能張大嘴。

「我讓孫曉傳話讓妳等我，妳卻還是走了。」聲音裡有著淡淡的哀傷，彷彿被拋棄一樣。

「我在左門巡遊了四圈，可是依然等不到妳的稻花。」

沉歡僵住身體，她沒想到宋衍在等不到之後，還去左門。

怪不得天都黑了，花車還在大典四周巡遊。

「為什麼不願意等我呢？」宋衍壓低聲音在沉歡耳邊小聲呢喃著，帶著不自覺的委屈。

沉歡想回答，因為被捂著嘴，只能發出「唔唔唔」的聲音。她用手指掰著宋衍的手指頭，試圖讓他放手，可是宋衍似乎沒打算給她說話的機會。

「騙子。」宋衍放在她腰上的手越收越緊，勒得沉歡連喘息都困難，最後都化成一絲委屈的嘆息。「以前說過的話都不算數了是不是？」

沉歡的心臟又不受控制地狂跳起來，胸腔裡麻麻酸酸脹脹，又震驚、又驚恐、又期待、又疑惑。

宋衍，你是不是知道什麼？

「痛……」從宋衍的指縫裡，沉歡發出貓一般細微疼痛的叫聲，她聲音向來很嬌，此刻更是嬌得人心癢難耐。

宋衍蹙眉微蹙，低頭看了下她的小腿，果見帕子上有乾涸的血跡。

沉歡剛想開口，一個天旋地轉就被宋衍打橫抱到山洞裡面一塊凸出來的石頭上。石頭冰涼，宋衍脫掉外套，墊在沉歡身下，接著蹲下來檢查她的腳踝和小腿。

沉歡這才看清楚宋衍的樣子，他脫掉之前的青色袍服，衣衫上滿是愛慕者丟出來的稻花，現在隨著他脫衣服的動作，撲撲簌簌不停往下掉。

「大人愛慕者眾。」沉歡情不自禁地說話有點酸。

宋衍低低笑起來。「大人是屬於南城的，但是容嗣卻只屬於一人。」

沉歡腦袋空白了一下，臉上一紅，馬上意會到宋衍話中是什麼意思，這才想起，宋衍一直要她喚容嗣，原來是這樣。

宋衍說完，輕輕地掀開沉歡小腿上的裙子，伸手去揭那草草包紮的手帕。

沉歡不好意思，忍不住就想將小腿縮回來。

「別動。」宋衍壓著她的腳踝。「我檢查一下傷口深不深。」

羊脂白玉般的皮膚上有一道劃口，血已經乾涸了，腳踝腫了起來，看樣子是無法走路了。

宋衍沈著臉，拿出隨身攜帶的藥粉，抬頭用黑黝黝的眼珠凝視著沉歡。「這金創粉效果很好，卻有點疼痛，妳忍一忍。」

沉歡望著他黝黑的眼珠，點了點頭。

宋衍看她準備好了，這才輕輕地將藥粉灑在創口上。藥粉一灑上去，沉歡就發出「嘶」的叫聲，聲音都帶著顫。「痛啊……」

宋衍用自己乾淨的白色絹帕替沉歡重新包紮，這才用手摩挲著她的腳踝，檢查一下骨頭有沒有受傷。

沉歡從來沒有與男子如此親密過，臉紅腳又痛，腦子一團漿糊，想縮腿又被禁錮著，只能讓宋衍檢查完了才能恢復自由。

「你怎麼在這裡？」沉歡轉換注意力好奇問道。她看見山洞裡有散落的稻花，還有一些衣服，顯然之前宋衍就躲在這裡了。

「人太多了，太吵了。」一回憶起今天的情況，宋衍就受不了，人群全都瘋了一樣。

沉歡知道了，宋衍被滿城瘋狂的少女追著撒稻花，被逼無奈，躲到這山洞裡。

原來你也有這麼無奈的樣子，沉歡禁不住偷偷笑起來。

「說吧，為什麼不願意等我。」宋衍低頭半蹲在地上，也沒看她，先包紮好創口，這才接著給沉歡套上襪子。

沉歡囁嚅。「我……我受傷了。」

「是嗎？」宋衍嗤之以鼻。「這傷口是新傷，流血估計也就兩炷香的時間，大典結束差不多是酉時，中間這三刻鐘的時間，妳也受傷了嗎？」

她怎麼忘記了宋大人多謀善斷啊，忽悠他簡直就是秀自己的智商下限。

「還是說妳不想見到我？」宋衍抬起頭逼視著沉歡的眼睛。

兩人距離如此之近，沉歡情不自禁地低頭回答。「沒有的事。」

兩人正在說話間，外面電閃雷鳴，接著竟然開始下起雨了，沉歡一看這情況，一時半刻是走不了了。

雨聲淅淅瀝瀝並未影響宋衍什麼，他幫沉歡套上繡鞋，這才站起來活動一下蹲久的膝蓋。

他站起來的一瞬間，一大一小兩個布偶從他袖中滑落，沉歡本想笑話他，同時好奇地看過去，瞬間，她笑容凝結，跟啞巴一樣說不出話來。

上次她就懷疑那布老虎是自己做的，現在她完全可以確定這就是當年世子過生辰時，自己逗他時做的兩個布老虎，一個叫大千歲，一個叫小千歲。她還現編了大千歲和小千歲的故事安慰當年沈睡中的宋衍。

宋衍從地上把布偶撿起來，用手指溫柔摩挲著布老虎的腦袋，接著回憶著什麼似的，慢慢說著。

「從前有兩隻老虎精，住在日月山上。哥哥是老虎大千歲，弟弟是老虎小千歲。這老虎大千歲呢，想成人，這老虎小千歲呢，想成仙，兩兄弟啊爭得難分難解。

「小千歲成仙那天，大千歲可傷心呢，不過小千歲說，逝去的都是肉身，咱老虎精以後位列仙班，從此吃香喝辣的，老哥你就在人間好好過吧。」說完宋衍捏著小老虎的粗糙爪子，擁抱著大千歲的粗糙虎腦袋，兩個布老虎做擁抱狀。「所以老虎大千歲也不必太過傷心啦，從此各回各家，各找各媽，燦爛人生等著它！」

山洞光線不好，宋衍的眼睛卻異常明亮，帶著侵略性，他抬頭凝視著沉歡的眼睛，不容她再躲閃。

「怎麼樣，這個故事好聽嗎？」

沉歡臉上的表情再也繃不住，心中巨浪滔天。

他居然記得，他居然真的記得！這怎麼可能？這怎麼可能？

「好聽嗎？」宋衍轉頭盯著沉歡，又問了一遍。

「好、好聽。」沉歡努力控制住自己即將崩掉的表情，艱難地擠出言不由衷的話。

宋衍看了一下她的樣子，從鼻子裡哼了一聲，用手指摩挲一下老虎的額頭，繼續說道：

「我少年得志，卻纏綿病榻多年不醒，那時日夜不分，春夏不知，只覺得一片幽暗，無邊無際。母親待下人向來嚴苛，想必伺候我的人也換了一撥又一撥。」
還真被宋衍料中了，沉歡當時就是去補缺的。
「不能言，不能語，不能動，不能行，日復一日，年復一年，妳猜我是什麼感覺？」
沉歡聽得揪心，彷彿被拉回到侯府的生活，設身處地一想，只覺人生最好的時光差點死去，著實算不上幸福，訥訥著回答。「想必是……想必是很痛苦的。」這是她的想法。
宋衍卻翹起嘴角，露出一個非也的表情。「錯了。」
在沉歡瞪圓的眼睛裡，宋衍回憶了一陣，思緒似乎也飄回到幾年前。
「杏林初宴，是我自選的結果。各種緣由，非三言兩語能夠與妳說清，但是就算再病上兩年，我亦無所畏懼。」說完宋衍低眉垂睫，靜默片刻後，露出個淡淡的微笑。「直到有一天，一個自稱綿綿的女子，每日來餵我食朱斛粥。
「那一日，是我的生辰，我已然有了意識，卻仍如木偶一般，幼弟出生了很熱鬧，世子院裡卻很安靜。」宋衍似在回憶，連表情都溫柔了起來。「她做了一個家鄉的點心，哄著我說是過生辰都要吃的，也沒問我願意不願意，就強行塞到我的嘴裡。」
宋衍凝視著沉歡的臉，輕聲問她。「妳覺得是什麼味道呢？」
「味道？」
沉歡回憶著朱斛的怪味，她自作主張做了朱斛糕點，還強餵給宋衍吃，內心有點忐忑，那朱斛味道不好吃，卻對宋衍的身體有強健的作用。
沉歡想了一下，對自己做的朱斛糕點沒有信心，哭喪著臉回答。「我知道，肯定是不好吃。」

嗚，食材就那樣，當時世子是病人啊，又不是什麼都能吃。

宋衍卻靠近沉歡，半蹲在她面前，將那布老虎放到沉歡手裡，幽邃的眼神千迴百轉，幽幽嘆道：「妳又錯了。」

沉歡一臉問號，難道你要說不僅是難吃，還是特難吃？

哪知道宋衍看到她哭喪的臉，卻低低地笑起來。

「很甜。」

「啊？」

「我覺得很甜。」宋衍凝視著沉歡。「她說過的話，每一個字我都記得。永遠不會忘記。」

沉歡的表情徹底崩塌，胸中沸然，猶如一片焚燒之火掠奪過的草地，一片熾熱。

她張了張嘴，竟然發不出一個字，手裡捏著的那個布老虎正望著她，猶如宋衍對她瘋狂進攻。

那時候劉姨娘剛剛產子，全府都到新生兒院子裡去討賞錢，沒人記得世子院還躺著一個病人。沉歡永遠記得那個場景，月光下的宋衍孤獨地靠在福字紋的綢緞墊子上，雖然那時候他能睜開眼了，但是依然不能言語，手腳不能動，除了太醫那句條件反射所致，他依然和一個活死人沒有什麼區別。

月光灑在他白玉般的臉上，玉石人偶孤零零地坐在那裡，或許這就是他一生的結局。

她為他做了朱斛糕點，一勺子、一勺子地餵進他的嘴巴裡，那夜風微涼，她靠在他的床板上，一邊胡亂說著自己的人生規劃，一邊安慰他。

「世子勿怕孤單呢，綿綿願意永遠陪著你。」

如果宋衍從那次月光下就能感應事物，那不是之後的事情……

沉歡從頭頂紅到脖子。她和宋衍那兩次床笫之事，豈不是宋衍都記得？

「你、你、你竟然知道……」沉歡站起來用手指著宋衍，臉上紅了又白，白了又紅，比調色盤還精彩。

宋衍但笑不語。

往事一幕幕，那長長的世子不喜清單卻在沉歡腦海裡盤旋——世子不喜別人觸碰，不喜歡別人動自己的東西，不喜人多語，不喜強迫，不喜子孫根被冰水敷。

沉歡要哭了，這不是廢話嘛，哪個男人喜歡子孫根被冷水敷？

破事一籮筐，這下好了，都犯齊全了。

「我、我、我當時真的不是故意的。夫人她……」沉歡滿臉通紅，內心無比煎熬，她爬到宋衍身上，強迫宋衍的場景此刻分外清晰。

「當時天快亮了，你還沒、你還沒……」沉歡聲音越來越小，越來越小。「我不是故意的，我只是太害怕了。當時天快亮了，我就、我就……」

一提到那場景，宋衍就從鼻子裡嗤笑了一聲，烏黑的眼珠冷冰冰地看著她反問道：「是嗎？」

沉歡點頭如搗蒜，生怕宋衍不信她，連忙開口。「真的、真的！」

宋衍不說話了，冷笑一聲，凝視著她。

沉歡與他對視片刻就扛不住了，低頭捂著悸動的胸口，小聲開口。「那時，我真的很害怕，在侯府的那段日子，我每天都害怕見不到明天的太陽。」

宋衍顯然沒想到昌海侯府給沉歡留下的是如此印象。

他拿出打火石，準備生火。「洞中陰冷，有火堆會暖和一點。」

沉歡還想開口，宋衍卻馬上警覺到什麼，對她比了個「噓」的動作。

沉歡不解地望著宋衍，正想詢問，果然聽見外面陣陣腳步聲，宋衍將火石遞給沉歡，叮囑道：「妳待著，我去看看。」接著閃身出去。

第三十一章 心意

沉歡隱約聽見外面有人群喧譁之聲，只是不一會兒就遠去了。她心不在焉地敲著火石，這事以前她幹得還算熟練，畢竟經常到廚房大娘子那裡去混吃的，偶爾也幫著做一點順手的事。

剛點燃，宋衍就回來了，手裡還拿著一些乾的枯枝，沉歡抬起頭問他。「怎麼了？」

「無事。」宋衍坐到沉歡旁邊，將枯枝放進火堆裡，讓山洞裡暖和起來。

「我來、我來！」只要宋衍不說話，這氣氛就要窒息，為了化解這種窒息，沉歡主動要來添枯枝。

宋衍挑眉看她一眼，顯然不是很贊同。

「我可以的。」沉歡主動拿起一根柴火往裡面加。

火光將兩人映得通紅，距離如此之近，近到沉歡都能聽見宋衍的呼吸聲。

沒有人說話的山洞非常安靜。

宋衍似乎在看著她，沉歡低著頭裝作不知道。

這氣氛要窒息了，她有太多不明白在心中盤旋。

不明白宋衍為何屢次幫助她？不明白宋衍為何剛剛為她包紮傷口？

男女授受不親，這些道理沉歡不是不明白，她心不在焉地添著乾枝。

「啊——」沉歡驚呼，一時想得入神，沒注意到火光竄起來，她被火苗灼了一下手掌。

掌心有火辣辣的感覺襲來，她還沒來得及看清楚，手掌就被宋衍握住了。

手心有微微的灼痛感，沉歡忍著痛。

宋衍低著頭，柔軟的嘴唇忽然貼在她的掌心，用嘴唇貼在那個灼紅的位置，他吻了一下她的傷口，然後就以這個姿勢抬頭看著她。

好漂亮的眼珠，帶著吞噬的渴望。

沉歡被蠱惑般，情不自禁地伸出手去摸了下他白玉般的臉，接著悚然一驚，腦子轟轟作響，她忽然意識到自己在做什麼，猛地縮回手，卻被宋衍握得死死的。

混沌的大腦還沒開始恢復運轉，沉歡整個人就被宋衍拉到身邊，腰被掐住，接著轉身把她按到岩石壁上，熾熱的嘴唇貼過來，將她狠狠吞噬，又洶湧、又霸道。

沉歡掙扎起來，又慌、又驚、又羞、又不知所措。

「別動。」宋衍將她緊緊貼住自己，感受著身下人溫暖的體溫，等品嚐夠了，才慢慢放開她的唇，將沉歡的手拿過來，放到唇間。

掌心微紅，是被灼傷的地方。

宋衍的嘴唇帶著他獨有的味道，強勢地吻下來，清冷的嗓音，染上一絲旖旎。「我母親說，被火灼傷的傷口，要吻一下才會不痛。」

沉歡被他禁錮，動也不能動，只能在漿糊般的腦子裡小聲抗議：騙人，夫人才不會說這樣的話！

「現在心情好了嗎？」宋衍問她。

「你怎麼知道我心情不好？」沉歡從他懷裡抬起頭，紅著臉奇怪地問，接著又覺得這樣問暴露了自己，恨不得咬掉自己的舌頭，立刻開始否認。「哪有的事！」

宋衍摟著她，輕笑出聲。「丁楚楚撒稻花給我的時候，妳的臉都快垮到青石地板上了。」

他當時居然看見她了？可是她記得自己明明躲起來了啊？

「沒有，沒有的事！」發現自己能動了，沉歡轉過身去，背對宋衍，死不承認。

宋衍嘴角彎出一抹了然的弧度，貼在她耳邊，輕聲調笑。「稻花不給我嗎？」說完，指了指沉歡的荷包，裡面確實裝著她出門的時候帶出來的稻花。

稻花，在南城代表著一個人對另外一個人的心意。

沉歡捏著荷包，將稻花倒出來，攤在掌心。她抬起頭，看著宋衍，心中思緒湧動。

第一次見到宋衍，他騎著俊馬凱旋，如玉山般巍峨，秀色奪人；第二次見到宋衍，他睡在一張華美的玉席上，纏綿病榻。她在想，世上怎麼會有如此好看又命途多舛的人。

看到宋衍的紙鳶，她知道宋衍思念死去的弟弟，於是她忍著疲憊做了布老虎，又做了朱斛糕點，還累得在宋衍的床邊睡著了。宋衍不吃朱斛粥，她就軟聲哄著他，用盡法子。

沉歡不是沒有在午夜夢迴之際，想著那時候初見的悸動，想著如果有一天宋衍醒過來，會如何看她？如何待她？

只是她總在想，她和宋衍，隔著天和地，人生可以再交集嗎？

「在我的家鄉，我們才不撒稻花呢！」沉歡輕聲呢喃著。「我們喜歡用繩子或者什麼編一個手環，套到那人的手腕上，意思就是套住你了。」

沉歡邊說邊笑，話還沒說完，就見宋衍將祭祀之後用的稻穗拿起來，抽出其中一根，只一會兒工夫就編成沉歡嘴裡說的手環。

「是這個嗎？」他問沉歡。

沉歡沒想到，他行動力如此之強，立刻就可以做出一個，呆呆地點了點頭。

宋衍心情甚好，牽起沉歡的手，將手環套到她潔白的手腕上。

沉歡看著那手環，心中震動，宋衍行動力如此之快，連編織的大小都剛好合適。這既是一個約定，也像一個承諾，是束縛也是一種守護。

「我心悅妳，沉歡。」

沉歡還沒回答，宋衍的下一句就是：「不容妳拒絕我。」

沉歡愣了一下笑起來，低著頭，小聲說了句。「綿綿……亦是……」說完自覺實在不好意思，低頭默默地抽了一根稻穗，依樣畫葫蘆也編成一個圓環，然後咬牙壯膽，主動拉過宋衍的左手，將手環套了進去。

「綿綿，這手環可有講究？」

「有。」沉歡小聲囁嚅。「這套的左手手腕，即是真心真意的意思。」

不僅有真心真意，還有相伴一生的意思，不過沉歡沒告訴宋衍。

洞中兩人互訴衷腸，沉歡把出府前後的生活向宋衍娓娓道來，講到用身孕要脅侯夫人崔氏一事的時候，她偷偷看了一下宋衍的表情，見他面色並無變化，才繼續說下去。

「當時余道士割肉煉藥，我怕夫人她不容我，我、我只好出此下策。後來我產子體虛，怕夫人變卦，只得掙扎著當日就出府了。」

宋衍抬眸掃了一下她的胸口，沉歡被盯得不好意思。「你看什麼，那傷早已好了。」說完背對宋衍。

提到侯夫人崔氏，沉歡就沈默了，之後在南城與宋衍再見是她未曾預料到的。當時離府，崔氏要她發下毒誓，非她召喚，永不能踏入侯府。

沉歡禁不住嘆息。「我想著此生或許不能再見，也沒想到這雙胎之事，就……就……」

她用沈芸給的金鐲子，換得一次機會，攜了一個孩子出府。

火光映著宋衍的臉，連帶著表情也變得鮮活。這是活著的宋衍，會呼吸、會動，離她如此之近，彷彿侯府的時光再現，卻只是病榻上的人醒了。

宋衍垂眸，沉歡看不清他的表情，只見他把柴火撥旺後，輕聲告訴沉歡。「哥兒很好，母親愛若珍寶，妳放寬心。」接著又微皺眉頭。「大典雖人多，倒是妳這傷來得蹊蹺。」

沉歡這才想起葛貞兒之事，心中立生警覺，她們只因神女競選打過照面，何來這麼大的仇怨？

兩人還待說話，卻聽見洞外腳步聲接踵而來，顯是圍了一群人。

沉歡聽到外面有人群喧譁陣陣，男男女女都有，感覺人數還不少。

此時，只見一黑衣男子，閃身入內，在洞口行禮後稟告。「主子，是葛家小姐帶著百姓和家僕說要來救人。」

「救人？」沉歡納悶了。

正想問需要救誰，就聽到外面的葛貞兒在洞外大聲喊道：「沉歡姑娘，妳莫怕，我聽妳家人說妳夜遊走散，我帶了很多人，妳回答我一聲，我這就來救妳。」

「沉歡姑娘，天色已晚，聽聞此地登徒子眾多，妳可安好？」

「沉歡姑娘，妳應我們一聲，好讓我們放心。」

這樣指名道姓一頓喊，就是沒人進來。

沉歡臉色驟變，這葛貞兒好狠毒的居心。要救人，帶著人衝進來就是了，何須如此高聲大喊？

一邊指名道姓的高聲喧譁，就是要吸引更多路上看熱鬧的人群，之前由於下了雨，很多原本夜遊後計劃下山的人都沒散去，此刻肯定都被她這一舉動，吸引到山洞門口。

如心在洞外，見裡面黑漆漆的，既擔心沉歡遭遇不測，又擔心沉歡名譽受損，不禁拉了一下葛貞兒的袖子，小聲道：「葛家小姐，妳聲音小一點，我怕影響到別人。」

「如心莫怕，我們這麼多人，我這一喊，那賊人肯定就心虛了，不敢把沉歡姊姊怎麼樣。」

口口聲聲賊人在此，就是要坐實沉歡孤男寡女與人共處一室了。

原來葛貞兒帶著家僕在那條路上來回搜索，結果一無所獲。沉歡一介女子，腿上又有傷，按理來說，不可能走遠了，最大可能就是躲起來了。

最先巡視那男僕恍然大悟地一拍腦袋。「小姐！那黃衫女子莫非就是她？」

當初一晃眼，被人拖進山洞的那個人？

另外一個人也回過味來。「這麼一說，她好像確實今天穿的是黃色的衣裳。」

前因後果一聯想，那被人拖進山洞的女子，確實有極大可能是沉歡，沉歡跑不快，從速度上而言，除非能飛，不然沒有辦法很快離開這條路。她一定是發現了他們，所以躲在草叢中想藏起來，哪裡知道被人盯上。

可，這不正好嗎？

葛貞兒笑起來，這可正合她心意，她都不用自己動手，就能拉著沈笙來看一場好戲。

「沉歡姑娘，沉歡姑娘？」葛貞兒指名道姓，在洞口裝模作樣。

洞口一群人指指點點，議論紛紛。

「這女子若真是被挾持了，只怕貞潔難保。」

「命雖苦，但說媳婦可不能考慮了。」

幾個高壯的青年也略喪氣，買田一案驚動南城不少人，雖那日沉歡刻意扮醜，卻仍然掩飾不了姣好的五官和玲瓏的身段，不少未娶妻的青年男子都暗暗打聽，得到的消息卻意外模糊，只說是京城人士，攜了弟弟的孩子來投奔親戚未果，在這南城買地安家，其餘情況就一概沒有了。

想著此等美貌女子竟然落入賊人之手，幾個秉性正直的人，都暗暗握拳為她鳴不平，想英雄救美。還有幾個心思齷齪的人卻想著那賊人好福氣，那顧沉歡一身雪白嫩肉，可讓人心癢難耐。

「葛家小姐，我們直接衝進去吧！」幾個年輕男子按捺不住，都想直接進去一探究竟。

葛貞兒假意皺眉，裝出一副為洞中人考慮的表情，對眾人說道：「你們這時候進去是要逼死她啊？萬一沉歡姑娘衣不蔽體……」

幾人不說話了，一時相當猶豫，真怕衝進去被眾人看到，那沉歡姑娘羞憤難當，直接咬舌自盡。這種事大律又不是沒有，前年村裡那寡婦被賊人壞了身子，到底受不了指指點點，最後……

「葛家姑娘，妳莫要胡說，還未確定我沉歡姊姊就在洞中呢！」如心急得跺腳。

外面要衝進去的人，都被葛貞兒以及她的家僕攔著，餘下不明所以看熱鬧的人越來越多。

沉歡聽得咬牙切齒，恨不得出去當面對峙。

敗壞她的名節，她可以暫時忍了，日後慢慢算帳，南城偏遠，她也是生育過的人了，不會尋死覓活，也沒想著還能找到好人家高嫁到哪裡去，但是現在這種情況對宋衍卻不利。

宋衍是南城父母官，雖說被貶南城，仍舊身分特殊，滿城戀慕少女眾多，若是此刻發現和她同處一室，這動靜可就大了。

沉歡忍不住看了宋衍一眼，卻見宋衍面色不變，只是淡定地招呼那黑衣人過來，將洞中凌亂的物品收拾妥當。

那人在洞口微探，轉頭彙報。「主子，我瞧著拖下去不是辦法，這山洞不深，我剛剛一直在洞口守著，那會兒已有很多人，這片刻工夫想必人更多了。」

宋衍點點頭，拍了拍腿站起來。

「走吧。」他伸手將沉歡扶起來，將墊在下面的青色袍服展開，披在沉歡身上。

「走？去哪裡？」沉歡披著衣服，頓時覺得暖和起來，但是這山洞不深，沒有連通的部分，入口即是出口。

宋衍並未回答她，沉歡倒是看清楚那黑衣人的樣貌，就是之前給她送帷帽的人。

「主子，山間風大。」那人說完奉上一件披風。

宋衍看了一眼披風，又看了一眼沉歡，用眼神示意。

沉歡滿臉問號，什麼意思？看她做什麼？

那黑衣人將披風遞給沉歡，也未說話，沉歡只得接過披風。因她腿上有傷，不方便行走，宋衍這時倒是知趣，自己主動傾低身子站到沉歡面前。

「你個子高，我現在不好踮腳呢！」沉歡有點不好意思，覺得宋衍怎這麼幼稚，忍不住小聲抱怨。雖然話這麼說，她還是抖開披風，將它披到宋衍身上，並繫好帶子，最後心裡默默地感嘆自己這服侍能力還是很嫻熟。

等等，現在不是感嘆這個的時候啊！

沉歡忍不住哭喪著臉。「現在怎麼辦？外面那麼多人，我看撐不了一會兒。」

宋衍垂眸看著她一邊繫帶子，一邊唉聲嘆氣的臉，問：「妳害怕？」

沉歡已經破罐子破摔了，自暴自棄地隨口道：「待會兒我看自己的名節是保不住了，以前我還想著找人入贅呢！」說完自己主動噤口，對著宋衍尷尬地眨眼。

宋衍嘴角扯出一絲冷冰冰的笑。「還想著嫁人呢？」

呵呵，一句話，沉歡瞬間消音。

「走吧！」宋衍將沉歡打橫抱起來。

「啊——」沉歡適時尖叫出聲，嚇了一大跳，抓緊宋衍的披風領子，瞪圓眼睛。「我們這樣走？」

她震驚了！

宋衍盯著她的眼睛反問道：「那妳想怎麼走？妳的腳能走？」

沉歡不說話了，她這腿確實不能走，骨頭沒斷，腳踝卻腫得很高。

宋衍太小氣了，入贅那事也是以前的想法，想想而已嘛，就變臉對待她，但是……

「我們就這樣出去？」沉歡持續驚呆狀態。

「馬車備好了嗎？」宋衍沒回答沉歡，問那黑衣人。

那黑衣人垂著頭，恭敬道：「主子放心，就在門口，只是人多嘈雜，孫期一直候在外面，未曾離開，等主子示意。」

不過沉歡這一叫，外面喧譁聲更大了，有人喊起來。「我聽見裡面有女子的驚呼聲，人就在洞裡，我們進去！」

葛貞兒心中暗急，她早安排人去找沈笙，只說遇見了沉歡，沒說具體發生了什麼事，按時間點這個時候也該來了啊，難道被什麼耽擱了？

她正急得跺腳，就看到不遠處，沈笙跟著葛家的男僕向這邊走來。

他俊美的臉上布滿陰霾，嘴中發狠。「此地怎麼如此多人？你這狗奴才若是敢騙我，不用你家小姐，我就能扒了你皮！」

那奴才暗暗叫苦，只得帶著他趕緊往山洞那邊走，趕緊完結這趟差事。

葛貞兒激動萬分。「笙哥哥！」

沈笙看著洞口圍滿人，皺眉問她。「這裡發生了何事？」

葛貞兒連忙上去纏著沈笙一頓好說。

第三十二章　正妻

外面一團亂，洞裡的宋衍卻已經準備妥當了。

「這葛貞兒和我究竟有什麼深仇大恨，值得如此大動干戈？」沉歡想不明白。

宋衍眼中寒光乍現，眼珠在沉歡臉上掃過片刻後，心中有了推斷。「這葛家的後宅想必也不甚清靜，著人去查查。」

那人連忙領命。

接著宋衍將目光投向那喧譁聲四起的洞口。「她在洞口喊叫多時卻不進來，還阻止人進來，想必還在等著什麼人。走吧！」

在沉歡震驚的目光中，宋衍直接抱著沉歡走了出去。

那黑衣人往洞口一站，大喝一聲。「宋大人在此，何人如此喧譁？」

外面馬車上候著的人知道時候到了，立馬飛奔過來，將人群隔開一條道，高聲宣告。

「我等奉命在此等候避雨的宋大人，閒雜人等速速避讓！」

人群一時間面面相覷，不是說那沉歡姑娘被登徒子拖進山洞嗎？怎麼是宋大人在此避雨了？

沈笙可不是閒雜人等，一把抓住那宣告的人，居高臨下地問道：「宋衍怎會在此？」

入手卻是心中一驚，只覺對方肌肉如鐵塊一般夯實，自己大力那一抓，竟把自己手指抓得生痛，對方卻紋絲不動。

那人拱手行禮，恭敬道：「原來是沈大人在此，我家大人帶著家兄在洞中避雨，途中救了受傷的沉歡姑娘，此刻要回府了。」

沈笙一看，才發現洞口那黑衣人和面前這人長得竟然一模一樣。

人群陡然安靜，眾人屏氣噤口，沈笙抬頭，只看見沉歡靠在宋衍的胸口，被宋衍緩步從山洞裡抱了出來。

她身上披著宋衍在祭祀大典上穿的青色袍服，衣服上有明顯摺痕，裙襬隨著夜風微動，小腿白色中襪上果然有一片血跡。

大家你看我，我看你，你再看看我，我再看看你，一時間不知道該如何開口。

外面人多，這畫面沉歡不敢想像，乾脆將眼睛閉上，腦袋輕靠在宋衍胸前，一副受傷難耐的虛弱表情，此時此刻，閉嘴比什麼都強。

耳朵貼住的地方能感受到宋衍的體溫，強而有力的心跳鼓動著她的耳膜，鼻尖能聞到淡淡的烏木沈香和白麝香的香味，她和宋衍如此之近。

葛貞兒的大腦有短暫的空白，之前還喋喋不休的嘴巴此刻一直呈微張狀。她苦苦在此折騰大半天，又冷又累，竟然看到沉歡被宋大人給抱出來？

難道，當時拖沉歡進山洞的人是宋大人？但是宋大人不像一個登徒子啊？還是如剛剛黑衣人所說，宋大人在此避雨，救了受傷的沉歡？

「大、大人。」葛貞兒囁嚅著，剛剛還滿口的賊人，此刻在宋衍的目光下竟然一句話都說不出來。

「原來是葛家小姐。」宋衍清冷的嗓音並未抬高音量，輕緩舒適，卻讓她聽得心虛。

「此刻亥時已過，姑娘卻仍未回府，葛老爺常自詡家風嚴謹，看來不過爾爾。」

「小姐。」葛貞兒的侍女急得快哭了，小聲開口。她早就催著小姐回去，然而小姐聽不進去，還搧了她一巴掌。

都怪洛姨娘和小姐走得太近，小姐近期行事作風，越來越不聽勸。

葛貞兒聽完瞬間臉脹得通紅，宋衍這是暗諷她小門小戶沒規矩嗎？

此刻亥時已過，雖說大典熱鬧，普通女子亦可出門，但是大典結束之後，女子大部分都已歸家。此刻人群裡，也就她一個未出閣的女子和幾個看熱鬧的老婆子，其餘眾人皆是男子。

沉歡微垂的睫毛遮蔽了她眼中的表情，雖然極力裝死，卻瞞不過一直關注著她的沈笙。

電光石火那一瞬間，一些時光的碎片，在沈笙的腦海裡瞬間組裝成形，比如：為何她忽然被母親送走，以及昌海侯府再見時，她頭戴珠花純真嬌笑的模樣，還有那天她心急如焚地抱在懷裡呵護備至的孩子，那孩子的臉……

他之前從來沒有想過的一切信息，迅速形成一個令他難以置信，卻又高度合理的推測。

宋衍！他竟然沒有想到過是宋衍！

當年的昌海侯府世子，乃侯夫人崔氏嫡出，十五歲那年高中探花，探花宴上疑似被人鴆毒，鬧得當時朝廷人仰馬翻，大理寺奉命查了個底朝天，牽涉了一干人等，最後也沒查出個所以然。

沉歡當時被母親送走，他以為被送去侯府伺候侯爺宋明，沒想到原來是去伺候宋衍！

沈笙心中各種雜念翻湧，最後思緒停在沉歡日日抱在手裡的小孩。

那孩子，如今想來，竟和宋衍如此之像。

「那孩子……」沈笙瞬間失控，情不自禁地就伸手去抓沉歡的手腕。

「姊姊！」如心此刻看到沉歡也是激動萬分，上前要去握住她的手。

結果兩人都瞬間撲了個空。

如心覺得沒見宋衍怎麼動，但是沉歡明明近在咫尺的手瞬間就不見了。

「原來是沈大人，祭祀大典已然結束，據聞大人明日返京，這南城到京城，路途遙遠，南城夜涼露重，大人須得早些歇息才是。」宋衍淡聲提醒。

沉歡沒想到沈笙竟然也來湊熱鬧，見他伸手過來，心中一緊張，就嚇得反射一縮，往宋衍懷裡鑽去。

這動作無意間顯得太親密了，周圍原本對沉歡抱有想法的幾個青年男子，此刻都垂頭喪氣。

葛貞兒這才想起那日看見沈笙抓著沉歡的肩膀，雖然嘴裡口口聲聲喚她賤婢，臉上卻難掩渴望愛慕之情的樣子，一時間心中嫉妒萬分，一股憤恨之氣直衝腦門。她葛家坐擁南城大片土地，是本地豪族，大律米糧近半數由她家把持，沈笙乃她遠親，她愛慕沈笙良久，總想著奪得神女之位為自己身分加持，盼得母親能和伯府說親。

那日神女選拔，她精心準備，反而落了平庸。這些她都可以不在乎，唯獨沈笙對顧沉歡心思複雜，惹得她心中如針刺般寢食難安。

周圍雖未有人高聲喧譁議論，卻也竊竊私語聲不斷，南城雖說民風開放，但是如此行事，還是難免讓人背後指點。

宋衍神色平靜，並未被周圍議論影響，抱著她打算上馬車。

沈笙卻沒放棄，一把攔在馬車面前，臉色陰沈。「宋大人留步，這顧沉歡一閨閣女子與宋大人孤男寡女共處一室，不知大人往後如何處置？」

沈笙想著，宋衍系出名門，仍在仕途征伐，侯府被奪爵之後，宋衍的親事亦生變故。但是只要宋衍出仕，崔氏就不會允許一個毫無背景、無法為宋家提供任何加持的女人進門。

宋衍想要翻身，必須要擇一個有背景的正妻為助力。沉歡跟著他，最多就抬個姨娘妾室，或者直接就當個外室，一輩子也就這個名分。

沈笙腦筋轉得飛快，沉歡卻受不了了，一是現在這場合不是討論此事的時候，二是她和宋衍的私事，關沈笙什麼事？三天兩頭來煩她，上輩子也沒見沈笙對她這麼上心過，真是得不到的就是最好的。

沉歡臉色微變，從宋衍懷中伸出頭，語氣冰冷。「沈大人，你我萍水相逢，這婚姻大事自有家人做主，不敢煩勞沈大人。」

沉歡不想宋衍為難，在這種場合糾纏此事對誰都沒利，於是搶在前面開口，說完還對宋衍眨巴了一下眼睛，表示自己的豁達。

宋衍看了她一眼，不置可否。

沈笙一聽更來氣，咬牙切齒，降低聲音。「宋家與我有什麼不同？他能給妳的，我也能給妳！侯府失勢，他自己且水深火熱，妳跟著他，無名無分有甚意思？」

沉歡一股邪火就冒了出來，就算宋衍什麼也給不了她，那也是她和宋衍之間的事情，沈笙未免管得太寬了。

也不知道這輩子沈笙是中了什麼邪，按這個時候，沈笙早就該在伯夫人的安排下擇正妻了，哪裡來的時間在這裡纏著她。

沉歡正想開口乾脆一次性說個清楚，宋衍異常溫柔的聲音卻自頭頂傳來。

太溫柔了，溫柔得讓人毛骨悚然。

「還吃嗎？」宋衍問沉歡。

吃什麼？

宋衍聲音低緩，眉眼溫柔。「青梅止嘔，多食卻傷胃，綿綿還是不要多食。」

止嘔？傷胃？

她需要止啥嘔？她懷孕了嗎？

對面沈笙直接僵住了，臉上從憤怒到絕望，再到不可置信。宋衍那角度挑得刁鑽，沉歡一臉問號抬頭看他，披風卻擋了大半，落在外人眼裡更覺得曖昧。

莫非沉歡又有了身孕？

沈笙一時間如遭雷劈，禁不住喃喃自語，猶不死心地追問心中之前的疑問。「妳那舊日裡抱著的孩子……」

這次不用沉歡回答了，她被宋衍捂著嘴，閃身就躍進馬車，只留下宋衍輕飄飄的兩個字，在空氣中炸裂著沈笙的神經。

「我的。」

馬車拉下簾子，宋衍的聲音中溫柔褪去，只留下平靜的冷淡。「治世者，治於心。容嗣不才，成則平步青雲，敗則無愧天地，與妻女何干？」

待宋衍坐定，那車伕調轉馬頭。「沈大人，失禮了。」

話是這麼說，卻是頭也不回地駕車揚長而去，留下沈笙愣在原地，吃了一臉灰。

馬車裡的沉歡愣了一下，瞬間明白宋衍的意思。

人生在世，大丈夫建功立業靠的是自己，與別人何干，與妻女何干？

宋衍洞悉沈笙的想法，也表達了他的態度，他的人生，由他掌控。

直到馬車離開，沈笙都還沒回過神來。

宋衍直接的承認，讓沈笙一瞬間心中血氣翻湧直衝腦門，猜測是一回事，被親自承認又是一回事。

葛貞兒今天撲了個空，看到笙哥哥失魂落魄，不知道今夕是何夕的樣子，她又心疼得要死，於是撲到沈笙身邊嘰嘰喳喳，一會兒安慰，一會兒又說沉歡的不是，一會兒又說宋大人有眼無珠。

哪知沈笙卻冷下臉。「女子須靜雅嫻淑，妳看看妳，亥時不歸，妳今日喚我前來，就是要讓我看到她和宋衍親密至此嗎？」

說完越想越覺得心中五內鬱結，手一甩，揚長而去，留下葛貞兒臉一陣白一陣紅，最後萬般委屈襲來，一邊咬牙，一邊眼淚滾滾而下。

祭祀大典一完，就是南城重要的春耕了，這是南城每年最重要的事情，沉歡雇來的佃農們在喜柱兒的帶領下早就準備妥當，種上第一批早稻的種子。

那日小腿受傷，宋衍送她返宅，本想日後將沉歡接到之前的大宅子居住，但沉歡拒絕了，到底名不正言不順，因此沉歡推脫說姊兒怕生，到新環境恐哭鬧，再緩緩為由，把此事往後壓了一壓。宋衍當時看了她良久，最終還是依了她。

沉歡嘆口氣，想著自己的心事。她不想做任何人的外室，也不想為妾室陷於後宅之爭。她戀慕宋衍屬實，卻也清楚一生一世一雙人，對於宋衍的身分而言未免太奢求了。

可是有一些話，她還是需要和宋衍說清楚的，這些溝通需要時間，需要交換想法。

最主要的是夫人她……

想到當初夫人冰寒的眼神，沉歡覺得她並不喜歡見到自己。

唉，又是一聲長嘆，真是戀愛容易婚姻難，煩惱怎就這麼多？

「姑娘，姊兒今日食了兩碗魚羹粥呢，現在吵著要見爹爹。」

沒錯，這就是沉歡現在新的煩惱。

新來的嬤嬤將小姊兒帶得很好，一應輔食換著花樣做，還會和小姊兒玩遊戲，如今小姊兒白白胖胖，已經在學走路了。看現在的模樣，料想不用多久，孩子就可以不用人扶著，自己到處走了。

但是宋衍上次過來就教孩子叫爹爹，這太可怕了，名義上她還是未婚啊，這爹爹一出口……

於是，沉歡為了拯救自己目前的窘境，私下悄聲教導小姊兒。「姊兒，這爹爹先不喚好不好，娘親買黃果果給妳吃。」

黃果果是姊兒喜歡吃的蘋果，沉歡取名黃果果。

但是宋衍那日一來，送了姊兒一顆會發光的夜明珠，摸了下孩子毛茸茸的頭。「姊兒乖呢，爹爹送妳玩，好不好？」

到底是女孩子，喜歡漂亮的東西，捏著那顆珠子就不放手，咿咿啞啞。

「爹……爹爹……爹……」邊學著喊還邊手腳一起舞動，一片純真可愛。

「這麼貴重的東西，給孩子玩不好。」沉歡嚇了一大跳。

媽呀，夜明珠啊！這可是貨真價實的夜明珠！小姊兒捏著玩，摔壞了可怎麼辦？她目前這陋室可用不起夜明珠，太惹人眼目了。

宋家不是被封府了嗎？宋衍同知的俸祿，能買得起這夜明珠嗎？沉歡一片迷惑。

宋衍卻毫不在意。「封府不是查封，收下便是。」說完又命人送給沉歡一些上好的衣服緞子。

沉歡一看，胭脂紅、水藍、鵝黃、蔥綠好幾個顏色，都是極好的料子。

沉歡分不清朝廷這單純封府和查封的區別，可是她想拒絕，宋衍就不高興了，只得收下這珠子給小姊兒當禮物，衣服料子則用來裁做衣裳。

沉歡煩惱地看著小姊兒，這孩子被養得太嬌了，現在見不著宋衍就要哭。

沉歡一邊嘆氣，一邊看著外面的太陽，不知是不是她的錯覺，祭祀大典那天，她恍惚中看見土地乾裂，南城一片荒蕪，乾旱得厲害。

這麼一想起來，和往年對比，總覺得今年雨水少了一些。特別是近段時間，太陽下山的時候，天空總要返點紅，別人倒不覺得有什麼，因那《農務天記》最後有關於天象的記載，沉歡總覺得不對勁。

她想和宋衍溝通，然而他近期卻是異常忙碌，自那日送珠子給孩子之後，其間他又過來一次，不過也是稍作停留就匆匆離去，也不知道在忙什麼。

此刻縣衙內其實並不太平，朝廷褒獎了宋衍組織落戶穩定，並親自參與灌溉設計，宋衍因治理得當，被推舉為並州府知州，又因宋衍太過年輕，尚須歷練，被反對派按下不表。

並州府旗下幾個產糧大縣，真正重要的事情來了，因為朝廷定下今年的徵糧目標。

宋衍升了同知，仍負責監管南城事宜，隨後又加了南元與陳石兩個縣，地方政務繁忙，此刻他的議事廳內，辦事的基層官員們聚在一起，你一言我一句，吵得猶如清晨的菜市場。

首當其衝的是南城縣丞。「這數字簡直天方夜譚，縱使南城是產糧大縣，朝廷這數字我們該怎麼完成？」

陳石縣的知縣也愁眉苦臉。「南城這個數字，陳石也好不到哪裡去。」

其他人也點頭對宋衍訴苦。「大人，朝廷這數字太難了，要籌得這些糧食，就得給百姓加賦，今年何故如此之高？」

「大人，我看您應該修書朝廷講明緣由，南城就算是奶牛，也擠不出這麼多奶啊！」

「大人，這數字太高了。」

宋衍案上擺著朝廷下來的文書，他左手翻動著，右手在案桌上輕輕敲擊著桌面，不發一語。

大家你一言、我一語，都對朝廷今年的徵糧指標頗有異議，這廂吵得不可開交，徐老天卻始終面有憂色。

宋衍問他。「徐老可是有什麼想法了？」

作為大律種植專家，徐老天站起來向宋衍行禮，緩緩開口。「大人，這徵糧指標先按下不表，老夫有一事卻不得不提。」

其他人都紛紛停止抱怨，轉頭看著徐老天。

「都言春雨貴如油，往年這個時候，都已經下過好幾場春雨了。」徐老天言畢推開窗戶。「諸位看看，今年大典前後這麼久，卻只下了一場。」

只見外面天氣甚好，一片晴朗。

其他人無甚在意，都擺著手說：「以前也有這種情況，這才開春，後面自然還會下的。」

「多慮了，多慮了。」

於是又是一番你來我往，好幾人都覺得徐老天杞人憂天。宋衍倒是盯著天空若有所思，隨後將文書合上。閉目片刻，再睜眼時已經有了決斷。「此事須從長計議，徵糧食還得幾個大族並肩出力，先緩緩再說吧。」

宋衍遣退其他人，又留下徐老天商議新稻種培育一事，這一議完就接近晌午了。

待徐老天走了，陶導才捋了捋鬍子，臉色不太好看。「這數字可謂南城歷屆最高，朝廷局勢瞬息萬變，如若完成了，明年您也不好過，如若完不成，又給了崔家把柄。」

宋衍用手指在文本的數字上點了一下，臉上笑意隱去。「都知道南城碩鼠多，聖上這是借我這柄刀殺碩鼠呢。」

陶導也知道其中利害，微一沈吟。「這糧食皇商背後牽動的可不只是幾個縉紳，中間盤根錯節，今日這數字一公布，只怕片刻之後就傳遍了幾個大族。」

宋衍卻了然一笑。「那就要看誰家先按捺不住，偷運糧食藏起來了。」

陶導想到這點就忍不住生氣。「那洪泰背後靠的是皇后外戚，他有意蠶食葛家的土地，如今這局面，只怕他首當其衝不會配合。」

兩人又合議了一番，卻聽孫期來報。「主子，您囑咐的事有消息了。」說罷，看了看陶導，又覺尷尬，一時間不知該不該說。

宋衍躬身執筆，一邊寫，一邊淡聲開口。「說吧，可是母親將那信件都撕了？」

孫期和孫曉乃孿生兄弟，自幼是宋衍的暗衛。近期宋衍卻將兩人調度回來處理南城事宜，兩人時而車伕，時而雜役，神出鬼沒。

知母莫若子，宋衍說的全中。

孫期一陣尷尬，自覺自己辦事不力，愧對主子期望。「我奉命將信件帶回，按世子囑咐的話語說與夫人聽。」

說到這裡，孫期頭上有點冷汗。「夫人大發雷霆，親手撕了信件不說，還說讓您死了這條心，除非她死了，說沉歡姑娘……沉歡姑娘……」

說到這裡孫期有點停頓，不敢繼續說下去。

陶導開始不解，隨後馬上頓悟，不禁驚聲而出。「公子，您莫不是……」

宋衍放下筆，也沒掩飾。「我修書一封給母親，要她去顧家提親。」

「您要立她為正妻？」陶導驚得已經坐不穩了。

「自然。」

「夫人怎麼會允許？」

「她現在自然是不會允許的。」宋衍神色平靜，顯是早已料到。

孫期當然知道陶老的擔心，將當時的場景仔細描述一遍。「夫人當時愣了一下，想是沒料到您竟然知道孩子的母親究竟是誰，後又大發雷霆，言已為您擇好人選。」

宋衍低頭笑了一下，端起几案上天青色的茶盅，盯著裡面浮浮沈沈的碧綠茶葉。「母親出身名門，自視甚高，必是責備我被她迷惑，自斷臂膀。」

「這……」孫期一陣尷尬，夫人確實如此說的，他正想著如何向主子開口才顯得比較妥當。

陶導微一沈吟。「姑娘的身分是差了一點。」

「無礙，沉歡如今乃良民，我也不是侯府世子，只是區區一低品官員，緣分罷了。」宋衍說得很輕鬆。

低品官員？你目前可是大律最年輕的探花，以及最年輕的六品地方官員，要不是被打壓，說不定年底就能升知州了。

陶導既忍不住感嘆後生可畏，又忍不住想侯府為何都出癡情子，老侯爺如此，他的兒子也是如此。

宋衍取出三封信件，全部都是用火漆封好的，顯然早有準備，他將東西遞給孫期。

「一封給母親，給她即可，什麼也不必說，一封送到舅舅手裡，餘下這封……」宋衍微一停頓，輕叩了一下桌面。「這封則送至翰林院陸麒處。」

陶導在侯府多年，深知宋衍性格，見他如此安排就知道他不達目的勢不甘休，只得嘆口氣。「姑娘已為公子產下兩個孩子，夫人喜愛小哥兒，希望愛屋及烏成全此事。」

下午幾人又合議一番，好長時間才紛紛退了出去。

這幾日宋衍公務繁重，已有好幾日沒去看小姊兒。他命人喚來馬車，言晚飯去沉歡那裡，僕從不敢耽擱，小跑著安排去了。

遙遠的京城，此刻也並不太平，宋衍的母親崔氏、平國公崔汾，以及陸閣老家的陸麒都已經收到宋衍千里之外的信件。

「悔不當初，悔不當初！」崔氏氣得直拍桌子，把那茶盅直接拍到地上。「當初就不該讓那顧沉歡活著出去，她竟然會和容嗣在南城再遇？她一個婦道人家怎會千里迢迢去到南城，必是存了不該有的心思，我竟然被她騙了！」

昌海侯府封府之後，崔氏新購一座大宅子，雖不比侯府肅穆華麗，卻也不失她的體面。自宋家封府奪爵後，一應朝廷俸祿通通取消，崔氏帶著府裡原有的管事、家僕居於此地。好在大律律法，凡貴族婦女的嫁妝及私產是不算在男方財產範圍內，封的是宋家財產，崔氏的私產還是屬於她自己的。平國公崔汾又不忍長姊生活不適，時有奴僕、瓜果、賞賜供應。

「夫人啊，順順氣，何苦和身子過不去？」平嬤嬤一進屋就看到夫人氣得直拍桌子，連忙過來幫她順氣，並囑咐幾個大丫鬟去重新換茶。

平嬤嬤近年來略有老態，脾氣更顯陰陽怪氣，滿宅女眷在她手下，都戰戰兢兢，唯恐惹她生氣。

崔氏將內宅交給平嬤嬤打理，討好巴結的管事都去奉承這老婆子，她畢竟沒讀過書，文化水準有限，在崔氏看不到的地方，被忽悠得帳目一團亂，中飽私囊的管事趁此機會大肆弄虛作假，搜刮蠶食崔氏不少私產，有些低位的下僕敢怒不敢言，這些只是崔氏不知道而已。

「公子獨自在南城赴任，身邊連個知冷知熱的人都沒有，權當是個枕邊人，夫人何足掛齒？」平嬤嬤遞茶過來，海棠不敢上前，遠遠地給崔氏搧著扇子。

「枕邊人？」崔氏再次將信件撕得粉碎。「他這是要娶那女子為妻啊！」

這次平嬤嬤傻眼了。

那丫頭好大的造化！

比平嬤嬤更傻眼的卻是陸麒，他捏著那封信臉色呆滯，喃喃自語。「容嗣瘋了，容嗣瘋了，他肯定是瘋了，瘋大了。」

陸閣老用枴杖打他的腿。「混小子，喃喃自語個什麼？宋家那小子怎麼了？」

這次南城徵糧是天文數字，那小子不會是折在南城了吧？

陸麒還呈呆滯狀，將手裡的信件遞給陸閣老。「祖父，容嗣要以防城治水圖，為一名叫顧沉歡的女子換一個身分。」

陸閣老一目十行地把那封談條件的信看完，從鼻子裡哼了一聲。「這賊小子果然心眼比你多，這封修書名義上是給你，實際不就是寫給我的嗎？」

陸閣老一邊用枴杖敲擊地面，一邊踱步在書房走著。「防城治水圖是宋家那小子在水利改造上的心血，自可以選取適當的時機取悅聖上而邀功，他必是知我在處理南方水患一事上久不見成效……」

「將這次機會拱手相讓與我們？」陸麒接話。「這份治水圖雖只給了一頁，卻縝密精細，可見絕不是短時間完成，想必籌謀已久，可那顧沉歡究竟是何方神聖，竟要他這樣相待。」

陸麒和宋衍自幼相識，世家之交，實是難以想像。

陸閣老將這名字唸了一遍，卻莫名覺得熟悉。他回憶了一下，前幾日下朝，好像無意間聽到有人議論忠順伯府近日雞飛狗跳，在南城完成祭祀大典返京的沈家老三，要娶一個平民女子為妻，鬧得伯府烏煙瘴氣。伯夫人氣病了，忠順伯直接把人關起來，昨日告病朝都沒上。

好像那女子也叫沉歡來著？

「聖上有意讓你尚公主，可尚了公主你就不能出仕，我陸家就等於折了一員大將。」陸閣老長嘆一聲。「內閣崔家把持久了，先拔了宋衍出翰林，如若再把你拔出去，我陸家就真的艱難了。」

「公主雖貌美卻跋扈，我可不願仕途折在她手裡。」陸麒皺眉。

陸閣老何嘗不知道本朝規定，當即不再猶豫。「來人，去喚老夫人過來，就說我有事相商。」

另一邊，平國公崔汾也收到信件，不過他按下信不表，無人知宋衍與他相商何事，一切似乎和往常沒有什麼差別。

第三十三章　求娶

風起雲湧都在一瞬之間，沉歡還未曾預料到，她的人生即將驟起波瀾，此刻她親自下廚房去做了幾道她認為宋衍會喜愛的小菜，正在嚐嚐口味。

「這鹽酥雞倒是適合下酒，又脆又香，如心妳快過來嚐嚐。」

如心有點忐忑地在門口候著，說來奇怪，為何每次宋衍過來，這鄰里附近都異常安靜，平時還有踢毽子玩的孩童，今日竟是一個人都沒有。

宋衍不管再忙，每隔三日是必要來探視沉歡和小姊兒。但是前段時間春耕繁忙，已有幾日未來，按時間，今天又該過來了。

帶孩子的乳母也有點緊張，沉歡一邊準備，一邊安撫道：「世子如今只是百姓父母官，不比以前了，大家都不用太過緊張。」

乳母聽見沉歡如此說，也只得陪著笑一笑。

「世……大人來了。」喜柱兒在院外候著，見宋衍馬車到了門口，連忙進來通報。

沉歡放下筷子，笑了起來。「今日怎麼比上次早一些。」說完，親自抱著孩子到門口對宋衍招手。

小姊兒已經認得給她夜明珠的人是誰，手舞足蹈地扭動著身體，嘴裡「爹爹」喚個不停。

喜柱兒以前是宋衍的小廝，自是熟悉主子的習慣，見宋衍在自己解披風，連忙迎過去幫他接著。

沉歡笑意盈盈。「今日要早一些呢。」

宋衍接過小姊兒，端詳了孩子的長勢，見小姊兒粉嫩、胖乎乎的，這才點點頭。

乳母在角落裡緊張得直絞帕子，見他點頭才鬆口氣，連忙把孩子接過去。

沉歡不明白為何眾人都如此緊張，她將今日都備好的小菜推到宋衍面前，先招呼如心端水過來讓宋衍淨手，接著拿一雙筷子遞給他。

「容嗣，你來嚐嚐。」

宋衍每次過來，待的時間都不會太長，通常是用過晚飯就會離開，也未避著大家，是故喜柱兒也一邊掛披風，一邊笑起來。「姑娘下午就開始準備呢！」

宋衍看了沉歡一眼，坐了下來，雙眼微彎。「那我要嚐一嚐。」言罷就舉起筷子，挑了一個三鮮藕丁放進嘴裡。

沉歡有點不好意思，又按捺不住期待，抬頭雙眼亮晶晶地問：「好吃嗎？」

哪知道宋衍剛剛還帶笑意的眉眼忽然一頓，接著就微微變了臉色，咀嚼的動作也隨之變慢了，那食物在他嘴裡停了一下，最後還是慢慢嚥了下去。

「這味道……」宋衍偏了下頭，似在想個形容詞。

「不好吃嗎？」沉歡哭喪著臉。

她從下午就開始做了，她自己也嚐了，還覺得味道不錯呢！

沉歡有點懊惱，自己怎麼忘記宋衍錦衣玉食慣了，家常小菜肯定還是入不了他的口，一時間看著桌上那幾道菜，不知道到底是喊他繼續吃好，還是自己乾脆吃掉好。

「逗妳的。」

「啊？」沉歡猛地抬起頭。

宋衍又挑了一個腿肉炒筍子送到嘴裡，眼帶促狹的笑意。「逗妳的。我覺得綿綿這滿桌子菜，味道都甚好。」

沉歡一瞬間臉紅了，接著又忍不住瞪了他一眼，哭笑不得地小聲抱怨。「容嗣！你怎麼能這樣啊。」

宋衍笑起來，不說話了，繼續吃飯。他用餐禮儀甚好，細嚼慢嚥，姿態優雅。

沉歡默默吐槽，逗她很好玩嗎？

喜柱兒和如心都識趣地退到門口，只有乳母帶著小姊兒在桌前，陪著兩人一起用餐。

入春之後，天氣就暖和起來，宋衍吃得差不多了，放下筷子。「城西後街梧桐樹下那座宅子我看甚好，比這裡寬敞明亮，門前那棵大梧桐有些歲月了，那日妳下馬車時多看了好幾眼，想必還是喜歡的，妳挑個喜歡的日子搬過去如何？」

沉歡沒想到宋衍又提出這件事情，不禁有點驚訝地望向他。更沒想到，那日去宅子更換衣裳，她覺得那棵梧桐枝葉繁茂，當時就多看了兩眼，居然都被宋衍記下了。

如心也驚得愣住，不明白宋衍什麼意思，轉過頭和沉歡面面相覷。喜柱兒自然知道主子的心思，不過不敢說話，照例裝聾作啞。

「這……」沉歡本來就在猶豫，聽見這話手一抖，挾在筷子裡的菜就落下去。

沉歡尷尬地望著宋衍扯出笑容，宋衍卻不說話，就這樣看著她。

知道兩人要說正事了，乳母識趣地抱著小姊兒退出來，喜柱兒也將門輕輕掩上。

如心有點著急。「你掩上做什麼？姊姊還沒嫁給宋大人呢！」

這孤男寡女什麼意思？

喜柱兒無語。「姑娘都給公子生育兩個孩子了，遲早是公子的人。」

如心難得柳眉倒豎，顯然是生氣了。「沉歡姊姊不做妾的，喜柱兒你又不是不知道，要做妾室當初就不會出來了。」

如心跟著沉歡久了，也被沉歡的婚姻理念影響。她對沉歡知之甚深，和沉歡情同姊妹，她也不想沉歡受委屈。

喜柱兒何嘗不知道，沉歡姑娘就是看著性子好，卻是個有主見的人，要是沒主見，當初哪來的膽子說走就走？

「妳又怎知公子會委屈姑娘？公子與姑娘這段經歷可謂一段奇緣，妳我別添亂，都閉嘴吧！」

如心雖擔心，卻也覺有道理，只得閉嘴，先觀察一下再說。

兩人說話聲音很小聲，沉歡什麼也沒聽見，但宋衍有內力，卻聽得一清二楚。

宋衍安靜地等著沉歡將後面的話說完。

房間從熱鬧喧譁，突然變得掉一根針都能聽得清清楚楚。

沉歡卻有猶豫，實在是太突然了，自那次她拒絕之後，宋衍就沒有再提出讓她搬家之事。今天她毫無準備，宋衍卻突然提及，讓她有些措手不及。就算她再拒絕，也得有一個合適的理由。

原本她想著再拖一拖，至少搬家之前，有一些話是需要和宋衍溝通明白，可這些話，在這種根深蒂固的階級觀念之下，猶如天方夜譚，甚至不被理解。

沉歡覺得很難說出口，至少現在，這麼突然的情況下，她並沒有做好準備。

憋來憋去，沉歡只能憋出一句。「我覺得……不太合適。」

「是嗎？」宋衍反問。「是什麼不合適？」

「這……」沉歡一時也沒組織好詞語，自然有點吞吞吐吐。

宋衍掀蓋，溫熱的茶水流入口腔，問得卻是不依不饒。「是我和妳不合適？還是妳和我不合適？」

這問題角度太刁鑽了，沉歡一時間懷疑宋衍今天是怎麼了？

「自然是你和我不合適。」沉歡剛回答完，果然見宋衍臉色微沈，立刻改口。「不對不對，是我和你不合適。」

宋衍臉色稍霽，又好整以暇地看著她。「繼續說說。」

這待處理的問題有點多，沉歡怕一搬過去，就被宋衍吃死了。思來想去半天，沉歡決定還是要向宋衍攤牌，瞞他實在是太難了。

「首先，這身分上……」沉歡斟酌一下用詞。

不知宋衍打算如何說服自己的母親，又如何安置她？

結果話還沒說完，宋衍就接了過去。「我為妳謀取了一個新的身分，翰林院修撰陸麒之義妹，陸閣老之孫女。」

「什麼！」這個消息直接把沉歡炸懵了。

「陸麒？本朝狀元？」

「對。」宋衍神色平靜。

「陸閣老？官居一品那個？」

「對。」

「義妹？入族譜的那種？」

宋衍眼睛都不眨。「對。」

「這怎麼可能？怎麼可能？」沉歡又不傻，天下怎會有這等好事？

「那自然是有條件的，不過與妳無關。」宋衍也不隱瞞，這中間自然頗費周折，但是此事他謀算已久，自然有信心說服陸家。

「你、你……」

蒼天啊！宋衍你……

沉歡被這消息嚇得口齒都不清了，只能指著宋衍「你你你」個沒完。

「你做這麼多你、你是、你是……」

你是為什麼？你是想要……

宋衍放下茶盅，說了個更大的消息。「我已經修書一封，要母親去顧家提親。」

「什麼！」沉歡驚呼起來。「去顧家提親？」

宋衍笑了一下。「母親自然是把信都撕了，言明，憑妳的身分怎可讓她去提親？所以在拿到陸閣老的同意信之後，我又修書第二封給母親。」

沉歡一時間五味雜陳，胸腔比上次在山洞裡還悶，只覺得呼吸都一滯一滯的。

她沒有想到宋衍會為她做到這個地步。她一直告訴自己，她要等的那個人，一定要是一個可以和她平等對視的人，是一個願意護她一生、尊重她的人。

她曾經想過，或許終其一生，這都是一個奢望。她也告訴自己，人這一生，真的不用太過強求。

可是，上天把宋衍送到她的面前。

她的鼻腔有點堵，說出話的時候，連帶著聲音也悶悶的。「夫人她，大概又會撕掉第二封信。」

宋衍神色很是平靜，平靜得這些事他似乎已經準備很久，只是換了一個場地，讓他可以說出來而已。「所以，我還有第三封，不過暫時先不用發，因為母親肯定會安排人過來或者……親自過來。」

「容嗣。」沉歡的眼眶微微變得濕潤。

身在侯府時，她少年懵懂，半是為了活命，半是覺得如此好看的人，多看兩眼也是福氣；哄著他吃朱斛粥時，她想著他少年英才，命途多舛，心中總是憐惜混合著道不明的情感，唯願世子可要活下來啊。

離開時，她想的是，人生恐怕再難相見，這些道不明的情愫也該釋懷了，他身邊會有更好的人，他也不會知道產下孩子的人是誰，這段記憶也只有封存了。但是一切似乎都沒按她預想的故事發展。

宋衍站起來，用手指輕輕撫過她眼角的淚滴，眼神鄭重而熾熱。「我宋衍的正妻，必是我心愛的女子，她於危難中守護我，於我低微時陪伴我，為我生兒育女，無怨無悔。妳甚至什麼都不用想，什麼也不用做，只需要陪著我就可以了。

「母親不滿妳身分低微，我就可以為妳謀劃一個。母親嫌棄妳不能為宋家助力，我亦不在乎，仕途漫漫，自有出頭之日，無非是慢一些罷了。可我知道妳的善良純粹。沉歡，妳可願嫁給我，陪我度此一生？」

沉歡摸了摸臉頰，才發現臉上濕濕的。

才不是呢，宋衍的所謂仕途漫漫，無非慢一些罷了。沉歡在伯府、侯府都待過，卻知道才不是慢一些罷了，官場詭譎，世家聯姻助力，關係盤根錯節，宋衍這一慢，說不定就是好幾年。

「我不信。」沉歡破涕為笑。

宋衍挑眉。「不信什麼？」

「我的夫君是人中龍鳳，所謂凌空展翅飛，這南城，困不住他的。」

宋衍的眼中光芒陡然熾盛，他伸出手臂，緊緊摟住沉歡，力道之大，勒得沉歡胸腔都有了疼痛感，才稍微放鬆。他用手指慢慢摩挲著沉歡的頭髮，輕輕閉上眼睛。

「沉歡，宅門不會是妳的圍城。宅門……」他停頓了一下，眼神溫柔，語氣卻更加篤定。「宅門，又怎會是妳的圍城？」

我昌海侯府，豈會是妳的圍城？

沉歡瞪大眼睛，宋衍竟然也知道這句話。那是她要離開侯府向宋衍告別的時候，趴在他床前說的。

當年侯夫人要沉歡做世子通房，沉歡不願且總是很有規矩地說：「奴婢自身卑微，不堪為妾。」

在這之後，很多人都問過這個問題，如心問過，封嬤嬤也問過，但是只有在宋衍面前，沉歡才願意說出她真實的想法。

那時為奴為婢，非她所願，她也不會覺得天生就矮人一等，她只是把這些經歷當成一份工作，做好就可以了。

「你不問我為何會有如此想法。」沉歡喃喃出聲。「我見多了後宅的手段，知道女子一生以夫為天，以夫為綱，男歡女愛之後，就是漫長的等待。那時候我總在想，我留下來就能活下去嗎？你會有與你身分匹配的正妻，而我不過是後宅不甚起眼的一個。我的人生，不該是這樣子。」

沉歡靠在宋衍懷裡，語氣卻是少有的堅定。

「和你在一起之前，我首先想做一個人，不是物品，不是可以隨意發賣的東西，所以我離開了侯府，外面很大，我想多瞧一瞧，我的生活，我想自己做主。」

這大概是第一次，沉歡如此清晰地在宋衍面前表達自己的想法。

她踮起腳尖，有一絲羞怯卻也難耐心中的歡喜，輕輕地在宋衍的唇瓣烙下一個清淺的吻。

「容嗣，綿綿願意的。」

你為我做了如此多的事情，我還有什麼不願意呢？

「當年我就說過，你可是食過綿綿心頭肉的男人。」

宋衍盯著她波光瀲灩的美目和鮮花一般的嘴唇，只覺得心中沸然，禁不住眸色轉深，沙啞著聲音說：「大婚之前我自然以禮相待，妳搬去那邊宅子也不用擔心。」

沉歡的臉更紅了。真是什麼事都瞞不過宋衍。

兩人說了好一些貼心話，但是宋衍依然堅持要沉歡換宅子，沉歡想了一下，現在又是乳母，又是喜柱兒和如心，偶爾還有雇來的佃農支取東西都在這裡，確實人多且雜，最終還是應了。

臨行前，沉歡忍不住問宋衍最近都在忙些什麼，小姊兒都哭過好幾回了。

宋衍遂將徵糧一事簡單說一下，抹去中間一些複雜環節，只說是朝廷下了指標，今年糧食如果不增產，會麻煩一些。

沉歡聽完，心中大致明白緣由。「剛好我也想起一些事，那日祭祀大典，我爬去高臺觀禮，你點香時刻，我竟莫名頭暈噁心，恍惚間看見四周一片乾裂，南城大旱，天空烈日當頭。」

沉歡頓一下，臉色染上一絲憂慮。「我本來沒當一回事，哪知前幾日，地裡有幾個老佃農翻耕之時，也略有討論，說今年怎麼還不下雨。我留了個心眼，又找了幾個年年從事耕種的佃農再比對一下，好幾人回憶，都說往年這個時候都下過好幾場雨了。」

沉歡抬眼看著宋衍。「今年如若收成不好，朝廷會怎樣？」

沉歡其實想問，你會不會有事？

宋衍想了一下，安撫她。「如若秋收不利，那就必須得全民屯糧，從我奔赴南城第一天起，就邀請徐老天與我一起共同研發能抗旱的稻種，那次妳去找徐老天拿到的種子，即是試驗品。」

沉歡沒想到宋衍居然在那天前就已經開始布局，禁不住瞪圓眼睛。「那我育出的種苗，竟都是新品種？」

宋衍看她表情，不禁好笑。「徐老天頗欣賞妳育苗得當，說這種子之前總是出苗率低，拿給妳之後出的苗又多又好。妳若是有興趣，也可到衙門來看看。」

沉歡可高興了，早稻第一批苗已經下地，她跟呵護自己的孩子一樣安排佃農注意防蟲、防風，就等著幾個月後，看結出的穗子怎麼樣。她當時只想著徐老天給的種子，至少比她的好，看來竟然是矇對了。

送走宋衍，沉歡也沒歇著，翻出自己收集的育苗書籍開始做筆記，從目前長勢來看，種下的稻苗都還在正常發育。既然是抗旱品種，灌溉量就不用太大，一邊實驗，一邊可以觀察到底產量如何。

如此又過了大半個月，沉歡正在田間觀察她的新品種稻苗，手裡還拿著一株稻穗。只見如心老遠就跑得氣喘吁吁，衝到沉歡面前，一邊喘氣，一邊拉著她的袖子，結結巴巴。「不、不、不好了，沉歡姊姊。」

沉歡見她臉色跑得通紅，打趣她。「如心，這是誰在攆妳嗎？跑成這樣。」

如心顧不得喘氣，一把抓住沉歡，大聲道：「不好了姊姊！真的不好了！」

沉歡把如心抓緊她的手扒開，莫名其妙。「輕一點，什麼不好了，讓妳跑成這樣？」

「侯夫人她、她帶著那個凶神惡煞的平嬤嬤到南城來了！」雖然宋家已遭奪爵封府，如心仍習慣以舊稱來指崔氏。

「啪」一聲，沉歡的稻穗落到地上。

好的，戰鬥，開始了。

第三十四章 崔氏

「妳確定是侯夫人？」沉歡順著如心的話，以舊稱來指崔氏，但表情有點不相信。路途顛簸，沿途也不方便，夫人能忍受這個？

如心點點頭，哭喪著臉。「馬車這會兒都到衙門那邊了，不信妳過去看看。」

沉歡想了一下，將地上的穗子撿起來，臉色冷靜。「既然夫人親自過來，必然是來確認情況，妳聽我的，先不要輕舉妄動。」

此刻來南城的崔氏，確實是來瞭解情況的，那日收了宋衍的信件，她一時急火攻心，直接就把信件撕了，當天晚上氣得飯都沒吃。

她的兒子，怎可娶一陰女為妻？這些藥渣子早該被處理。平嬤嬤和海棠還有頌梅輪流替她端茶、搧扇子，但崔氏心中那股被騙的邪火卻始終消不下去。第一封信撕了，她也發洩了，言明沉歡身分卑微，就算侯府如今革爵查封，也輪不到她進門，簡直是笑話。

發洩後，崔氏其實並沒在意。

直到宋衍的第二封信送過來，崔氏直接坐不住，她連夜遞帖子去陸府拜訪陸麒的母親丁氏，心裡著實不敢相信，入族譜是大事，那必須得陸閣老點頭的，可是陸家憑什麼點頭？

到了陸府，崔氏調整一下自己的表情，如今她沒了誥命，宋家沒了爵位，以前走動的勛貴自然有的變臉了，交情變得不冷不熱。再得罪陸閣老，那就真是給宋家添堵了。

無其他原因，勛貴與寒門崛起的清貴之間，溝壑彷彿很清楚，又彷彿不清楚。勛貴瞧不起寒門以前是種田的，寒門也見不得勛貴躺在爵位上當蛀蟲，後宅夫人之間的社交也少不了正面交鋒。

內閣大多出身寒門，陸閣老也不例外，兒子出仕後，他為嫡子擇了現在的妻子丁氏，既不高攀也不低就，剛好合適。

丁氏慈眉善目，體態豐腴。「麒兒去年秋闈狩獵，途中被狼群所圍，雖奮力擊殺了狼群頭目，奈何寡不敵眾，好生凶險。多虧一農戶女子不顧生死投擲生肉以誘惑狼群，麒兒方能脫險。老爺看這女子聰慧過人，溫柔可親，就將她收作義女，作為麒兒的義妹。」

這故事講得這麼圓，崔氏一時都懷疑她要問的沉歡，和這個故事裡的沉歡究竟是不是一個人？

「這入族譜是大事，閣老竟也同意了？」崔氏忍不住再問。

丁氏飽含深意地看了她一眼，意有所指。「救命之恩，無以為報，我陸家雖不比勛貴富庶，但在清流裡也算能講得上話的人。這義女雖不能和嫡子女相提並論，卻也是官家女身分了。」

崔氏一時間無言以對，陸家在清流裡豈止是說得上話，根本就是拔尖的清貴之家——當朝次輔，官居一品，滿門清貴。

她嫌顧沉歡身分低，容嗣就弄了這一齣，有清貴之家收作義女，她再反對，不就是瞧不起寒門清貴嗎？畢竟當初宋家聯姻，如果不是從勛貴中選擇，也是從清貴一流人家裡擇中意的人，無奈宋家和陸家都生的是小子。

出了陸府，崔氏心裡心急火燎跟貓抓一般，始終不能接受。那顧家就種田的，讓她上門去提親，不就是打她的臉嗎？

宋衍的婚事之於宋家是大事，崔氏也不敢完全自己做主。雖然氣得又撕了第二封信，她還是在第二天早上問安時，斟酌著向太夫人林氏挑重點說一下。

太夫人同樣出身高門，乃信德侯府嫡次女，朝廷欽封的康樂老太君。

崔氏內心深覺此事難以出口，陰女一事乃她一手造就，沉歡當日以肚子裡的孩子為要脅換取良民身分，她也信守承諾放了沉歡的身契，准她離府。如今宋衍和她在南城再遇，兩人之後發生的事情，卻是她萬萬沒有預料到的。

「若不是妳一意孤行拒絕了永意侯的聯姻，容嗣的婚事怎會一拖再拖？」太夫人一邊用香匙撥弄著香爐裡的灰燼，一邊慢慢聽著崔氏的彙報。

這可就委屈了崔氏，永意侯是有意聯姻，其女兒也鍾情容嗣，但是容嗣醒後，那小姐不久就被許配給別人，也不知道如何就改了主意。

崔氏有苦說不出，只得心中鬱結，將信中宋衍自己的意思講給太夫人聽。原本以為太夫人會和她一樣勃然大怒，怒斥這顧沉歡哪裡來的臉妄想嫁進宋家。結果崔氏準備好的話都到嘴邊了，太夫人卻始終一言不發。

「母親是何想法？何不說與媳婦聽聽。」

太夫人放下香匙揮手叫人把香爐端走，只是問：「這是容嗣的意思？」

崔氏猶豫一下，還是點了點頭。「容嗣醒來不久，侯爺就出了事。」說到這裡，她的眼圈就紅了，到底多年夫妻，也曾恩愛過。

「先是喪父，接著侯府又……他如今南城赴任，眼看年紀漸長，我琢磨著南城偏遠，想把身邊的頌梅派過去近身伺候，幻娟派過去負責吃食照顧。」

「不妥。」太夫人直接否決了。

「母親。」崔氏不解。

「皇上憐的是侯府子嗣單薄，免了容嗣的丁憂，不過之前奏表的人依然時不時有摺子上奏揑著不放，妳更應該約束下人，韜光養晦，低調行事。宋衍是代父受過去了南城，他帶太多侯府的人過去，難免與人話柄，說他驕奢。」

崔氏嘆口氣，御史的嘴，真能把人活活氣死。

「另則……」太夫人沈默一下，繼續開口。「如今宋家沒了爵位，不說之前怎麼樣，至少明面上也只是小官之家了。以如今的品級，妳還能和以前的哪家聯姻？」

這一席話，讓崔氏啞口無言，直戳她的痛處。她生來富貴，又占長，又是嫡，父母萬千寵愛，弟弟尊重，庶妹更是從來不敢造次，除了當年發瘋非要嫁給昌海侯宋明之外，人生沒受什麼挫折。

宋家出事，明嘲暗諷的人不是沒有，趨炎附勢的人也見多了，宋衍要她大門不出，她也就大門不出，低調行事，但是要宋衍娶身分如此低的女子為妻，她實在過不了自己心裡這關。

平嬤嬤知主子的心事，推託說小哥兒吵著見祖母，將失魂落魄的崔氏半拉半推，拉回自己的院子。

「夫人，您前些日子有些咳嗽，嚐嚐這新鮮熬製的珍品燕窩。」

崔氏五內鬱結，食不知味地將燕窩往嘴裡灌，只覺得諸事不順，直到……

「祖母。」

「母親。」

兩道奶聲奶氣的幼兒聲同時傳過來，崔氏抬頭一看，是乳母抱著小哥兒和宋澤來問安，小哥兒和宋衍一樣早慧，祖母兩個字喊得清清楚楚。

崔氏的心都融化了，剛剛的憂鬱瞬間忘了一半。

這顧沉歡最大的貢獻就是她的寶貝孫子。

崔氏決定這兩天就起身去南城看看到底什麼情況。

平嬤嬤見她心情好一些，這才放心退出來，又找人去搜羅更好的吃食。

廚房的角落裡，下人們聚在一起竊竊私語。「如今侯府都這樣了，平嬤嬤還讓鍾管事去採買異域燕窩。」

「嘿，瘦死的駱駝比馬大，就算駱駝死了，不還有駱駝肉可以割著吃嗎？」

「可惜此等油水之事輪不到你我。」有人不平衡。

幾人聚在一起，又你一言、我一句好一會兒，這才各自散了。

沒隔幾天，崔氏就動身了，哪知到了南城，宋衍公務繁忙，安排僕從將她和平嬤嬤安置妥當，言明要晚一點才能回來。

那顧沉歡竟然也沒來見她。

崔氏冷著臉。「小門小戶出來的，沒有規矩。」

平嬤嬤也生氣。「夫人，待老婆子去會會她。」

在這其間，沉歡成功育苗並多次拜訪徐老天。她謙虛而好學，做事謹慎周全，徐老天偶爾也會指點一下，交流頗融洽。隨著瞭解加深，沉歡只覺徐老天簡直一代大師，思想完全超越普通種植理念，光是抗旱稻種研發的理論基礎就很不得了，沉歡對自己這批試驗田的收成瞬間信心大增。

今日天氣晴朗，沉歡決定到周邊其他農戶的地裡去逛逛，看看其他糧農下的什麼品種。

平嬤嬤先去梧桐巷子的宅子找沉歡，開門的人卻是如心。

「原來是平嬤嬤，好久不見。」如心一見平嬤嬤那雙三角吊梢眼，挨打的心理陰影就瞬間復甦，好在沉歡提前給她安排了任務，她收斂了表情。

之前，沉歡是這麼交代如心。「一旦見到平嬤嬤或者夫人，不要露怯，須知妳已不是侯府家奴，妳我早就拿走身契，如今是良民。另外，陰女一事私密，整個侯府除了幾個關鍵辦事的人，其餘無人知曉，夫人絕不會自打巴掌，當眾揭穿妳曾在侯府為婢，妳一切按往常行事就好，不可露怯。」

有了沉歡的安排，如心就鎮定了，推說沉歡去田裡視察稻苗了，其餘一個字也不多說。

平嬤嬤聽說沉歡去田間，順著如心指的地方又去田間找沉歡，她幾十年未曾再到過田間，只覺田路崎嶇坎坷，畢竟年紀大了，走一圈就開始氣喘吁吁。

海棠看平嬤嬤一張臉扭曲，時紅時白，不禁勸道：「嬤嬤，我看不如我們回去，等公子回來再從長計議吧。」

平嬤嬤立時勃然大怒，指著海棠尖聲痛罵。「妳這懶手懶腳的小賤蹄子，妳敢譏諷我老婆子走不動了，妳好大的膽子！」

「嬤嬤，海棠不敢！」海棠立時給平嬤嬤道歉，真是好心被當驢肝肺，委屈得要死。

到沉歡的田一問，那佃農也不知道面前這兩位穿好緞子的老婦人及年輕小娘子是誰，指著這片稻田盡頭的山腳下說：「沉歡姑娘去其他家看看水稻發育情況了，不在此田。」

平嬤嬤不信找不著她，咬牙切齒，硬撐著又走了幾里地，去了那佃農說的田間。

到了對方田地，那邊佃農卻說：「沉歡姑娘察看了嫩苗覺得還不夠，又去了謝大的田間察看。」

就這樣，平嬤嬤從謝大的田走到王大的田，從王大的田又走到李大的田，直到日落西山，還沒見到顧沉歡的身影。

海棠雙腿發軟，累得不行。她們這些當大丫鬟的，在侯府就是管著崔氏的重要物件，貼身伺候崔氏近身事項，連搬水都有專門的灑掃丫鬟，何嘗在田裡這樣走過。

平嬤嬤更是兩腿打顫，頭昏眼花，勉強彎腰用手硬撐著膝蓋，氣喘如牛，忍不住破口大罵。「這天殺的丫頭片子，混丫頭，作死的賤蹄子，一會兒東一會兒西，敢情她是金剛身鐵打的不成，累死老婆子我了！」

剛剛罵完，就聽見前方傳來一個嬌滴滴的驚呼，這聲音不用說了，平嬤嬤印象深刻，當初還說她嗓子特殊，又嗲又嬌，讓她和世子多說說話，爭取喚醒世子，自然是沉歡無疑了。

「咦？這不是平嬤嬤嗎？妳怎會到南城來了？」沉歡很是驚訝。

「妳這賤……」平嬤嬤一聽這聲音就火冒三丈，三白眼一吊就要指著對方鼻子罵人。

只見沉歡一身嫩黃色的薄緞紗衫，鬢邊壓著兩朵剛摘的桃花，瑩白的皮膚如乳酪般細膩，在太陽光下不見一絲毛孔，反顯吹彈可破。瓊鼻挺翹，朱唇微啟，一雙杏眼笑意盈盈，人比花嬌，比這春日的陽光還顯得耀眼。光說這模樣，就勝過永意侯家了。

關鍵是那儀態，哪有當初為侯府之婢時的半分低微。雖笑意盈盈，卻身形挺拔，手裡拿著幾根新摘的田間稻苗，映在大自然一片碧綠的麥浪下，丰神秀雅，宛若仙女入凡間。

平嬤嬤今天本意是來羞辱沉歡一番，最好讓她知難而退，哪知道今天光是找人都險些跑斷她的老腿，如今口也渴、腿也顫，一頭大汗不說，原本羞辱沉歡的話早已經忘掉大半，只想破口大罵。

「妳這混丫頭是不是故意的？」平嬤嬤指著沉歡，一臉怒氣。「這視察稻田哪天去不好，妳就非要趁今天嬤嬤我來的時候去視察？」

沉歡裝作一臉驚訝。「嬤嬤何出此言，這視察稻田乃農戶大事，我是日日都察看的，何況我也不知道嬤嬤今天要來啊！」

見沉歡表情認真，說得也合情合理，崔氏一行人來南城，確實是事先未通知的，目的就是要殺對方一個措手不及。

結果宋衍地方政務繁忙，去陳石縣未歸，這顧沉歡也不見人影，還要她親自出來找。

平嬤嬤今天也沒力氣了，口乾舌燥，就算想撲上去打這小蹄子也渾身無力，靠著海棠稍微站定，才習慣性頤指氣使地指揮沉歡。

「這鄉下地方到處泥漿水坑的，趕緊給嬤嬤我準備一輛馬車，送我們回衙門，夫人等著見妳呢！」

沉歡內心嘿嘿一笑，黑心肝的老婆子，妳這口氣對誰說話呢？

看了看天色，每日這個時候，都有幾家大戶的管事從這邊經過，不知道今天會碰到哪家，還當是在侯府呢？

沉歡一邊笑，一邊打量著平嬤嬤發顫的腿。「嬤嬤有所不知，這南城乃是大律產糧大縣，供應整個大律一半的糧食，可不是什麼鄉下地方。嬤嬤沒讀過書，原也不怪妳，不過縣裡幾個大縉紳向來自視甚高，都是朝廷有關係的主，被他們聽到可不得了，這天高皇帝遠的，連容嗣都要避讓幾分。」

平嬤嬤可不吃這一套，從鼻子裡鄙夷出聲。「我老婆子年輕的時候在平國公府伺候小姐，後來在昌海侯府伺候夫人，都是一等一的高門，這窮鄉僻壤幾個縉紳也妄想稱王稱霸？入我老婆子的眼？」說完唾棄一聲。「我呸！真是稻田裡的稗子——妳算哪根蔥？」說完，平嬤嬤下巴抬高，臉上法令紋都跟著抖動，顯然鄙夷至極。

沉歡眼尖，果見左側一頂雙人抬的小轎，在這邊停留，在平嬤嬤我呸那聲之後，悄悄走了。轎子頂有一個水流標誌，也不知是哪家。

平嬤嬤對這鄉野之地鄙夷至極，只想快快離開，不禁催促沉歡趕緊準備馬車。

沉歡安撫道：「嬤嬤有所不知，這田間小路，馬車進都進不來，不想走路，還得叫頂轎子才妥當。」

「妳趕緊給我叫一個，趕緊點。」平嬤嬤累得要死，現在啥也不想了，只想休息。

這時沉歡遠遠瞧著不遠處有兩頂轎子停著，頂部也都有水流標誌，於是上去招呼那邊轎伕過來。「諸位，這裡有位老嬤嬤，腿腳不便，不知道這轎子是否有空，能搭載一程？」

那兩轎伕對視一眼，其中一瘦高個兒站出來。「我的有空，坐我的吧！」

第三十五章　來而不往非禮也

沉歡還沒來得及道謝，平嬤嬤就推開海棠的手鑽了進去。

「手腳慢的奴才，快點吧，夫人還等著呢。」

海棠也覺勞累，她和沉歡好久不見，好幾次想打招呼，礙於平嬤嬤在都不好開口，趁這時平嬤嬤上了轎子，海棠才得了空隙問候沉歡。

沉歡附在海棠耳邊小聲提醒。「坐後面那頂轎子。」

海棠不明所以，又累壞了，也沒多想，就坐進去了。

有人能抬著走，平嬤嬤終於可以休息一下，她畢竟年齡大了，折騰這一天就覺得體力不支，上轎子沒一會兒，就忍不住打起盹來，哪知道轎子一會兒左，一會兒右，顛簸得厲害。

「幾個奴才怎麼抬轎子的？這要是在侯府，我都揭了他們的皮了！」平嬤嬤剛一睡著，就被顛醒，來來回回好幾次了。

沉歡已經發現轎伕就是故意的，忍著笑提著嗓子解釋。「嬤嬤有所不知，這田間小路就是如此，不比京城的大道平直，妳習慣就好。」

才說完沒多久，那轎子就東搖西擺晃動得厲害，其中後面轎子的那瘦高個兒驚呼一聲，忽然腳往下滑，後面海棠的轎子就往前面平嬤嬤的轎子撞去。

「啊——」平嬤嬤和海棠同時一聲尖叫，海棠只覺得轎子傾斜得厲害，平嬤嬤那邊就更精彩了。

那後面的轎伕驚呼一聲，腳一滑，前面的轎伕就跟著驚呼兩聲，腳兩滑，只見一個倒栽，裡面傳來驚聲尖叫，平嬤嬤倏地一下就從轎子裡跟滾西瓜一樣，滾了出來。

「啊——這天殺的狗奴才！」平嬤嬤的驚叫聲伴隨著「嘩」的濺水聲，整個人直接跌進水田裡。

水田近期才抽水灌溉一次，又是泥又是水，平嬤嬤瞬間肩膀、屁股、腿上全是稀泥巴。

沉歡笑得差點岔氣，趕緊調整好表情，開始她的表演。

「不得了，救人啊！嬤嬤、平嬤嬤，妳怎麼落水了？」沉歡一邊叫喚，一邊直接衝過來。

海棠一看這情況，先是嚇了一跳，接著也趕緊過來扶人。

沉歡早就跑慣了田野小路，衝到前面。

平嬤嬤尾椎骨痛得要死，剛要起來，就被一股力量重新按回水田裡，一雙泥手緊箍著她的臉狂搖。「嬤嬤、嬤嬤！平嬤嬤，妳沒事吧？這可怎生是好！」

平嬤嬤被搖得只覺呼吸困難，神經抽痛，耳邊猶如魔音般充斥著尖聲叫喚。

「嬤嬤、嬤嬤！平嬤嬤！平嬤嬤！」沉歡開啟瘋狂模式，喊得平嬤嬤頭昏腦脹，直接崩潰。

沉歡叫聲不斷，海棠也過來扶她，接著甩她下去的轎伕也下來一起扶，幾方你扶過來，我扶過去，一邊拉扯，一邊叫喚。

「夠了！」平嬤嬤奮力掙扎，嘴巴張大，猶如溺水的魚一般，剛想透氣高聲再大喊一聲，接著兩眼一黑，口腔一涼，一坨泥就被塞到嘴巴裡。

雞飛狗跳一團亂之後，平嬤嬤渾身是泥，嘴唇發青，頭髮滴水，老臉憔悴地回到崔氏和宋衍面前。

崔氏震驚了，她從沒見過平嬤嬤如此狼狽的樣子。

宋衍打量了沉歡一眼，沒說話。

海棠也尷尬，當時人多，你拉過來、我拉過去，她也不知道誰失手將泥巴塞進平嬤嬤嘴裡。雖然很大機率是抬轎子的轎伕，但是待平嬤嬤從泥巴裡坐起來時，四個轎伕都不承認，都說是要救人，不是故意的，總之場面一團亂。

沉歡為救平嬤嬤，衣服都髒了，黃衫緞子的新衣，正是宋衍新挑選的布料裁製而成，今天這一折騰，裙邊全是泥巴。

陰了平嬤嬤一招，沉歡心裡很是暢快，那轎子果然是洪家的。原本想著水流標誌似乎在哪裡見過，稻神祭祀時洪成雅的馬車上，不就有這個標誌嗎？

洪泰一心想把女兒洪成雅嫁到高門，生平最恨別人嘴碎他們這種縉紳。平嬤嬤不知道南城幾大家的影響力，一來就搬出京城那套，強龍難壓地頭蛇，真是活該！

沉歡越想越美，差點繃不住臉上的表情。

宋衍幽邃的眼神在沉歡身上打轉，最後開口道：「母親初到南城，沿路辛苦，平嬤嬤今日又身體不適，我看著人先安排了吧，須得早點歇息方才妥當，有話留待明天再講。」

宋衍都開口了，崔氏也不好再說，加上平嬤嬤一身泥，滿臉憔悴，她也不忍，遂應了。

她今日見沉歡，原本是想瞧瞧另一個孩子，她已從宋衍口中得知沉歡當日還抱了一個小姊兒出府，震驚的心情真是難以言喻，只覺得自己竟然沒看出這低眉順眼的丫頭，膽子這麼大！

如今知道還有一個孫女，崔氏心裡就總是掛念，恨不能立刻把孩子抱到她面前，好好看一看。但是如宋衍所說，沿途疲憊，加上平嬤嬤這一折騰，她也很困乏，於是都壓到後面再說。

崔氏乃宋衍母親，自然是按制，住在衙署。沉歡與孩子住在梧桐巷的宅子，原本也沒想到宋衍今天會過來，哪知道剛沐完浴，還沒來得及穿衣裳，就看見如心像兔子般竄進屋來。

「如心，妳近日是怎麼回事，三天兩頭見妳跑個不停，以前的規矩我看是白學了。」沉歡一邊自己擦著半濕的頭髮，一邊打趣她。

「姊、姊姊，宋大人來了。不會是今天妳太過火了吧？平嬤嬤畢竟是侯府的老嬤嬤了。」如心有點擔心。

「這……」難道真過分了？沉歡稍微反思了一下。

說時遲，那時快，外面傳來熟悉的腳步聲。

沉歡擦著頭髮的手一頓，披著半濕的頭髮，隨便抓了一件藕紅色的長衫搭在身上，正要繫帶子，就見宋衍推門進來了。

「你怎麼來了？」沉歡半濕著頭髮，拉了下不整的衣衫，有點尷尬地笑了笑。

如心本來看到宋衍就發怵，自然是悄悄退了。

宋衍性格自持穩重，臥床時期就黑髮不喜披散，必用髮冠束之，任何時候都是風度翩翩，儀態優雅，沉歡想到自己頭髮蓬亂，不施粉黛，就有點不好意思。

她還以為宋衍今天會陪著夫人多說一會兒話呢！

房間裡有濕潤的水氣和花瓣的香味，宋衍嗅覺靈敏，只覺得玫瑰花瓣的味道沁人肺腑，混合著沉歡獨有的氣息，帶著一股誘人的甜香。

宋衍在桌子前坐下，看了沉歡一眼，也沒說話。沉歡走過去，自然為他倒了一杯茶。

沉歡琢磨了一下，好像自己是有點過分了，畢竟平嬤嬤也一把年齡了，要不是她喜虐待奴僕，又愛找她的碴，她其實也懶得理她。

見宋衍目光還在自己身上，沉歡決定坦白從寬占個先機，但是泥巴那事，她是打死不會認的。

「唉，你沒有看見平嬤嬤那凶神惡煞的樣子，老遠地就見她氣勢洶洶地過來。她在府裡橫行慣了，出了門也不知道審時度勢，張口就得罪好幾家。剛好洪家的轎子停在那裡……」

「剛好，妳就讓那轎伕抬了平嬤嬤一程。」宋衍接過沉歡的話頭。「然後，剛好那轎伕腳一滑，讓平嬤嬤跌了一個四仰八叉。」

沉歡尷尬「呵呵」兩聲，奮力掙扎。「那田間小路本來就不好走，你又不是不知道。平嬤嬤成日喊打喊殺的，那轎夫聽了心裡不痛快。」

宋衍黝黑的眼珠盯著沉歡的衣衫，沉歡以為要說衣服弄髒的事，不自覺地嘟了一下嘴唇，有點委屈。「又不是我把她推下去的，我衣服還弄髒了呢！」
今天是來責備她嗎？
宋衍抬眸看著沉歡一頭長髮，睫毛上還沾著剛剛沐浴出來的水氣，半掩的藕紅色衣衫遮不住玲瓏有致的身材，一抹雪痕半遮半掩。
沉歡還想再吐槽兩句，卻被宋衍一把拉進懷裡。獨特的味道鑽進沉歡的鼻子裡，後背濕潤的頭髮貼著他熱熱的胸口。
宋衍沙啞的聲音自頭頂傳來。「平嬤嬤只是個老奴，何須妳動手，下次別把我送妳的裙子弄髒了。」
沉歡一聽不是來責罰她的，立時眉開眼笑就要起身，又是要替宋衍添茶水，又要招呼如心端一碟點心過來。
宋衍按住她動個不停的身子，嗓子啞啞的。「別動，這樣就好。」
沉歡不明所以地抬頭，這才感覺到身下宋衍的變化，她一時頓感羞怯，掙扎得厲害。「好了，快放開我。」
宋衍挑起她半濕的頭髮放到鼻尖輕嗅一下，說了句。「甚香。」這才放開沉歡。
沉歡不敢和他再鬧下去，怕引火焚身，跳到安全區，這才整理好衣服和頭髮。
宋衍看她手忙腳亂的模樣頓覺好笑。「母親這次來，妳不必害怕，我自有方法說服她，若母親叫妳，妳只管抱著小姊兒去就是了。」
「嗯。」沉歡點點頭，如今出來了，崔氏也不是她的主子，她對崔氏談不上害怕，只是多少有點煩惱。

父母之命，媒妁之言，如果崔氏一直不同意，壓下婚書不發，那婚事又會起波折，雖然她自己對於年齡並沒太在意，反正大齡稅都交給政府，但是隨著小姊兒的成長，身分上必然會引起麻煩。

「怎麼了？」宋衍放下手中的瓷白茶杯蓋子，抬眸看她。

沉歡笑自己多慮，編了個理由打算搪塞過去。「沒事，只是我想見見小哥兒。」

宋衍眼眸轉動，觀察著她的表情。「哥兒如今會走了，乳母看得很好，除了沒見過母親，一切都好。」

沉歡心中被刺了一下，不知該如何表情才自然，只得假裝去拿果子給宋衍。

她伸出的手忽然被捏住。「沉歡，妳會是孩子的嫡母。」

沉歡錯愕地抬起頭，被捏住的指尖有宋衍滾燙的溫度，像她莫名滾燙的心。

「我沒有……不信你。」沉歡扯出個難看笑容。「我只是覺得，夫人畢竟是你的母親，她若一直不同意……」

容嗣，你又會如何處理？那時候你又將如何自處？

宋衍審視著沉歡的表情，連一個細微的顫動都沒放過。「綿綿以為，宋家家主為誰？」

沉歡不明所以，疑惑地說：「侯爺去世了，劉姨娘的孩子還小，府中你外放之後就無男丁，聽聞侯爺有位庶弟，按輩分算是你叔伯，想必還撐著宋家。」

宋衍搖頭。「我叔伯如我這般年紀時，就被一道人引去修道了，雲遊四海，兩年一歸，偶爾回來看看父親。」說完似乎陷入回憶當中，連聲音都變得更低沈。「宋家子嗣單薄不假，父親對我寄予厚望，自幼時起不論寒暑病痛，晨練絕不能耽擱，有一次我高燒難退，父親要我背書。」

都病了還得背書？蒼天啊，勛貴之家的嫡子這麼苦嗎？

「背錯了就得受罰，早課前還得練武，那日我背錯了，父親抽了我一棍子，我本就高燒，支撐不住就暈了過去。母親嚇得抱著我流淚不止，父親卻勃然大怒，認為我生病是下人照顧不周所致，如此還耽擱了學業，遂責罰照顧我的乳母和奴婢，有一個人沒熬住，就這麼去了。後來送我上山拜陽明子為師就是後話了。」

「怎麼能這樣。」

宋衍還有童年可言嗎？

「沉歡。」宋衍撫摸著她已經乾掉的頭髮。「我告訴妳這些只是表明，我自少年時代起就掌管著家族大小事宜，我才是宋家的主人。母親出身高貴，並不知民間疾苦，她雖然霸道了些，卻不是一個不通情理之人。」

沉歡點點頭。「我不會和夫人過不去的。」

兩人說了好一些貼心話，宋衍才戀戀不捨地走了，行前囑咐她。「近日公務繁忙，因這徵糧一事，地方上頗不太平，洪家不是好相與的，妳以後還是避著為好。」

沉歡順從地點點頭，送走了未來的夫君。

這邊沉歡安心地睡了，崔氏卻翻來覆去睡不著，衙署清簡，一應物具都很簡樸，和以前的昌海侯府簡直天差地遠，就算和現在京城住的地方比，也是相差十萬八千里。

崔氏睡的床板，只覺得床很硬，被褥總帶著股霉味，茶具陳舊，入口的水都帶著股泥腥。

她的兒子，就在這種地方熬著仕途。因為帶太多僕從，御史會上奏勛貴驕奢，所以他赴任時僅帶一些簡單的行李就出發了。

崔氏越想越心中難受，半夜撐起來坐著。

海棠見崔氏坐起來，以為她身體不適，立刻披了件衣服從隔間跑過來，擔心地問道：「夫人，是要喝水嗎？」

崔氏搖頭。「這地方官吏怎地如此繁忙？還有這南城衙署太簡陋了些。」說完眼圈有點紅。「我兒隻身赴任，連個知冷熱的人都沒帶，也太辛苦了些。」

海棠看看四周，自然明白崔氏所想，只得寬慰她。「公子心性堅韌，這些難不倒他的。」

崔氏點點頭，又想起沉歡一事。「顧沉歡這丫頭當初在侯府時，我讓她做容嗣的通房丫鬟，她竟有膽子拒絕了。如今看來，是個有心氣的，竟是想做正頭娘子。」

海棠與沉歡有私交，趁此多說了一句。「到底是哥兒生母，想法自然是與眾不同的。」

崔氏看了海棠一眼，不置可否。

海棠深悔自己多嘴，顧左右而言他，略過了此事。

第二日，沉歡按宋衍所說，帶著如心，抱著小姊兒來拜訪崔氏。

崔氏老早就起來等著看孩子，一邊等、一邊又是擔心又是不滿。「這鄉下地方到底不比京城，小姊兒在窮鄉僻壤長大，指不定面黃肌瘦養成個鄉野小丫頭，待我看看……」

話還未說完，就見沉歡抱著一個白白嫩嫩的小丫頭走了過來。那小丫頭梳了兩個小圓髻，像兩個小包子貼在頭上，圓髻上綁著兩根紅色的髮帶，髮帶下方各墜著捏得維妙維肖的小兔子，小兔子旁綁了珠花，看上去可愛極了。

待走近點，只見小丫頭一張粉臉又白又嫩，像能掐出水的豆腐，黝黑的眼仁隨了宋衍，睫毛如小扇子般撲閃，嘴唇卻像沉歡，新鮮的花瓣般形狀姣好。

小姊兒此刻正好奇地四處張望，看到崔氏，眨了眨眼睛，奶聲奶氣地喊了聲。「祖、祖母。」

崔氏的心跳都加快了。她只有生過兒子，還未曾有過女兒。

宋衍頭胎得子，後繼有人，小哥兒被她寄予厚望，性格也和宋衍相似，頗是沈靜，此刻這小丫頭卻活潑得多。

平嬤嬤見沉歡帶著小姊兒過來，又想著昨日跌落稻田一事，心裡不爽快，抬高音量，陰陽怪氣地冷著嗓子道：「妳愣著幹麼，還不把小姊兒給夫人抱。」

崔氏皺眉。「平嬤嬤，妳這麼大聲做什麼，會嚇著孩子。」眼睛卻是盯著小姊兒目不轉睛，心裡又愛又疼，立刻就從手腕上拔下一個羊脂白玉的鐲子，溫聲道：「這是祖母給妳的見面禮。」

出自崔氏手裡，沒有次等東西。

沉歡嚇一大跳，她是做好準備來被崔氏刁難的，結果崔氏已經完全忘了她的存在。

沉歡一見這麼貴重的禮物，連忙禮貌性推辭。「夫人，這鐲子太貴重了，小孩子懂什麼……」

崔氏不悅地打斷她。「給妳的自然就是妳的，收著吧。」

果然是親生母親，這方面和宋衍如出一轍，沉歡只得收了。

崔氏不提提親一事，沉歡也不急，幾人都耐著性子說了會兒話，吃了些果子。沉歡笑意盈盈，不卑不亢，將這南城的風土人情，名人趣事娓娓道來，講到稻神祭祀大典時，略去她和宋衍那一段，只挑著有趣的事講。

崔氏大門不出，二門不邁，從沒聽過這些民間趣事，面上雖然還是繃著，實則聽得津津有味。沉歡觀察崔氏的神色，知她聽得高興，又讓如心將一些好吃的果子，有意思的小玩意兒，拿出來給她瞧個新鮮，並安排廚房的人中午備了一些野菜。

衙署養的是地方廚子，做不了太複雜的菜式，沉歡早早吩咐喜柱兒抓兩尾稻田裡新鮮的活魚，一尾親自做了醬汁蒸魚，一尾配著豆腐熬了湯，春天南城野菜多，選了幾樣口感爽脆的品種，以大火炒。最後還燜了一鍋兔肉大家一起吃。

崔氏沒食過這些野菜，待沉歡將一碗魚湯放在她面前時，鮮香四溢，令人食指大動。

「夫人，嚐嚐。」沉歡將湯遞給她。

崔氏此刻覺得什麼都很新奇，這些鄉野小菜，雖不如以前她吃的東西裝盤精美，卻透著食物自然的香氣，特別是沉歡講了這稻田裡養魚，魚稻共生的典故讓她覺得頗有意思，原本想拒絕的話就沒有出口。

她也喝了那碗湯，果然鮮美異常，比侯府之前做的還好吃。

莫名其妙，崔氏也沒發飆，一頓飯就這樣平安地過去了。

沉歡感嘆，知母莫若子，宋衍的法子，果然管用。

晌午，小姊兒和崔氏都要午睡，崔氏自持身分，不好開口強留，只能咬咬牙，讓沉歡把孩子抱走了。

第三十六章　拔苗

沉歡一上午的時間都花在衙署，出門囑咐如心和乳母將孩子好好帶回去，自己則轉身去徐老天的公田，打算看看情況。

公田不同私田，是政府將一些不用的土地，分給徐老天做一些試驗種植用。沉歡以前來過這裡，種植著不同品種的水稻，今年這個時候，已經下了新的種子。

剛走到徐老天住處，就看見一群人拿著鐮刀，凶神惡煞，正在田裡又是割、又是拔。這稻苗就是徐老天的心血，他自然不肯，兩方人你一言、我一句，瞬間推搡起來，為首那個壯漢，一把將徐老天推到地上。

「徐老！」沉歡驚呼一聲，快步跑過來，扶起徐老天，怒喝推他的那個人。「青天白日的，你幹什麼？」

那壯漢一看是個女子，冷笑兩聲。「原來是個細皮嫩肉的小婆娘，幹什麼？這徐老頭的稻子架了棚子，擋了我家家主的風水，今天我是來破陣的。」

沉歡一看，這些棚子無非就是冬天防止稻苗被凍死，作為防風的東西。

「徐老種的是公田，是衙門的東西，你趕快停下！」

「衙門分的公田？」那人嗤笑一聲。「那又如何？擋了我家家主風水，就得拆了！」

「你！你！你欺人太甚！」徐老天氣得滿臉紫紅，推開沉歡的手，下田去護苗子。

沉歡知道這些試驗田全是種植抗旱高產的稻種，此刻拔了苗，後面就沒合適的時間再下苗，就算長勢好再下種子，也是後面的事，還不知道品種適不適應。

「公田裡的苗就是朝廷的糧食，你敢割苗就是割了朝廷的糧，你敢？」沉歡大腦飛速運轉，也是又怒又氣，這批人絕對來者不善。

壯漢並未被沉歡嚇住，嘴角扯出一絲冷笑。「小娘子懂得倒是多，實話告訴妳，要的就是你們這批苗結不了果，愣著幹什麼？給我割！給我拔！」

一聲令下，那群渾人果然開始拔苗，剛發芽長得正好的翠綠嫩苗被連根拔起，徐老天心疼得厲害，猶如殺了自己的孩子，大喊一聲衝下去護苗。下面的幾個人一把推開他，力道之大，推得徐老天瞬間跌出好幾公尺遠。

「你給我住手！」沉歡從地上抄起一把鐮刀，指著那壯漢。

一根修長的手指輕輕地按在那把鐮刀上面，微一使力，就將鐮刀壓了下去。

「容嗣。」沉歡一見宋衍，立刻吐出一口濁氣，如遇救星。

「大人巡視，何人在此損壞公田？」衙門的人瞬間將那壯漢帶來的七、八個人包圍，厲聲高喝！

宋衍手腕一動，就把沉歡拉到後面。「先別說話，我來。」

沉歡點點頭，也沒放下鐮刀，仍然緊緊地捏住，胸腔劇烈起伏，顯然氣得不輕。

宋衍轉頭對著拔苗的領頭壯漢，狹眸如電，修長的睫毛之下滿是陰雲密布。「何人在此猖狂？為何無故拔苗？」

「原來是宋大人。」一壯漢橫行慣了，並未因此畏懼，反而朗聲狡辯。「我們洪家在這片區域世代耕種幾十年，祖輩都在此，今年以來蟲害就比往常多，已經問了祭祀稻神的大巫，說就是徐老頭擅改田地布置，壞了這邊的風水所致，宋大人還是不要多管閒事。」

宋衍冷如刀鋒的目光掃過那一片狼藉的稻田，被拔苗的這塊，正是抗旱稻種的試驗田。這大片試驗田，不只徐老天參與了，沉歡和宋衍亦有一起參與。

「什麼壞了這邊的風水？我看分明就是故意的！」沉歡真是被氣到笑了。洪家好生霸道，這是要翻天了不成？

這時，衙役扶著剛剛摔倒的徐老天過來，只見他鬢髮散亂，臉上還有瘀青，褲腳邊則全是污泥，走路一瘸一瘸的。

臨得近了，卻看見他雙眼微紅，布滿血絲，神色憤然，厲聲高喝。「信口雌黃！簡直是信口雌黃！風水被壞是假，故意拔苗是真！你也不必遮遮掩掩，這種事反正你們也不是頭一回做！」

徐老天指著那為首的壯漢。「老夫什麼都知道！你們就是怕老夫的新稻種搶了洪家的生意，所以背後總是處處為難老夫！」

敢情不是第一次了，以前還經常幹這事？為何徐老天不說？

沉歡氣個半死，轉頭又略迷茫，搶生意？從何說起啊？

宋衍卻揮手招來另外一個衙役。「帶徐老去醫館診治腳傷。」

那衙役領命，帶著滿臉怒容的徐老天走了。

為首的壯漢並未因徐老天的控訴而有絲毫收斂，只是皮笑肉不笑地陰聲威脅。「宋大人在南城為官，還是得審時度勢，這米糧收割是大事，洪家今年要是因為徐老頭減產了，朝廷的徵糧可就確確實實交不上了。」

以減產甚至無產為由，逃避徵糧，是這些本地豪族經常幹的事情。千斤的穀子報個百斤，百斤的粳米報個幾十斤，衙門人手有限，無法家家戶戶監管，大量的田地，還是在幾個大族手裡。

但是如此行徑，簡直是赤裸裸的威脅，可見以前的南城洪家有多猖狂。

宋衍神色平靜，並未被此人行為激怒，淡聲吩咐。「此人無端毀壞朝廷公田，擾亂南城米糧種植，先羈押回府，候時問罪！」

「遵命！」幾個衙役對望一眼，各自交換一下眼神。

本地衙門被縉紳牽制，他們這些公差早看不慣了，只是歷屆父母官竟沒一人抵抗過本地勢力，鐵打的縉紳，流水的縣令。

幾年任期一滿，升的升，調的調，都不想得罪幾個豪族，平白給自己惹事。這擾亂公田一事不是頭一次，負責的地方官吏有的整治一下，有的也就睜一隻眼、閉一隻眼。聽宋衍已吩咐，衙役們趕緊上前，一把按住那領頭的鬧事壯漢。

「宋大人你可是想好了？關了我，遲早你還得放了我！我怕你到時候還是得供著我家老爺！」那壯漢被衙役按住猶自高聲大喊，猖狂至極。

陶導悄悄附耳。「公子，此事還須從長計議。」

宋衍抬手示意不可，陶導立刻不說話了，退了下來。

見衙役真的過來綁繩子羈押他，那壯漢登時急了，奮力掙扎起來，邊掙扎邊對著宋衍叫號。「宋大人可是想好了！可是要在這南城與本地世家為敵？別到時候走錯了路禍及妻兒。」

這是一瞬間的事。衙役甚至不知道宋衍何時從他腰間拔出刀柄。

只見白茫茫的寒光一閃，刀鋒就從壯漢的右邊臉頰上劃過，掙扎時垂落的頭髮絲一根根被斬落，絲絲飄落下來，接著臉上緩緩出現一道血痕。

鮮紅的血液，滲了出來。血珠子「啪」的一聲，滴落下來，瞬間浸入到泥土裡。

刀鋒過境之後，四周都安靜下來。

壯漢沒有料到宋衍一個文官竟會忽然如此動作，兩腿微顫起來，霎時沒聲音。

宋衍眼裡的平靜消失得乾乾淨淨，陰鷙的瞳孔裡瀰漫著暴戾肆意的血腥，就連唇邊常有的淺笑弧度都變成下沈的曲線，讓他整個人蒙上一層暗色。他用手指慢慢拭過刀鋒上溫熱的血跡，抬眸淡聲對那壯漢說：「昔日大理寺審案，抓了那嫌犯卻拒不承認，大理寺卿問本官處置之法，你猜本官如何回答？」

那壯漢早已嚇懵，不知該回答什麼。

「我言新鮮的人皮，剛剝下來的時候最是溫熱，而人卻不會馬上死去，若是此人已經定罪，何須再認。」言畢，漆黑的瞳孔盯著壯漢。

壯漢此時已是面如白紙，兩股顫抖，只覺血腥殺戮之氣撲面而來。

宋衍將刀上的鮮血擦拭乾淨後，還給衙役，那衙役好半天才愣愣地接過去。

沉歡的心臟「怦怦」狂跳起來，她似乎看到宋衍的另外一面。記憶陡然復甦，她見過宋衍光風霽月的樣子，見過宋衍風流恣肆的樣子，見過宋衍光彩奪目的樣子，皺眉是他，嘆息是他，低聲調笑也是他。

但是她怎麼忘記了，第一次真正見到宋衍，是她重生之前，奄奄一息在馬車裡驚鴻一瞥，那時候宋衍勝仗之後凱旋回朝，騎在一匹高大的駿馬上，腳上穿著的玄黑色虎頭獸紋戰靴，上面有著乾涸後的血漬。

宋家立爵，憑的是軍功。很多人探知宋衍背景的時候似乎都忘記了，他奪得探花郎的稱號，杏林初宴之前，最先奪得的是武考及第。

宋衍給其餘的衙役一個眼神示意，眾人立刻心領神會，轉身拔刀指著餘下眾人，高喝一聲。「再敢喧譁，以重罪治之！全部押回衙門！」

宋衍有公務要處理，沉歡不想打攪他，獨自回梧桐巷的宅子。

乳母帶著小妌兒還在睡午覺，沉歡心中仍想著剛剛發生的事情。

「姑娘？姑娘？」喜柱兒看她心不在焉，提高嗓門再喊了幾聲。

沉歡才如夢初醒地抬頭。「喜柱兒，你叫我？」

喜柱兒很少看她這樣，不禁關切地問候。「姑娘是不是乏了，要不咱們改日再議？」說完就要退出去。

沉歡卻少見地忽然喊住他。「等等。」

「姑娘還有事？」喜柱兒捏著單子疑惑地開口。

沉歡看著喜柱兒，問：「喜柱兒，你當初在世子院跟在世子身邊多久了？」

喜柱兒心中一凜，謹慎作答。「有幾年吧。」

沉歡的心思都在自己的想法上面，並未察覺喜柱兒神色有變，她只是喃喃自語地問著。「世子，究竟是一個怎樣的人？」

這問題喜柱兒不敢答，頗為難地說：「這問題讓我們這些做奴才的怎生回答是好？」

沉歡笑了一下，笑自己無聊，宋衍是怎麼樣的人，又豈是喜柱兒這樣的小廝能摸透的？她甩頭將這些拋開，如今還有很多事情等著她，不是想這些的時候。

沉歡想了一下，遂又問道：「你在南城走動比較多，和那些販子、佃農打交道的時候，可知道徐老的田地經常被縉紳騷擾排擠？」

喜柱兒回憶了一下。「南城看著民風淳樸，卻頗自成體系，如若妳說徐老被騷擾，我倒聽到一個話頭，或許與此有關。」

「講來聽聽。」沉歡好奇。

喜柱兒也不隱瞞，將聽來的消息順了順，講與沉歡聽。「妳與宋大人還有徐老，不是為屯糧一事在做新種子的試驗田嗎？這種子其實不算最新，聽人說最多算是改良，因為很多年前，徐老就培育出這個品種的稻子。」

「之前就有？」

「嗯。」喜柱兒接著說：「新稻種到底怎麼回事，我不知道，只是聽人說，產量比普通稻種高，往常的稻子一畝產多少，這稻種就比往常的稻子一畝多產一些。」

沉歡不能理解。「這可是造福民生的大事啊，何故沒有大肆推廣？」

喜柱兒做了一個抹脖子的動作。「這南城的知縣，死得莫名其妙的也不是沒有，想必中間還有什麼緣由吧！」

沉歡不說話了，直到喜柱兒走了，她都還在心中順著今天得到的信息。

一個能增產的稻種，竟在大律毫無聲息，朝廷更是一無所知，這不是一般人能夠隱瞞下來的。稻種的增產，除了能讓更多人吃飽飯之外，還會對糧食的供應量產生巨大的變化。

這種巨大變化的背後，影響的是米價。因為大律近幾十年一直風調雨順，糧食供應也相對穩定，一旦局勢打破，會影響哪些人的利益？

今天那洪家的家僕，明裡暗裡都在暗示宋衍不要多管閒事，還以禍及妻兒為要脅。

容嗣，你……可是要打破這種局勢？

沉歡想得越深，越是驚覺風平浪靜的表象下，並不簡單。這些試驗田如若試種成功，宋衍又將有何打算？

她在房間裡焦躁地踱著步子，一環一環推著可能出現的情況。最後心一橫，不再猶豫，轉身出門往衙署奔去。

宋衍此刻正在與陶導議事，桌上擺著涼了的幾杯茶，顯然之前還有別人，他見沉歡忽然過來也略驚訝。

還不待宋衍開口，沉歡就直接發問道：「南城歷屆父母官，可有死於非命的？」

聽她如此一問，陶導臉色有變，宋衍緊抿的唇線亦是微微一動。

「有沒有？」沉歡逼問。

這次，宋衍開口了。「多年以前，當時的南城知縣在赴任途中遇流匪襲擊，全家死於路上。」

沉歡心中「咯噔」一下，一股寒氣襲來。

正想開口，宋衍卻說起另外一樁安排。「母親過兩天就要返京，妳隨她一道回去，待到了京城，再去陸府拜訪陸大人，他收妳為義女，儀式總該有的。妳不必擔心，一切都有陸麒安排。」

沉歡瞪大眼睛，立刻抗議。「我不去。」

反駁得太快，惹宋衍蹙眉抬眸。「妳不想去看看小哥兒嗎？」

沉歡瞬間啞巴了。

這變化來得太快了！

說實在的，沉歡擔心宋衍，但是能見到小哥兒的誘惑太大了。

本次返京主要是拜訪陸府，完善入族譜事宜，況且要攻克崔氏的心理難關，不能光靠宋衍一個人使力，她也得行動起來。

臨行前宋衍到底不放心，給了沉歡兩個錦囊。

沉歡一見宋衍連這些都操心，不僅促狹地打趣。「這是什麼？敢情我也有錦囊妙計？宋大人近日看來也不怎麼忙嘛。」

宋衍見她頑皮，靈動的杏眼在陽光下撲閃撲閃，心中一片溫柔，刮了一下她的鼻子叮囑。「我是妳未來的夫君，既是夫君給的錦囊妙計就得收好了，實在應付不過來的時候，就可以拆開。」

沉歡知道宋衍掛念她，心中感動，將那兩個錦囊輕輕收在荷包裡，甜甜一笑，說了句。「收好了。」

她笑得那樣燦爛，比南城春日的陽光還耀眼，宋衍心中捨不得，恨不能摟進懷裡好好溫存，但到底還是名不正言不順，只能嘆口氣放她去了。

沉歡不知道他為何嘆氣，奇怪地問：「怎麼了？你又捨不得你那兩個錦囊了嗎？」

宋衍一把拉過她的手腕，咬牙附在她耳邊，氣息溫熱熱的，灼傷了沉歡的耳垂。

「綿綿，等妳我大婚之後，妳再為我孕育子嗣可好？」

青天白日的，沉歡霎時間臉上猶如被開水燙了，從額頭紅到脖子。

你都有兩個了，還不夠嗎？

第三十七章 返京

又過一日，崔氏也收拾妥當了，一行人坐上宋衍早已安排好的馬車，這就上路了。南城到京城，路途遙遠，這一來一回折騰下來，沉歡覺得回來就可直接收稻子了。一路倒是順利，只是半途海棠染了風寒，又傳染給崔氏，平嬤嬤自是喊打喊殺的，沉歡只好主動接替海棠的工作，沿途照顧生病的崔氏。

崔氏對她照例是不冷不熱，沉歡也不勉強，不和病人計較。就這麼兜兜轉轉，終於返回京城。

侯府被封，車伕駕著馬車回到崔氏如今的住處。沉歡心中各種滋味翻攪，一時間激動，一時間又失落。

小哥兒不比小姊兒，姊兒由她親自哺乳餵養，感情深厚，哥兒卻是長久未見，想必對她這個母親很是陌生。

當初產子一事甚是隱秘，除了極少數的幾個知情人，下人們都不知道孩子的親生母親到底是誰。崔氏只說是個沒福氣的通房所生，眾人也只是惋惜那產子後即離世的丫鬟，如今早就忘了。

到了宋宅，沉歡暗中打量，確實不比當初侯府肅穆華麗，但也人氣齊整，外面都傳言崔氏出嫁時，十里紅妝可謂京城一大談資，如今看來果然是家底豐厚。

主母返宅，一眾的管事和小廝、嬤嬤、丫鬟等都來問候主子，因夫人病後體乏，不堪管事，所有人的彙報便都到平嬤嬤那裡。

平嬤嬤宛若眾星拱月，房間裡人流如潮水般進進出出，來往不斷，奉承巴結的人排起長隊。沉歡暗中觀察這一切，不禁暗暗搖頭，以前在侯府，她就聽下人私下說過夫人不善理家，中饋混亂，如今看來，隱患很大啊！

沉歡一門心思都在小哥兒身上，中饋混亂之事，想一想也就被拋之腦後，如今她滿腦子都是如何開口，才能讓崔氏答應她見孩子。

她實在是等不了，這麼長時間以來，既渴望見到，又害怕見到。母子連心，無數個失眠的夜，無次數輾轉反側。每當聽到哪家庶子庶女又夭折了，都會擔驚受怕好一陣子，可以說直到上次宋衍親口說出「孩子很好」這句話，沉歡才放下心來。

她信宋衍，她知道宋衍不會騙她。

崔氏對外都是統一說詞，說她是陸閣老收的義孫女，順道和她一起返京，明日要回陸府去入族譜。

丫鬟們都不敢怠慢，端來淨手的清水，喚她顧姑娘。

沉歡瞧著她們的態度，彷彿看到之前的自己，恍若隔世。心中正在感慨，卻敏感地察覺到兩道打量的目光在自己身上停留，沉歡心中一凜，順著目光尋過去也是一愣。

封嬤嬤在人群後面，看上去眼圈微紅，向她點了點頭，露出個欣慰的笑容。

前塵往事瞬間湧入腦海，沉歡百感交集，也對著封嬤嬤輕輕頷首示意。

至於另外一道目光。

這次沉歡不是愣一下，是呆了一下——好一個俏生生的美人兒，尖尖的瓜子臉只有巴掌大小，嫵媚的桃花眼，眼尾天然帶著點紅，彷彿醉在酒罈裡的桃花，鼻梁挺直，嘴唇亦是小小的，勾人心魄，委實是個貌美的人，就是帶著點妖氣，不夠端莊，穿著府裡丫鬟一色的翠綠比甲，顯然是個奴婢。

沉歡總覺得有點眼熟，卻又認不出來是誰。侯府奴婢之中，竟有如此好相貌的，以前自己竟然不知道？

不過也不奇怪，畢竟自己都沒出過世子院。

那女子盯了沉歡好一陣子，眼神複雜，最後竟是扭頭就走了。

沉歡只覺莫名其妙，既想不起是誰，心裡也沒在意，先隨著丫鬟回到廂房進行安置。

「奴婢喚作翠荷，姑娘是貴客，請隨我來。」丫鬟前邊領路，將她帶至房間就退了出來。

沉歡連忙叫住她。「翠荷妹妹請留步。」

丫鬟連忙返回恭敬道：「姑娘有何吩咐？」

沉歡露出溫和的笑容問她。「馬車坐久了頗勞頓，我待會兒想去園子裡走一走，活動一下筋骨，不知哪裡合適？」

丫鬟笑起來。「姑娘待會兒可到後面的花園走走，如今正是春花爛漫之時，園中的海棠開得正好。」

崔氏病後體乏，怕病氣過給孩子，如今已在頌梅等人的伺候下先歇息了。平嬤嬤則被一堆人簇擁著壓根兒忘記沉歡是小哥兒生母，今日還沒見孩子的事情。

沉歡心中雖急切，面上還是能沈住氣，這才剛回來，再等等，明日再見不急。待沐浴休息片刻，沉歡換了一身衣裳，這才出了廂房，往丫鬟所說的園子裡走去。

半是為了透口氣，半是想著能不能遇見，據沉歡盤算，京城這個點天氣還算好，小哥兒這個年紀正是好動的時候，不會一直待在房間裡。

在南城時，乳母都會帶著小姊兒曬曬太陽，多走、多跑動。

沉歡在園子裡轉了大半圈，也沒遇見人，正在失望之時，前面的小園子裡傳來陣陣說話聲。

沉歡不想驚擾，只是稍微往前挪動了一點，仔細傾聽。

「哥兒好厲害啊，跑得可累了？」

「不累，我還可以再跑呢。」

奶聲奶氣的男童之音傳進沉歡的耳朵，沉歡的心臟驟然收緊，心慌得厲害。

只見一個三十多歲的婦人，正慈愛地看著一個幼童，那幼童背對沉歡，此刻在園子裡跑動追逐著一個小球。

再仔細觀察一下，沉歡又覺得不對，那幼童口齒清晰，個子也更高一些，她再細細看了一下，不是一歲多孩子的樣子，應該是兩歲多的孩子。

那婦人估計是照顧孩子的乳母，又拿了個玩具給孩子，笑道：「澤哥兒來拿小麵人，小狗狗可愛得緊呢。」
沉歡瞬間反應過來，這澤哥兒，估計就是當初劉姨娘產下的孩子，是宋衍的幼弟。按年齡算，也就比沉歡的小哥兒大個半歲左右。
心裡一陣失望，沉歡定定地站在那裡，心中道不清、說不明到底什麼滋味，正愣愣出神，一隻小手拉了拉她的裙邊，接著一個同樣奶聲奶氣的聲音從腳下傳來，不過語氣卻是老成威嚴得多。
「妳是何人？為何在我家園子裡？」
沉歡低下頭，與宋衍如出一轍的柳葉狀眼型，自有一股沈靜凜冽之氣。一歲多的年齡，接近兩歲，會走了，會跑動了。
沉歡愣愣地看著他，眼淚瞬間開閘，啪嗒啪嗒流了一臉。
她只覺得時間好像都靜止了，有那麼一瞬間她的腦海是空白的，茫茫一片。四周陡然變成那時候昌海侯府的產房，她抓著產婆的手，恐懼地不停詢問。「我會死嗎？我會死嗎？」然後用盡力氣，將那小小的孩子生下來，可是還沒來得及看一眼，就被接生的產婆抱走了，沉歡只記得皺皺的臉，小小的，皮膚紅紅的。
小哥兒黑漆漆的瞳仁瞬間浮現出一絲戒備，似乎在看一個很突兀的闖入者。
「妳是誰？為什麼哭了呢？」小哥兒看她的眼神很陌生。
沉歡也想控制自己，但是此刻眼淚似乎真的開了閘，完全不受她控制，只覺得心裡似乎被填滿了，卻在小哥兒陌生的眼神中又空了一大塊。

「我……」沉歡剛剛打算出口的話，到了嘴邊又嚥了下去。

她該如何向孩子介紹自己呢？這中間曲折的故事，離奇的經歷，如何向一個不滿兩歲的孩子解釋清楚？

「小哥兒，小哥兒，你在哪裡？」這時一個婦人焦急的喊聲傳過來，顯然是在找人。

小哥兒一見是乳母來了，轉身跑到婦人身邊，然後張開雙手撲了過去，顯然很是親暱。

沉歡看到這一幕，內心酸澀得要死，心情很複雜。

小哥兒畢竟年齡幼小，在園子裡多跑了一些路，就覺得小腿不能動了。

乳母鬆了一口氣，將他抱起來，一邊幫他擦汗，一邊憐愛地問：「小祖宗，終於找著你了，下次可不許亂跑了，累著了吧？嬤嬤抱你。」

此時，幾個隨侍的丫鬟也跟過來，都一邊喘息，一邊謝天謝地。「可找著了，奴婢以後可不敢和哥兒躲貓貓了，嚇死奴婢了。」

一群人一邊說著話，一邊漸行漸遠。

沉歡避開人群，躲在園子裡的大樹後面，直到小哥兒的影子都看不見了，才默默地將眼淚擦乾淨。

此刻的心情，太太太太複雜了。道理她都懂，但是懂歸懂，還是避免不了難受。

孩子不認識她，不知道她是母親，如果沒有見到小哥兒，或許她不會如此感受明顯，路都是自己選的，沒有人可以一直抱怨。但是，此時此刻看到真人，她真的覺得心都碎了。

這天晚上她坐在床邊，一直到快接近雞鳴時分才安慰自己說：這是一個好的開始，不是嗎？生活靠自己，擦乾眼淚繼續走下去！

如此一邊燃起熊熊鬥志，一邊安慰自己，這才迷迷糊糊地睡了。

沉歡感覺沒睡多久，就聽見外面丫鬟來叩門。「顧姑娘，夫人喚您過去呢！」

不知喚她何事，莫非是陸家改時辰了？

沉歡連忙爬起來，跟隨丫鬟到崔氏的院子裡。只見崔氏抱著小哥兒，正在看掛在門口的鳥兒，小哥兒雖覺鳥兒新奇，但是小小的臉蛋上並沒有露出笑容。

面前是一桌子豐盛的早餐，顯然還沒開動。

「祖母的好哥兒，今天也要多吃一點。」崔氏放柔聲音，耐心哄著孫子，說罷又想起什麼，叮囑乳母。「小孩子腸胃弱，須得好生看顧著，一應吃食需要的都只管去找平嬤嬤。」

崔氏說完，才發現沉歡到了，她心中始終對這門婚事非常反對，當時以身分問題壓制宋衍的請婚書，沒想到兒子竟能說動陸府，硬是給顧沉歡安了一個官家女的身分。

如今她不上不下，不答應不是，答應的話自己心裡又不痛快，是故一看到沉歡就覺得腦仁疼。

也不知道到底是什麼冤孽，竟能讓兩人再遇到。

沉歡看崔氏不鹹不淡的表情，就猜了個七七八八，雖然中途略有好轉，但是對方始終不滿意她的出身，認為她配不上宋衍。

無所謂，根深蒂固的想法，不是一時半刻可以改變的，何況沉歡此刻的重點也不在崔氏身上，她的一顆心全撲在小哥兒身上。她曾經以為這輩子自己可能都看不到這個孩子，造化弄人，可見誰也不知道以後會發生什麼事。

那孩子好奇地打量著她，黑漆漆的瞳仁將她看了個遍，態度比昨天好一些，不知是不是崔氏提前向他說了些什麼。

回京城這一趟，就是為了見小哥兒和入陸家族譜，崔氏特意喚她來，想必就是為了讓他們母子見面。

見崔氏似乎並沒有主動將孩子遞給她的打算，沉歡決定主動出擊。

「這是小哥兒吧，都這般大了，我給你帶了玩具呢。」

這玩具是沉歡很早以前就做的，她不擅針線，但是每次只要給小姊兒做什麼東西，必然都會想著小哥兒。出發之前，她就擠出時間編好一個草蟈蟈，還做了一個布老虎，自然是比以前的精緻多了。

草蟈蟈翠綠翠綠的，顏色很好看；布老虎虎頭虎腦，看著憨狀可掬。

「你看看，它還可以動呢。」沉歡輕輕拉動蟈蟈的翅膀，果然可以輕輕動一下。

小孩子被撲動的翅膀吸引，看了蟈蟈一眼，又看了沉歡一眼。

雖然極力控制著自己此刻澎湃的心情，盡最大努力想讓自己的臉色顯得自然一點，然而沉歡無法控制身體的感受。

當她走到小哥兒跟前，執起小哥兒軟軟的小手掌，將蟈蟈放到他手心的那一刻，體溫從指間傳來，溫熱的，細膩的，當她反應過來的時候，臉已經被打濕了。

「妳為什麼又哭了呢？」小哥兒坐在崔氏懷中，小臉充滿疑惑地問她。

她。

沉歡摸摸臉，才發現自己又一次控制表情失敗，臉上全是濕濕的淚痕。

正在平復心情，小哥兒卻一邊揑著蟈蟈，一邊從桌上拿了一個花朵形狀的麵泥果子遞給她。

「這是我回送給妳的。」

崔氏顯然沒想到小哥兒會有此舉，愣了一下。

沉歡也沒想到，接過了小手遞過來的麵泥果子，心中的不安和難過慢慢開始消散。她調整心情，此刻眾多奴婢都在，小孩並不知道她的身分，目前也不適合知道如此複雜的前因後果，沉歡不想引起不必要的猜測。

「謝謝小哥兒，很是知禮呢！」沉歡仔細地看著他，生怕自己漏掉一眼，小哥兒比小姊兒長得高一些，卻比小姊兒要瘦，兩人眉眼都很相似，卻顯現出完全不同的氣質。

小姊兒身在南城，天真爛漫，不受約束，雖眉眼與宋衍很像，在氣質上卻更像她。而小哥兒不同，雖年齡幼小，卻顯得沈靜自持，與宋衍如出一轍。

沉歡將小老虎掏出來，遞給他。「小哥兒喜歡小老虎嗎？我這裡還有一個小老虎，可威風啦。」

孩子眼睛一亮，接著用奶聲奶氣的聲音頗嚴肅地說：「這個小老虎我已經有一個了。」說罷，便要他的奶娘將小老虎拿給沉歡看。

那針線做工，赫然就是之前在子孫萬福日的時候，沉歡扮作啞巴來到侯府跟前，販售自己製作的布老虎玩具。

當初她即將離開京城，想碰碰運氣，看是否能見一下孩子。沒想到那日運氣那般好，正巧遇見宋衍帶著一眾丫鬟、乳母，抱著孩子出來，當時就有一個小廝來她這裡買了布老虎。原來那個時候，宋衍就是故意來買的。看著那個布老虎，沉歡心裡暖暖的，現在就算再難受，以後也會好起來的，要有信心。

沉歡很想抱抱他，可是到底是現在的身分不允許。

崔氏見兩人也差不多了，招呼沉歡坐下用飯，乳母則過來抱著小哥兒坐到旁邊的凳子上，開始幫他準備吃食。

沉歡邊吃邊瞧著，怪不得小哥兒明明是頭胎，先出來，卻比小姊兒瘦。這幼童吃食，一股腦弄這麼多東西，極不易消化，看小哥兒這也不吃，那也不吃，顯然脾胃並不怎麼好。

「哥兒要長高，這個多吃一點。」崔氏幫他挾了一筷子食物。

間或伴隨著乳母耐心哄聲，哥兒的食碗裡，堆滿了亂七八糟的食物。

小哥兒明顯不想吃，一邊推碗，一邊就要下桌子。

崔氏著急，沈著臉冷聲問那乳母。「之前都好好的，怎麼我就走了一回，哥兒就什麼都不吃了？是不是孩子肚子著涼，妳這奴才不敢來稟告？」

乳母嚇得發抖，連忙跪下來。「奴婢怎敢，哥兒之前就飲食不暢，亦常有挑食，奴婢成日都挑著好的給哥兒，從不敢怠慢。」

孩子不吃她還能怎麼樣，乳母心裡也苦。

平嬤嬤指著那乳母，豎起眉毛。「夫人問妳還敢頂嘴，哥兒要是耽誤了生長，看我收拾妳！」

沉歡卻從滿桌子的食物裡，選了一個小小的圓形玉米饅頭放到小哥兒碗裡，軟聲哄他。

「哥兒乖，試試玉米小饅頭怎麼樣？多食五穀雜糧，可以和爹爹一樣高呢。」

一聽到爹爹，小哥兒立刻兩眼發光。「我能像爹爹一樣厲害嗎？」

他已經很久沒見爹爹了。

「當然，饅頭有法術，吃了就能變厲害。」

小哥兒猶豫了一下，還是拿著那玉米饅頭一口一口吃了起來。

乳母鬆了一口氣，海棠連忙過來盛粥，氣氛這才好一點。

沉歡看著孩子吃下去，這才向乳母說：「小孩子脾胃弱，這蛋羹不易消化，可以暫緩兩天，食一些粥食、蔬菜緩緩，後續再餵。」

乳母以為她是哪位貴客，連忙稱是。

一頓飯畢，乳母就將小哥兒帶走了。沉歡以為崔氏要帶她去陸府，沒想到崔氏卻領著沉歡來到太夫人林氏的園子裡。

太夫人此刻正在修剪一盆牡丹花枝，大丫鬟們見崔氏來了，將門悄悄掩上，然後退出去。

沉歡從來沒有見過太夫人，但是見她穿著打扮，以及這通身的氣派，就已經推測出她的身分。

「母親，兒媳將這丫頭給您帶過來了。」崔氏雖心中不願意，但是太夫人都開口了，她也只得把沉歡帶過來，給太夫人瞧瞧。

「好孩子，站過來。」太夫人對她笑著招手。

這是沉歡第一次見到宋衍的祖母，她的頭上戴著翡翠鑲金黃寶石蟠桃堆花折枝紋頭面，外面罩著一件鴉青色的吉祥紋薄緞褙，裡頭襯著月白紗緞小領中衣，慈眉善目，看上去比崔氏顯得和藹多了。歲月雖在她的臉上留下很多痕跡，但是依然掩不了她的雍容華貴。

「太夫人。」沉歡向太夫人行了一個禮。

太夫人打量了她一番，笑起來，招呼兩人。「不必那麼多禮數，都過來陪著我剪枝。」

崔氏只得過去，陪著太夫人一起幫牡丹剪枝。

太夫人將手裡的剪刀遞給沉歡。「妳也來試試。」

沉歡對花枝修剪，僅限於看花農剪過，怕誤傷花枝，不禁禮貌推辭。「沉歡並不通花枝修剪，怕誤傷牡丹，還是……」

太夫人卻說：「無妨，這大胡紅今年發了諸多嫩芽，去了側芽，留頂即可。」

沉歡不好再推辭，怕惹老夫人不快，只得拿起剪刀，在側芽上準備下剪子。可是她又見側芽碧綠可愛，葉子長出來肯定也是油亮鮮嫩，一時又猶豫怕真的剪錯了。

太夫人見她猶豫，一剪刀將沉歡盯著的那個側芽剪去，僅留下幹枝。「都言這花枝須得修剪，來年才能長得更好，妳以為如何？」

沉歡想了一下，覺得太夫人話裡有話，說的可不僅僅只是剪花枝。「無規矩不成方圓，這花枝也一樣，但是只要修剪得當，來年必是一盆好花。」

太夫人看了她一眼，笑了起來。「好，好。」她連說了兩個好字，露出一個滿意的笑容。「待會兒去了陸府，不要失了體面。」這是叮囑了。

沉歡點點頭。

太夫人又問她。「可曾見過小哥兒？」

沉歡點點頭回答。「見過了。」

太夫人招來大丫鬟。「喚封嬤嬤過來，時候到了。」丫鬟連忙領命而去。

等封嬤嬤領著沉歡出了太夫人的院子，崔氏再也繃不住臉上的表情，難以置信地望著太夫人。「母親這是何意？難道您同意讓她進門？」

太夫人冷靜多了，放下剪刀，轉身在椅榻坐下，並未立刻回答崔氏。

崔氏心中著急，忍不住開口繼續道：「那顧家不過一介農戶，難道您要讓兒媳成為所有世家的笑話嗎？」

這讓她以後如何面對諸多貴婦？

太夫人從雕滿福壽紋的綠檀木椅榻上坐起來，用手指著牡丹後面那盆極具觀賞價值的黃山松盆景問崔氏。「這盆『虎蹲峭岩』如何？」

崔氏看了一下，只見黃山松盆景異常精巧，岩石裸露的孤峰山脊上，松樹破石而出，枝幹造型別致，奇特古雅，頗具氣勢。

「這黃山松自然是氣勢非凡。」

「那妳以為容嗣如何？」

崔氏立刻面露傲色。「我兒乃人中龍鳳，非常人可比。」顯然對宋衍很有信心。

「這顧沉歡既然能來到這裡，想必容嗣也還是費了些手段。」

崔氏不說話了，豈止是費了些手段，簡直是費了大手段。

太夫人知道她的心思。「容嗣既然能為了她，把身分問題都解決，可見其決心。我們宋家一生孤獨，都是走繩索的孤臣，且現在宋家被奪爵，也不適合和任何一家聯姻。」

崔氏剛要說話，又被太夫人揮手打斷。「陸家收她為義女，好歹她也算是官家女了，妳若再瞧不上她，就是瞧不上陸家，容嗣早已經想到這點，斷了妳的後路。」

崔氏不是不知道兒子的態度，但是婆婆看媳婦，怎麼都感覺差那麼點意思。

太夫人見她這樣，嘆口氣。「與清貴聯姻，又是個義女，身分也有了，也不打眼。若他此刻按妳的想法再娶勛貴之女，那些以前仰慕他的清流，將會如何看他？而打壓他的崔家，又豈會讓他再與世家聯姻？那永意侯的女兒，不管再傾慕容嗣，最後還不是嫁做他人婦了？」

言下之意，宋家即使想和世家再聯姻，也不是以前她能隨意挑的時候了。

一席話讓崔氏啞口無言，即使心中百般不痛快，她仍是知道太夫人的話句句在理，如今宋衍要她低調行事，也是為了保全自己，等待時機，可是真要去給顧家下聘禮，她還是百般不願意。

太夫人看了她一眼，再嘆了口氣。「容嗣自幼穩重自持，幼時練武讀書，風雨不輟，如今朝廷局勢波詭難測，宋家都靠他扛著，別讓他寒了心。」

這句話戳中崔氏的心窩子，她眼圈微紅，在太夫人的園子裡站了良久。「兒媳替容嗣謝謝母親了。」

「姑娘，時候不早了，我領妳去陸家吧，誤了時辰，可不禮貌。」封嬤嬤已經在門口候著沉歡。

沉歡遂打起精神，跟著封嬤嬤上了馬車。

封嬤嬤看沉歡蹙眉不語，以為她很緊張，不禁想和她說話，分散一下注意力。

結果沉歡一門心思都在南城的事業上。

這次從南城回京城的途中，她有心留意，從南城出發往京城走，會路過陳石和金光兩縣，一路果然都聽到佃農在抱怨今年的天氣。最令人擔憂的是，中間路途約兩個月時間，竟是只下了一場雨，這還是下在途中，還不知道南城到底有沒有雨水。

如若沉歡返程，回到南城也是夏天了。夏季雨水更少，今年的糧食產量勢必銳減，甚至糟糕到顆粒無收都有可能。宋衍還在為朝廷徵糧，實在令人擔憂。

另外當時出發，除了聽佃農們抱怨天氣問題，還有人抱怨今年縣與縣之間流匪肆虐，導致車伕除了官道，其他道都不敢走。可見眼下南城並不太平，看似平靜的表象下，烽煙四起，沉歡想盡快回去，回到小姊兒和宋衍身邊。

可是想到小姊兒，又捨不得小哥兒，如今真是兩頭牽掛。

就這麼一路思前想後，不知不覺就到了陸府。迎接的僕從早已候在門口，看來一切已安排妥當。

陸府不比沉歡以前待過的侯府看著華麗富貴，然而書香氣甚濃，門口掛著當朝聖上親筆題字賜下的牌匾，丫鬟們統一素色的長裙，倒是幽雅嫻靜。

「嬤嬤與姑娘隨我來，我家公子候著呢！」那管事笑著開口。

沉歡跟隨管事進了大廳，果見一個年輕俊美的男子持一文書出來，上下打量了一下她，戲謔道：「我倒要看看，能讓容嗣瘋成這樣的人，到底是何方神聖。走吧，去見見我祖父。」

沉歡抬眸，知道這人就是陸閣老的孫子，本朝狀元陸麒了。她略有點緊張，深吸了口氣，向陸麒行禮，這才開口道：「謝陸公子照拂。」

待一切妥當，從陸府出來的時候，已經是下午時分，沉歡仍覺一切都在夢中。

沉歡是義女，不需要改姓，以後對外皆說是救了陸麒，這層身分一塵埃落定，崔氏就再也不好說什麼了。

封嬤嬤滿眼的歡喜藏不住。「恭喜姑娘，賀喜姑娘，這總算是熬到頭了。」

沉歡想到宋衍為她做的一切，心中既甜蜜又感動，一絲笑意爬上眼眸。「多謝嬤嬤賀喜。」

封嬤嬤見沉歡遇如此大的喜事，卻仍是這樣鎮定知禮，心中暗暗讚許，又見她歡喜之餘，似乎總是有心事，不禁問她。「姑娘這身分確認是件好事，多少人夢寐以求擺脫奴婢身分，妳有這般造化，何故不喜？」

沉歡這才開口。「嬤嬤誤會了，沒有不喜，只是沉歡掛念家人，想回去探望一下母親。」

封嬤嬤笑起來。「這是應當的，不過夫人那邊須得有個說詞。」

兩人又商議一番，封嬤嬤替沉歡安排好馬車，臨行之前叮囑道：「這陰女一事乃是侯府秘聞，所知者甚少，哥兒、乳母皆不知姑娘真實身分，但是若姑娘以後進門，待小哥兒懂事一點，還得跟他好好說清楚。」

沉歡感動，知道封嬤嬤看出她的心結，哥兒雖是她親生的，卻因各種原因暫時無法宣之於口，難免心中鬱結。但是凡事有因果，急也不能解決目前的困境，還是得一步一步走。

沉歡忽然又想起這幾日在府中所見所聞，不禁好奇問道：「我見幾大管事都去平嬤嬤那裡，夫人可是不理中饋？」

封嬤嬤的臉色不太好看。「妳來這幾日也看出來了，如今府中的情況不太好，下人頗有微詞，妳也知道夫人的性子，不過平嬤嬤獨攬大權罷了。」

沉歡沒說話，只覺得府中中饋漏洞很多，改日還是要提醒宋衍。

第三十八章　提親

顧母忽見女兒歸來，自是滿心歡喜，弟弟顧沉白更是驚喜萬分。

三人久未見面，熱絡地說了一些話。

只是提到顧父的時候，顧母神色憤然，又嘆口氣。「妳那死鬼父親，喝酒賭錢死性不改，但凡妳寄回的銀子，都搶著花，他買來的小妾見他沒了銀子自是要跑，兩人拉扯之間，妳父親摔了跤，如今就是個昏睡的傻子。」

顧父之事略過不提，沉歡理了一下這些年發生的事情，撿了一些重點說給家人聽。將自己從伯府再到侯府的遭遇，以及在南城的事情都講了一遍，不過講到宋衍的時候只是輕輕帶過，畢竟宋家還沒有來提親，她不想讓母親平添更多擔心。

但是沉歡一提到被陸閣老收為義女的事情，顧母已經被驚得合不攏嘴，只覺得女兒的經歷既離奇又令人難以置信，她不知道女兒哪裡來的膽子，竟然敢隻身一人離家去到那麼遠的地方，忍不住嘴唇喃喃發抖。

「都是我沒用，都是我沒用。」

沉白也突然回過神來，在侯府見沉歡挺著大肚子，立於假山之上的場景映入腦海，和沉歡講出的事情一串聯，他驚訝地張大嘴巴，嚇得口齒不清。

「那……姊、姊姊，妳當時肚子裡的孩子，那孩子、孩子……」

沉歡知道他想問什麼，幽幽解釋。「孩子不是侯爺的，是當時的昌海侯府世子的。」

顧母和沉白都被驚得沒了聲音，房間裡霎時變得異常安靜，又過了一會兒，顧沉白立馬站起來，就要往外衝。

沉歡連忙拉住他。「回來！你要幹麼？」

沉白臉都氣青了。「我要去為姊姊討回公道，不能讓妳白受委屈！」

沉歡無語。「等等，後面的事情我還沒講完呢！」

只得把後面在南城和宋衍發生的事情簡單講了一下，又言自己的身分是宋衍為她所謀，自己目前也可算是官家女了，卻不知崔氏會不會來顧家提親。

顧母聽得一愣一愣的，只覺其中過程荒誕離奇，沉歡講完良久，她都還回不過神來。

沉歡知道這些事情母親需要時間消化，遂開口詢問弟弟學業，沒想到弟弟說話了。

「姊姊我不想讀書了。」

沉歡震驚！

「我知道妳為我好，可我不是讀書的料，我在書院認識了一個朋友，想棄文從武。我不喜歡讀書，那些四書五經我總是背不下來，我不想妳跟母親總被人欺負，我的朋友要帶我投到京城指揮使門下。姊姊，這一次妳就不要再為我操心了，」

這還是第一次弟弟如此堅定地向她表達自己的想法，沉歡深知強扭的瓜不甜，沉白與她是親姊弟，骨子裡都流著渴望自由的血。

良久，沉歡才嘆口氣。「罷了、罷了，隨你去吧！」

當夜，沉歡歇在顧家，只託人說陪陪母親，想待幾天。然而，令她沒想到的是，在家裡待的第七天，宋家來人提親了。或者準確地講，是宋家請媒人按禮俗先過來送上請婚書。

沉歡倒是實實在在沒有料到這情況，她以為崔氏不會這麼快鬆口的。

顧母的嘴巴更是驚得可以塞下一顆鴨蛋，她文化水準有限，雖然溫柔賢慧，卻沒見過官家夫人那氣派，多少顯得有點怯弱。

負責做保山的人，是崔氏的一位手帕交，這位夫人姓鍾。崔氏知她性格大氣，最是和藹可親，所以央求她來作媒，加上鍾夫人不久即將隨夫君外放，有幾年不會回京，託她來說媒，最是妥當。至少，看到顧家的情況，鍾氏不會笑話她。

鍾氏從幼時就深知崔氏性情高傲，極少求人辦事，雖然心中吃驚，還是應下此事，待到顧家一看，果真是老百姓中的老百姓。

雖然吃驚，但鍾氏面上還是四平八穩，不露聲色，暗忖：怪不得崔氏死活要她過來。

鍾氏心中暗暗嘆了一口氣，對顧母說道：「沒想到顧父生病了，此事還得顧母拿主意。先不必著急，待我後面去陸家一趟，再立這婚書不遲。顧母若是同意，宋家自會按禮制下聘禮。這婚姻是結兩姓之好，沉歡姑娘端莊嫻靜，是個有福氣的。」

顧母呆呆地送走做保山的鍾氏，只覺一切還在夢中，這宋家不就是女兒以前伺候的昌海侯府嗎？她不懂政治，只知道宋家被人參了以後，奪了爵位，但是再怎麼樣，侯爺的兒子宋衍，卻實實在在還在朝廷為官啊。

她顧家一平頭百姓，何德何能？這一切究竟是怎麼回事？她忍不住喃喃地問女兒沉歡。

以往見到女兒常寄來銀錢、米糧，很是寬慰。顧父逢人便說，女兒在高門當差，那大丫鬟就是半個小姐，臉上很是風光。但是卻從沒有想過，女兒或許並不快樂，甚至幾經生死，更不要說按禮制，聘娶沉歡做宋家的正頭娘子了，這是顧母想都不敢想的事情。

不要說顧母此刻如在雲端，渾身喜得綿綿軟軟，就連沉歡自己，也有一種強烈的不真實感，她掐了一下自己，覺得彷彿一切仍在夢中，將請婚書仔細地看了一遍，整個人還是呆呆的。

沉歡以為這件事情，至少還要再拖一段時間，她不知道為何崔氏忽然改變了主意，只知道這次她是貨真價實要出嫁了。

京城宋宅。

崔氏雖然按太夫人和宋衍的意思去顧家提親，但是多少還是心裡不痛快。

鍾氏在外成熟穩重，不露聲色，在熟人面前卻是伶牙俐齒，犀利之語頻出，完全是另外一個人。

當年崔氏性情傲慢，在京中貴女頗顯眼，那時候鍾氏僅是一位低品小官之女，面對崔氏卻毫不露怯，甚至針鋒相對，兩人可謂不打不相識。後來崔氏發現對方亦是一位性情中人，遂成了閨中密友。

此刻，鍾氏就在崔氏面前，一邊將所見所聞描述給崔氏聽，一邊打趣她。「妳這位媳婦兒啊，我看不一般。」

崔氏從鼻子裡哼一聲，顯然不以為意。「有什麼不一般的，一介平民而已。」

鍾氏可不管她嘴硬，接著分析。「我今日去顧家議親，若她如妳所言，費盡心思想嫁入宋家，可我也沒見她表露出欣喜若狂的表情啊？不過這顧家可真真是家徒四壁，有夠窮的，我看這嫁妝妳就別指望了。」

崔氏生氣，音量都抬高了。「我還指望她家的嫁妝？」

這不是瞧不起她嗎？

鍾氏笑了起來。「既然不圖她家的嫁妝，妳也就想開點，不要嘔氣了，好歹是個良家子。」

說到良家子，崔氏就更嘔氣了，因為陰女一事乃她一手造就，當初也曾想過讓沉歡做宋衍的通房丫鬟，當時沉歡竟是一口回絕。

鍾氏看崔氏的表情，就知道她心裡還過不去那個坎，寬慰她道：「我覺得妳這準媳婦兒還是有一個優點。」

崔氏將細細的月棱眉挑得老高。「什麼優點？我看妳還要胡謅出個什麼。」

鍾氏拍手笑起來，促狹打趣。「我覺得這丫頭能生養啊，她母親一胎雙生，她也一胎雙生，還是一子一女，宋家不是子嗣單薄嗎？妳以前為這子嗣之事沒少受折磨，白白受了外界諸多污名。依我看，說不定這丫頭下一胎還是兩個。」

奇跡地，崔氏把這句話聽進去了，腦子裡瞬間出現了很多白白胖胖的小哥兒跟可可愛愛的小姊兒。

她態度有所鬆動，但嘴上仍是不服軟。「她的身分能進我們宋家那是她的福氣，我也就容嗣這一個兒子，為宋家開枝散葉，那也是應當的。」言畢又甚是遺憾。「沒能為容嗣擇一門貴女助力乃是我心中憾事，如今聖上身體也是一年不如一年，只要容嗣平安就好，罷了，罷了。」

兩人又各自說了一會兒貼心話，鍾氏不久即將跟隨夫君外放隆江，等外放回來，她的夫君還要高升。兩人起點不一樣，中年再遇，都各自感慨。

沉歡自宋家提親後一直坐在桌前愣愣出神，突然站了起來，她整理一下衣衫，往外走去。

不知怎地，白日裡宋家的人過來議親，笑言她在昌海侯府與宋衍相遇乃是姻緣天注定，忽然，她想再去看一看昌海侯府——當時她產子離開的地方。

「姊姊，侯府如今被封了，大門貼著封條，我看還是不要過去吧。」

沉白畢竟是年輕男子，不懂待嫁女子心中的萬般心思，只覺得侯府封都封了，人也進不去，有何看頭？

沉歡搖了搖頭，還是堅持。「無妨，我只是在門外遠遠地看一看即可。」

沉白見她如此堅持，只好由著她去了，想著她是不是在侯府還留下什麼東西帶不出來，又不好開口跟他和母親說，遂提出自己要一起同行。

「阿姊，我覺得侯府一個被封閉的大門，有何可看的？到了夜間，那裡既空曠又偌大，看著反而陰森森。」

「就你話多。」沉歡不理他，自己披上披風。

馬車一路搖搖晃晃，姊弟兩人在車中有一搭沒一搭地說著話。

走了一段時辰，車伕道：「姑娘，這條街上都是勛貴之家，這昌海侯府就獨占了大半條街，前面就是大門了。」

沉歡掀開車簾一看，果然已經很近了。

「這聖上也是奇怪，這昌海侯府既然都已經封府了，為何不抄家呀？」言畢，車伕頗羨慕地看著侯府巍峨的大門。

大律的老百姓們就愛看勛貴犯事抄家這種戲碼，一則是覺得被壓迫久了，如今身分對調，甚是大快人心；二則百姓們都覺得抄家那天又有熱鬧可看了，到時候奇珍異寶如流水般搬出來，圍觀的百姓們大飽眼福不說，還可以罵罵勛貴豪奢。

車輪不停地轉動著向前，現在馬車走過的這條路，就是當時沉歡產下小哥兒和小姊兒之後離府走的這路，這條路很長，馬車走都要走好一段時間，如今已經要走到頭了。

沉歡記得很清楚，只要將這面朱紅的護牆走完，就能看到昌海侯府的大門。

到了門口，沉白打發走那車伕，這才在大門口站定。「這大門好生氣派，可惜被封了。」

沉歡略感慨，看了看大門也點點頭，告訴弟弟。「那日我從府中出去，以為與世子不會再見，這裡是我與他初見的地方，我想再來看看。」

沉白覺得姊姊與宋衍的故事很是離奇。「原來如此，看看也好，阿姊如今要出嫁了，這侯府是一切開始的地方。」

夜間風大，時有吹動樹葉沙沙的聲音，沉歡披著披風，立於大門之前回望四周。街上空無一人，果然如同之前弟弟所講，這偌大的侯府異常空曠，看上去甚至有一些陰森恐怖。

沉白好奇地在四周看看，沉歡則一步一步慢慢地踏上石階，立於門下。

兩扇巍峨厚實的朱紅大木門，有兩人多高，門環是銅鎏金的獸頭輔首，大門兩邊是青色抱鼓石，還有一對威武的石獅子。

一切沒變，一切似乎又變了。

夜風呼嘯，涼意襲來，沉歡的手指有一些冰涼。她用手輕輕撫上獸頭的輔首，金屬的手感，涼涼的。順著扶手往下，就是金色的拉環，手指輕輕撥動，拉環發出金屬撞擊木門的聲音。

當初她就是從這裡出去的。

宅門既是圍城。

悄無聲息地，背後一個陰影籠罩下來，接著一隻修長而溫熱的手掌，將她的手背完全覆蓋，壓在那金屬釦環上。

「可是害怕了？」溫熱的氣息從耳邊傳來，襯著這涼風，異常灼熱。

沉歡後背忽地一僵，知道是宋衍來了。

怎會如此之快，南城離京城可不是幾天路程。

宋衍感受到沉歡的身體反應，忍不住笑了起來。他執起沉歡的手，緊緊地握住，不容她再躲開，然後重重地叩擊一下侯府巍峨的大門。

「總有一天，我會拉著妳的手，親自推開這扇大門。」

宅門，不會是妳的圍城。

這句話既是承諾又是誓言，沉歡聽得清楚，嘴角不自覺帶了一絲笑意。

「怎麼？想來看看妳我初見的地方？」宋衍揶揄她，一隻手強勢地環在她的腰上，將她束縛在自己懷中，往常冷泉一般的聲音沙沙的，帶著一股隱隱疲憊。

背後傳來宋衍溫熱的體溫，沉歡能感覺到他的胸膛緊緊地貼著自己的後背。

這姿勢曖昧，沉歡禁不住臉色緋紅，著急地掰著他的手。「好了，快放開我，我弟弟還在呢，看到的話成何體統？」

宋衍挑了一下眉毛，不置可否，那顧沉白早就被他打發回顧家了。

沉歡轉頭四處張望，沒有看見弟弟，不禁著急地抓著宋衍的衣服問：「我弟弟呢？他和我一道來的。」

宋衍撫摸一下她的頭髮，笑罵道：「沒良心的小東西，回了趟顧家就只知道關心家人，我千里迢迢返回京城，妳也不關心一下我？」

沉歡不好意思。「我那弟弟是個二愣子，沒怎麼見過世面，我怕他惹惱了你。」

宋衍輕輕地冷哼一聲。「我已經讓他提前走了。」

沉歡不知宋衍用什麼說詞勸走弟弟，但是只要人回去了，她就放心了。

宋衍執起沉歡的手。「走吧，夜間風大。」說完，拉著她離開侯府的大門。

沉歡沒想到宋衍竟然返京了，腦袋回過神來才疑惑地問：「並州事多，你怎麼忽然返京呢？」

在她的記憶中，宋衍可不是這麼清閒的人。

「聖上急召我入京，今兒我剛回來，聽說妳回了顧家，就過來看看。」

沉歡被他牽著，宋衍腿長此刻卻走得很慢，沉歡就算步子再小，也能跟著他，與他慢慢地並肩而行。

宋衍的長相隨他的母親崔氏，生得異常俊美，可是性子卻多少不同，沉歡看著他寬闊的背影，搖擺的思緒逐漸平靜，內心慢慢變得安寧。

沉歡不想自己成為宋衍的累贅，她想成為那個可以和他並肩而行的人。

見沉歡不說話，宋衍握著她的手一緊，挑高眉毛地看著她，黑漆漆的眼珠像濃墨潑在潔白的宣紙上。「怎麼？可是不願見到我？」

沉歡連忙擺手否認。「哪有！」

宋衍笑了一下，沒告訴沉歡，他返京一則是聖上急召，另一則是為了處理沈笙對沉歡的糾纏。

原來沈笙返京之後多次找到顧家，對之前身體健在的顧父提及結親之事。宋衍遂將消息放給正在與忠順伯府議親的人家，那人家一聽說之後，怒找忠順伯理論。

「勛貴之家最重禮儀，想必忠順伯府此刻也是雞飛狗跳，他以後都不能再來煩妳了。」

宋衍的語氣雖淡然，眼中卻慢慢蒙上一層陰鷙。

沉歡一呆，才無語地想起沈笙，一時不知道該對宋衍怎麼解釋。

「這……」沉歡琢磨著如何解釋這件事比較妥當。

等等，這莫名的心虛感是怎麼回事？

她偏著頭看宋衍的表情，果然見他神色淡淡的，不復往日笑意。眼睛下還有隱隱的青色，臉色也略蒼白，想是近期疲勞趕路所致。

沉歡一邊有點心疼他疲憊，一邊內心哀號該怎麼解釋沈笙與自己的關係，但是不說，沉歡又覺得宋衍隱隱不悅，只好側頭又看了他一眼，見他在馬車上閉目假寐，嘴唇抿得緊緊的，似是準備養好精神。

就大度一點，去哄一哄他？反正也不是沒哄過。

「生氣了？」沉歡輕輕地靠過來，靠在宋衍的肩膀上。「我和沈笙真的不熟，真的……」

沉歡拉長尾音，像小貓咪一樣輕輕蹭著宋衍的肩膀。

「我在伯府是沈芸院子裡的人，後來伯夫人言我八字奇特，就把我和如心送到昌海侯府。」沉歡抬眸委屈地看著宋衍。「進了侯府，我就被關進你的院子裡，從來沒有出來過，我與沈笙前前後後才見了幾面，真的。」說完又輕輕地蹭了一下，帶著親暱的信任。

抬起頭，卻見宋衍的眼睛不知道什麼時候睜開了，幽深的黑眸定定地看著她，呼吸有了微微的急促。

沉歡莫名地臉紅了，有點結巴。「容、容嗣。」
她也沒做什麼啊。
宋衍將手插進她黑亮的頭髮裡，輕輕撫摸著，然後一把將她拉到身前，品嚐著花瓣一樣的柔軟嘴唇，唇舌交織，沉歡被他吻得喘不過氣，只能用手緊緊地抓著他的衣襟。
「綿綿如此可愛。那容嗣今天，也要給綿綿帶來一個好消息。」
沉歡暈乎乎地被宋衍摟在懷裡，腦子還沒回過神，只聽宋衍又開口了。
「我把小姊兒帶到京城了。」
這回輪到沉歡大吃一驚了。「怎會如此突然？」
之前也沒聽宋衍提起啊？
「南城夏季炎熱，今年更甚，小孩子嬌弱，還是京城的天氣更好一點。」
沉歡憂慮。「可是，小姊兒的身分該如何對下人言明？」
提到這個，宋衍笑了起來。「無須擔心，這個我自有辦法。」
馬車搖搖晃晃，將沉歡送回顧家，顧母見到這未來的女婿頗自慚形穢，一時間手腳不知該往哪裡放，只覺得家中簡陋，到處都容不下這貴人，連忙擦擦凳子上的灰，請宋衍入座。
宋衍並未推辭，坐了一會兒，才離開顧家，臨行前叮囑沉歡。「明日我要去宮中覲見聖上，不能來看妳，待我處理完手中事宜，過兩日再安排人來接妳。」
沉歡乖巧地點點頭。「你放心吧，我等著你。」
到底是幾個月未見，沉歡看著宋衍的馬車走遠，這才依依不捨地回到屋裡。

顧母還像在作夢一般，拉著女兒。「母親雖未見過太多世面，但宋家公子這通身的清貴之氣，那是要幾代的富貴之家才能積累得出來。」

她以前作夢都沒想過，女兒能夠覓得這樣的郎君為夫婿，一時間大腦比沉歡還混沌，混沌之後又忍不住為女兒歡喜。「宋公子待妳如此情真意摯，綿綿啊，這日子妳可得好好過。」

沉歡心中高興，也點點頭，本想著過幾天就可以看看小姊兒了。

可是，宋衍說過兩天就來接她，後來半個月過去了，宋家的人還是沒有過來。

起初兩天還好，顧母只是隨便問兩句，到了後面幾天，顧母幾乎每天都會問沉歡。「宋家怎麼還沒來人？這中間莫不是有什麼變數？難道夫人變卦了？」

沉白亦是面有怒色。「就算是覲見聖上，這都半個月了，不管是這宋家，還是宋公子本人，都該來了呀！」

如此又過了兩天，顧母徹底沈不住氣了。「這到底是什麼情況？不行，綿綿啊，我覺得還是喚妳弟弟去宋家看一看吧。」

沉歡此時也心裡不安，莫非出了什麼事情？

「那宋家公子就是一個負心漢，他欺騙了姊姊，還哄了我姪女過去，我要去討回公道。」沉白氣得眼睛發紅，恨聲說道。

幾人正在爭論不停，卻聽見外頭有人叩門。「顧家娘子在嗎？」

顧母聽見人來了，連忙一邊回應，一邊跑去開門。「在！在！不知門外哪位拜訪？」

門一打開，只見封嬤嬤和侯府以前的大管事俱在門外，外面還站了許多僕從都抬著大箱子。

「趕緊點，搬進去！」大管事一聲令下，一群人連忙將箱子搬進來。

顧母看著箱子如流水般往家裡放，堆得整個顧家連下腳的地方都沒有，不禁嚇了一大跳，囁嚅地問道：「這、這……」

顧母剛剛還在抱怨宋衍，此刻人不就來了嗎？

那管事笑了起來。「我家公子近日都在宮裡議事，怕顧大娘子久等，倉卒準備聘禮，還望顧大娘子理解。」

沉歡知道管事這是自謙了，這麼多東西，豈是倉促能準備出來的？

那管事又繼續說：「我家夫人說了，宋家雖沒爵位，卻也不會草草行事，該盡的禮數也該盡著，沒得讓人笑話。還請顧家大娘子一一過目。」

那聘禮一一展示出來，顧母看得眼花撩亂，氣息都變粗了，只覺得這輩子從未見過這麼多華貴之物，一時間都不敢說話，怕自己露怯了。

封嬤嬤何等老練，看顧母那反應就知道她沒見過這陣仗，不知如何應對，便笑著招呼人將東西一一順好，轉移話題。「公子掛念姑娘，安排奴家捎帶一封信給姑娘。」

沉歡連忙接過那封信，急急地問封嬤嬤。「嬤嬤，孩子……可好？」

封嬤嬤以公子有事單獨交代為由，將沉歡拉到一旁。「姑娘，小姊兒由乳母帶著，如今在夫人院子裡，妳大可放心。只是如今很多事情還未宣之於眾，姑娘還得再忍耐一些時候。」

沉歡點點頭，嘆口氣。「到了這京城，確實就不比南城了。」

兩個孩子的身分問題，都得花時間處理。

待宋府一群人都走了，顧母和顧沉白還呆呆地望著滿屋子的聘禮。沉歡對這些不是很在意，立刻拆開宋衍的信件來讀。

顧母見沉歡一目十行地把信看完，見她先是呆呆愣愣，魂都飛了，過了一會兒又嘴角帶著羞澀的笑意，再過一會兒又眼圈有點紅，最後將信件貼在胸口，接著又從頭到尾看了一遍，才摺得好好的。

「綿綿，這是怎麼了？」顧母問她。

「阿姊怎麼臉色變來變去？」沉白看不懂女兒家心思，也是不解。

沉歡將信摺好，這才講給母親和弟弟聽。「容嗣恐我從顧家出嫁之後，被官宦女眷所輕視，要我從陸家出閣，今日先送聘禮來本家，明兒陸家的人就會來接我們，要母親準備好庚帖。」

「可、可是，從陸家出嫁，那聘禮為何送到顧家來？」顧母問沉歡。

沉歡嘆了口氣，心中又是感動、又是甜蜜。「這陸家，也是按制送了聘禮過去的。」

那不是宋家娶個媳婦要兩頭出血？

按大律的禮制，義女入族譜，那就是陸家家人認可的女兒，從陸家出閣，即便以後京中貴婦議論，也是無可挑剔的事。

這回連顧沉白都心服了。宋衍考慮得如此周全，連姊姊無法出口的難處都想到了，而且目光長遠，不僅抬了姊姊的身分，也保了姊姊的孩子的身分，可謂用心良苦。

沉歡踏踏實實睡了一夜，第二天起了個大早，一切剛剛安排妥當，門外陸家的馬車就過來了。

行至陸府，沉歡與母親下了馬車，再由那媳婦領著，先去拜見陸家大夫人。

大夫人是官家夫人，禮貌地問候一下顧母，坐著說了一些場面話。

顧母只覺得她慈眉善目，溫柔可親，原本緊張的心情得到緩解，結結巴巴學著沉歡平日的語氣回覆。「多謝大夫人。」

大夫人也不點破，只是笑起來。「麒兒與宋衍相識於幼時，如今沉歡成了麒兒妹妹，自是記於我的名下，若是結了親家，這是喜事，只是這稱謂也得改口了。」

沉歡連忙站起來向大夫人行禮。「沉歡多謝義母。」

這是提示她改口，這點眼力她還是有的。

大夫人點點頭，這才算滿意了，遂招來近身的大丫鬟。「晚上等麒兒回來，讓他過來見見沉歡妹妹。」說完又招來一個老嬤嬤。「這是府中老人陳嬤嬤，這後續事宜都由陳嬤嬤籌備，妳們缺什麼，儘管跟她講。」

一切安排妥當，沉歡和顧母這才到陸府安置臨時居住的院子。

顧母從沒有去過侯府，只覺得陸家好生氣派，已經不可想像，生怕行錯一步讓女兒蒙羞，到了自己住的院子，總算是鬆了一口氣。

下人們聚在一起竊竊私語，話題都離開不了今天住進來的這對母女。

「這就是大夫人新記下的義女？好個齊整的模樣。」

「豈止是齊整，那皮膚白得跟雪似的，剛剛太陽下險些晃花了我的眼。」

另一個人譏諷出聲。「這就是飛上枝頭當鳳凰了，到底不過是鄉野出身。」

「我原也以為是個畏畏縮縮的鄉村女子，可是妳沒看見她那身形，真真是優雅挺拔，就連行禮都好看，比大夫人院子裡的紅枝都行得漂亮。」

「噓！」旁邊一人捂住她的嘴。「紅枝是夫人的大丫鬟，顧姑娘到底是主子，妳拿奴婢比主子，這不是找死嗎？」

另外一人嘆口氣。「那姑娘到底什麼福氣，竟然能嫁給宋家公子，都言宋家夫人最重門第，如何答應了呢？」

沉歡聽著外面的嘰嘰喳喳，默不作聲，按照今日大夫人與顧母的商議，婚期定在下個月，吉日也選好了，如今她要做的就是等待。

沉歡仰頭看天，在南城的時候，她想做什麼做什麼，如今到了京城，幾乎天天都在等，還真有點不習慣。

原本晚飯的時候，大夫人叫陸麒過來看看沉歡，盡個禮數，沒想到，到了飯點也沒聽大夫人傳喚，又等了大約兩炷香的時間，一個丫鬟才過來傳話。

「姑娘，大夫人說，我家公子與宋家公子今兒都被皇上留在宮中用飯，怕是回不來了。」

沉歡驚訝。「宮中留飯？可是有什麼事？」

那丫鬟知道的有限，只能搖搖頭。「奴婢不知，大夫人說姑娘要是餓了，可以先行用飯，一切自便，切莫拘束。」說完就退了下去。

第三十九章　婚期提前

到了晚上，陸麒才隨著陸閣老回到陸府，兩人臉色都不是很好。

「若南城真如容嗣所言秋收不利，我怕鄰國不安分必會聞風而動，這消息還得壓一壓。」陸閣老匆匆換了衣服，叮囑陸麒。

陸麒也知當中利害。「今日朝堂之上好生凶險，聖上差點就信了。」

陸閣老拿扇柄敲了下陸麒的頭。「宋家那小子巧言善辯，順著聖上的話頭使力罷了，這徵糧數字是皇上定下的，不到萬不得已，不會修改，不到最後一刻，不知結果怎樣，還是小心謹慎為好。」

「孫兒知道了。」陸麒連忙回答，話雖答得乖巧，還是忍不住又開口。「我瞅著今日這情況，太子殿下是鐵了心和成王殿下過不去了。」

陸閣老用扇子一把捂住陸麒的嘴，瞪他。「噤口！儲位之爭乃是大忌諱，豈容你妄議！」

陸麒被祖父一頓訓斥，只得閉嘴了。

陸閣老想起什麼似的，又問：「今日是不是宋家那小子的準媳婦兒過來了？」

陸麒努努嘴。「可不是嘛，為這婚事，容嗣可謂一瘋到底，為了抬高那女子身分，簡直費盡手段。」

「罷了，罷了，宋家那小子果真隨他父親，以後就得看他倆的造化了。」陸閣老嘆了口氣，看著外面一片漆黑的天空，也是一籌莫展。「這往後的日子，南城怕是不會太平了。」

沉歡等了一天，估計等不到宋衍的消息，只得招呼母親歇下了。

在宋宅的時候，沉歡已經修書一封給喜柱兒和如心，特別叮囑他們注意第一季稻種的收成，只是還沒收到喜柱兒的回信，不知道南城的情況如何。

洪泰在南城如此跋扈，種好的新品稻苗說拔就拔，也不知宋衍後面如何處置。

如今自己大婚在即，反而不如在南城的時候與宋衍見面得多。回來這些日子，也就見了一次。

沉歡嘆口氣，只能走一步、看一步。

這日，沉歡待在陸府覺得無聊，遂去附近逛一逛，路過米行卻聽到議論紛紛，都在說今年雨水不好，糧食又漲價了。再一打聽，掌櫃的都說並州南城過來的精品稻米，因為雨水問題而產量減少，這價格自然是要漲。

沉歡再一看價格，更是驚了一跳，這價格若是富戶都嫌貴，那貧民就更是買不起了。

沉歡聽完一群人嘰嘰喳喳，心中憂慮驟起，從稻神祭祀大典到現在，已經過了約莫兩、三個月的時間了，中途只下了一次雨，回到京城以後，才又下了一次雨。

這個天氣若是持續下去，只怕糧食收成難以支撐。大律其他地方的糧食產量不能和並州比，朝廷今年徵糧任務重，宋衍又該如何應對？

思緒交雜，沉歡瞬間沒了逛街的心思，轉身上馬車回了陸府。

顧母早等著她了，直說有封給她的信送到顧家，今天沉白特意送過來。

沉歡大喜過望，知道是喜柱兒的回覆，連忙三步併作兩步跑過去，拆開信快速地讀起來。

顧母見她起初臉上還有笑容，越看到後面神色越凝重，一封信看完，臉上已是徹底沒了笑容。

顧母想問她信上寫了什麼，奈何沉歡轉身就走，顧母話都到嘴邊了，卻沒有機會問出口，只得跟著她走。

沉歡馬上提筆，寫了一封回信給喜柱兒，並在信中交代一二。

一封信剛剛寫完，就看到丫鬟來傳話。「姑娘，大夫人喚您和顧大娘子，晚飯去她的屋子裡說說話。」

沉歡沒想到大夫人突然找她，連忙起身回話。「沉歡記下了。」

待丫鬟走後，顧母奇怪地問道：「怎會忽然傳喚，是不是有什麼事？」

沉歡想了一下，想必是陸麒回來了，好歹是義兄妹了，按禮數也該見面。

到了晚飯，沉歡這才帶著母親去大夫人的院子裡。

大夫人頭上插了一根碧綠翡翠蓮花簪，手裡拿著一本冊子。屋子裡不只她一人，還站著好幾個管事的媳婦婆子。

大夫人見沉歡來了，這才笑著招招手。「好姑娘快過來，今日有一件重要的事情要告訴妳。」

沉歡不知道發生了何事，只得走過來，先行禮。「沉歡拜見義母。」

大夫人見她進退得當，守禮溫柔，心中對她印象頗好。「不必如此多禮，原本該早點告訴妳，只是事情還未塵埃落定，就想再等兩日再說。」

沉歡不解。「不知義母所謂何事？」

大夫人嘆口氣。「這婚期怕是要提前了。」

啊？婚期提前？這提前是提多久？

沉歡愣住了，這可真是始料未及，心中卻隱約有種不好的預感。「不知為何忽然要把婚期提前？」

大夫人將手裡的冊子放到桌上。「聖上要宋衍近期即刻返回南城，處理南城事宜，返程的日子已經定了。」

「定在何日？」沉歡問大夫人。

「就在本月二十六日。」

「什麼？」沉歡吃了一驚。

不就是六天以後，這也太趕了吧！

「宋衍六日後就要返回南城，婚期就定在三天以後。」

「三天以後？」這次不用沉歡出聲，顧母直接驚呆了。「這、這、這……」

還是沉歡沈著冷靜，卻問了一個另外的問題。「義母，沉歡斗膽，想問聖上何故忽然召宋衍回京，又忽然要他回去？」

大夫人意味深長地看了沉歡一眼。「這些事，不是我們這些後宅的婦人可以過問的。」

沉歡雖然閉嘴，心思卻轉得飛快。

「可、可是大婚的準備……」顧母還在囁囁嚅嚅。

這就是大夫人嘆氣的原因了。「這婚期突然提前如此之多，原本宴請的賓客很多都有公務在身，如今看來怕是不能來了。不過這籌備的事，不用擔心，宋家早派人來傳過話，都是妥當的。宋家是怕妳委屈，還是讓我來問問顧家大娘子的主意。」

婚事突然提前必有原因，只是此刻不好明說，還得見了宋衍，細細再問。但是問顧家的意思，卻是宋衍的心意，他是怕婚禮冷清，委屈了她。

沉歡心裡暖暖的，一時間又酸又脹，既甜又澀。

宋衍，將是她的夫君了。

大夫人並未要她們馬上回覆，只說明兒一早，顧家大娘子要拿個主意。

兩人各懷心事地回到自己的院子裡，顧母突逢此事，一頭懵，哪能想得出個所以然，只能問女兒。「綿綿，這婚事突然提前這麼多，妳怎麼想的？」

顧母原以為女兒和自己一樣心中沒主意，卻見女兒一邊拆著頭上的珠花，一邊直接了當地回答。「嫁，那就三天後嫁。」

顧母沒想到女兒竟是毫不猶豫，雖說錯過這個村不見得還有這個店，但是女兒也好歹矜持一下吧？

顧母忍不住開始碎碎唸。「妳還有沒有心眼？如今時間倉卒，只能婚禮從簡，這……萬一以後不認妳怎麼辦？」

沉歡笑起來，母親還是太不瞭解崔氏了。

「婚禮雖倉卒一點，但只是賓客少一些，宋家世代為官，即使沒了爵位，也還是官宦之家，夫人和太夫人都不會草草了事，無非就是繁瑣的細節刪減一些罷了。再則明媒正娶，靠的是婚書的認定以及宋家的尊重，母親不必太在意。我原本想著還要過好長時間才能看到孩子，現在未嘗不是一件好事。」

她這麼一說，顧母瞬間覺得也對，早嫁晚嫁都還是要嫁，時間越久變數越多，如今提前了，又能早見到孩子，未嘗不是一件好事。

第二日早上，顧母高高興興地應允了。

中午，陸麒身邊的大丫鬟過來送東西。「我家公子今日得空，選了一些女子愛用之物給姑娘備做嫁妝，顧大娘子若在歇息，姑娘就收下吧。」

沉歡一看，脂粉、香料、珠花、上好的綢緞、綠檀木的扇子，還有些孩子的用品，滿滿幾箱子東西，可真不少。

沉歡沒想到陸麒如此惦記，連忙過來道謝。「怎能如此麻煩義兄，沉歡受之有愧。」

「姑娘若是感謝，還是親自感謝我家公子吧。」

那大丫鬟都這麼說了，沉歡若是推辭難免顯得不懂禮數，還是當面致謝的好。

「煩勞姑娘帶路，沉歡跟義兄當面道謝，方顯妥當。」

那丫鬟領著沉歡出了她住的院子，往府邸西邊走去，穿越重重迴廊，人卻越少。沉歡也是當過大丫鬟，心中遂生警惕，打量四周地形，正準備試探那丫鬟。

那丫鬟卻開口了。「姑娘，公子就在前面，您自己過去吧！」

沉歡抬眼一看，前面是一汪碧綠的水池，池子旁邊有一個茅頂竹亭，亭上面掛著「泉香榭」三個字的牌匾，只是亭子四周垂著竹簾，看不到裡面。

沉歡看著那亭子，卻不過去，只是稍微提高音量在亭外招呼。「義兄，妹妹沉歡過來謝義兄饋贈之禮，妹妹無以回報，願燒香禮佛，祝義兄仕途順當，身體康健。」

在竹亭裡聽沉歡的聲音，婉轉嬌柔卻口齒清晰，陸麒一邊從竹簾的縫隙裡看沉歡，一邊打趣道：「喲，我這義妹還頗有心思，怕亭子裡設伏，此刻不進來呢。」

如今就在外面喊，既避免了孤男寡女落人口實，又提防了有人陷害於她。

宋衍平穩地將茶匙放下。「她可比你想像中聰明。」

陸麒不服，計上心頭，掀開竹簾一面，露出自己的臉來，笑著喊沉歡。「妹妹多禮，池邊風大，快進來吧。」說完，他轉頭和宋衍打賭。「你猜她會不會進來？」

宋衍看陸麒那樣，將一杯滾燙的茶遞給他，淡聲回覆。「不會。你這簾子不全掀開，她都不會進來。」

陸麒猝不及防地被燙了一口，立刻叫起來。「好你個容嗣，竟然故意燙我，你怎如此小氣？」

宋衍瞥他一眼，毫不在意。

果然沉歡非常謹慎，嬌嬌柔柔的聲音又響起。「謝義兄關照，妹妹還有繡鞋沒做完，如今已經親自感謝義兄的心意，妹妹這就回去了。」說完，竟真的調頭準備往回走了。

這時，宋衍掀開竹簾露出臉來。

沉歡吃驚，沒想到他竟然在這裡，剛剛還四平八穩的臉上，馬上綻放出驚喜的光彩。「容嗣！」就連聲音裡都透著雀躍。

宋衍笑了起來，向她招手。

沉歡四下張望，確認只有陸麒的大丫鬟在，這才邁著步子走過去。

陸麒感受到了，來自即將成婚的好兄弟的暴擊，以及義妹明晃晃的差別待遇，邊望天邊感嘆。「兄不如夫，兄不如夫，今日這嫁妝，看來是白給了。」

待沉歡到亭子裡，掀開竹簾，果然看到宋衍與陸麒都坐在亭子裡，中間爐子裡燒著水，旁邊布置著茶席，顯然兩人正在品茶。

沉歡知道此時與宋衍相見，與禮制不合，但是她和宋衍有好些日子沒見了，管不住雀躍的心思，只得對著陸麒尷尬又不失禮貌地笑了笑，笑完連忙轉頭望著宋衍。

「你不是忙嗎？你怎麼來了？」

有些日子沒見了，宋衍的眉目清瘦了一點，卻更顯得目如朗星，光風霽月。

「綿綿可是看呆了？」宋衍低眉笑起來，說不出的風流。

沉歡不好意思，聲音低了下去，不承認。「哪……有。」

她又想起婚期提前一事，忍不住問道：「容嗣，南城是不是發生了什麼事情？喜柱兒回信告訴我，徐老病了。」

宋衍輕輕撫摸過沉歡黑亮的頭髮。「喜柱兒所言不假，徐老是病了，從妳離開到現在，南城只下了一場雨。」

「一場雨？」沉歡心一沈，果然擔心的事情發生了。「那婚期何故提前了？可是還發生了什麼事情？」

以宋衍的性格，定下的事情必不會輕易更改。

宋衍見沉歡雙眼明亮且認真地看著他，不禁輕笑出聲。「怎麼？綿綿可是不想嫁了？」

沉歡被他冷不防一問，答是也不好，不是也不好，忍不住臉色微紅，瞪他一眼。「我不是那個意思。」

宋衍逗夠了，這才拉著她的手將來龍去脈講了一下。「聖上定了我回南城的時間，不可忤逆。若是不在京城娶妳，勢必就只有在南城成親了。京城到南城路途遙遠，這一來一回再一籌備，就是半年過去了。哥兒和姊兒到時候都大了，下人那裡還是需要有個說詞。」

沉歡卻擔心另外一件事，她拉著宋衍的袖子，憋了半天，思來想去好一陣子，最終還是忍不住問出口。「成親之後我是待在京城，還是隨你回到南城？」

宋衍沒有回答，反問沉歡。「妳想留在京城，還是南城？」

沉歡沒有想過宋衍會問自己的意思。她如果嫁到宋家，按禮制應該留在京城，侍奉公婆，照顧孩子。宋家執掌中饋的人目前是平嬤嬤，崔氏如今瞧不上她，這中饋肯定暫時不會交到她手裡。沉歡倒是樂得清靜，只是府中積弊，多少看不慣。

但是她在南城改良抗旱稻種的育苗方法，還有很多想法欲和徐老天交流，如今徐老天患病，喜柱兒信中沒提嚴重與否，但是直覺告訴沉歡，不是一件好事情。

還有一個最隱秘的想法，沉歡沒有宣之於口。如果留在京城，規矩太多，她實在覺得有點不堪招架。

炭爐裡的水此刻燒開了，咕嚕咕嚕地開始冒泡，宋衍並未催促沉歡回答之前的問題，只是用炭夾將燒紅的銀炭輕輕撥開，讓火勢小一點。碧綠的茶葉在茶壺裡翻滾，須臾就香氣四溢。

沉歡見宋衍要放炭夾子，很自然地傾身接過宋衍手裡的東西，順手默默放好。

宋衍抬眸打量著沉歡，眼裡蒙上薄薄的笑意。比起在南城的時候，沉歡的衣著要更華麗一點，畢竟在京城，款式都是時興的。今日她梳了雙環小髻，插著三朵寶石做花蕊，寶藍色琉璃燒製的花瓣髮簪，那花瓣上墜著顆顆珍珠，流蘇有長有短，走起路來搖曳生姿。

此時天氣正好，沉歡月白色的中衣外罩著一件寶藍色束腰長比甲，比甲上繡著海棠鬧春，翠鳥銜枝，很是精緻。加上這顏色對比度強，更襯得沉歡膚白如雪，身段婀娜，恰似一株別致的鳳仙花。

宋衍很是滿意，執起她的手握在掌心，又盯著她耳朵上搖來搖去的小墜子。「不想回答也罷，還有兩天。不過，綿綿今日甚美。」

他這樣忽然一稱讚，沉歡霎時才反應過來，頓時臉色發燙，將手抽出來。「這還是在陸府呢！你忽然提及此事，還沒告訴我怎麼今日忽然來找我呢！」

宋衍笑起來，慵懶地招招手，讓沉歡過來一點。「當然是有事相商。」

沉歡不理他，坐到宋衍對面。「什麼事？」

只見宋衍拍拍手掌，一個妙齡女子掀開竹簾走了進來，還伴隨著一聲響亮的童音。「娘親！」

沉歡心頭一縮，驚喜過望。「小姊兒！如心！」

來者正是抱著小姊兒的如心，小姊兒已經好幾個月沒見過母親了，此時激動萬分，撲到母親懷裡又是要抱、又是要親，一點都不矜持，和小哥兒的性子真是天差地遠。

「娘親、娘親、娘親！」小姊兒抱著沉歡的脖子不撒手，小嘴委屈地一直喊。「娘親走了好久。」

沉歡心中激動不已，用臉頰貼了貼小姊兒嫩嫩的小臉，哄著她。「娘親可想妳了。」

如心看到這場景，心中也是激動，眼圈禁不住有點泛紅。「如今咱們姊兒終於可以光明正大地叫娘親了。」

沉歡與宋衍即將成婚，這孩子終於可以名正言順喚她為娘親了。

小姊兒親了沉歡，又發現宋衍在旁邊，她一邊用大眼睛看著父親，一邊緊緊地摟住母親。

宋衍愛憐地摸了下孩子的腦袋，對沉歡說：「當初妳出府的時候，侯府上下只知道小哥兒的生母是個身體不好的通房丫鬟，留下孩子就去世了，其餘的事，母親那時候一律不准提。中間有幾個妄議主子、惹事的人都被處理了。後來父親去世，按禮我須得守孝三年，短時間內這婚事怕是議不成了，所以母親把小哥兒接到她的名下撫育。」

沉歡默默地聽著，嘆口氣，輕聲回道：「這些我都知道。」

剩下的宋衍就算不說，沉歡都明白，侯夫人當時鐵定計劃待世子醒來之後迎娶貴女為正妻，再產下的孩子就是嫡子。

但是小哥兒來之不易，崔氏又愛之甚深，既怕正妻進門冷落這個庶子，又怕以後不能謀得好的仕途，所以就把孩子抱到自己的院子裡。如此一來，這個庶子的身分自然是不同的。就算宋衍的正妻產下嫡子，這個庶子也不至於過得淒慘。至少在下人的眼裡看上去是這樣的。

如今她忽然要進門了，只怕崔氏不願意馬上讓小哥兒跟著她。

宋衍見沉歡情緒略低落，起身安撫她。「綿綿，須知有些事情，還得來日方長。」

沉歡點點頭，自己心裡也清楚。「當初這樣，也是夫人為了哥兒好。此一時、彼一時，我懂的。」

就算嫁過去，下人也不知道自己是小哥兒生母，這中間還得費一些周折。恐怕也只有等孩子大一點，再慢慢講與他聽。

兩人又商議一番兩個孩子的身分問題，中間涉及說詞甚多，很多還得與崔氏以及太夫人溝通。

宋衍不能久待，小姊兒眷念母親，今日又過於興奮，鬧了一會兒就趴在沉歡的肩頭睡著了。

沉歡看著孩子熟睡的小臉，這才將盤桓在心中幾日的問題拿出來問宋衍。「你把姊兒接回宋宅，夫人雖知道姊兒身分，那其他下人那裡，又是如何解釋呢？」

沉歡想了很久，姊兒的身分解釋起來頗費心思，如果按時間算，姊兒正是宋衍沈睡時候出生的，這年齡不上不下，又不能解釋為宋衍在南城時候所育，沉歡想了半天覺得怎麼解釋都不好。

宋衍不以為意。「姊兒遲早是要回來的，晚回來不如早回來，這時候就還得余道士好用了。」

提起余道士，沉歡頭皮一陣發麻，當初在府中割肉煉藥的情景瞬間湧入腦海，那余道士雖然衣衫不整，邋裡邋遢，但是所做之事確實不可思議。

畢竟當初她都不相信，能為活死人時期的宋衍產下孩子。

宋衍看她一眼，知她一聽見余道士就心裡發怵，眼光自她胸口掠過，若有所思。

「姊兒年齡與哥兒相當，本就是龍鳳胎，甚是少見。」說完宋衍停頓了一下，似在思索，又接著繼續。「母親借余道士的口說了，當時本就是產下兩個孩子，姊兒體弱，怕養不活，一個養在府裡，一個須養在鄉下才能養活，如今問了余道士，已無礙了，那姊兒自然是可以接回來。」

下僕們早見識過余道士的神通，又見姊兒與宋衍一個模子刻出來的，遂對此番解釋深信不疑。

「隨後，我又讓余道士來府裡為姊兒畫了個平安符，算是全了這個說法。」

沉歡聽完覺得這法子確實妙多了，既解釋了孩子的年齡，又解釋了孩子為何流落在外面。小姊兒與小哥兒本就是雙生，說的也是事實。

沉歡貼了貼小姊兒的臉頰，想著兩個孩子至少如今都見著了，心底安慰了自己一番，這才依依不捨地和宋衍及孩子告別。

臨行前，見如心頗心不在焉，她與宋衍交談期間，如心就在旁邊出神，這會兒她要走了，如心似乎還在神遊太虛。

沉歡以為如心身體不舒服，不禁擔心地問：「怎麼了?可是病了?」

如心忽然臉紅，手忙腳亂。「無、無事。」

沉歡不明所以，又不能在這裡待太久，只得帶著疑惑走了。

第四十章　大婚

晚上，沉歡躺在床上輾轉反側，一方面思考著小哥兒的問題，一方面又思考著小姊兒的問題，一方面又掛念著南城自己的心血，簡直是一團亂麻，矇矓間覺得自己似乎還沒睡，這天就已經要亮了。

沉歡感念大夫人為她的婚事忙碌，是故，每日請安並未落下。

時間緊迫，顧母也來不及為沉歡繡一些貼身小物，遂把宋家當初給她的聘禮選了一些給沉歡添做嫁妝，又自己單獨購置一些女子所用之物，這才算準備妥當。

此時距離大婚，只有不到十個時辰了。

沉歡忽然緊張起來，她之前明明都不緊張的，只覺得命運的推手推著她向前，她與宋衍南城再遇，大典傾心，京城成婚一切似乎冥冥中有一股力量指引著她一路前行。

現在，她即將嫁做人婦了，一切猶如作夢一般。

她曾經想過如果自己一輩子都找不到合心意的人，那麼她就掙很多銀子，讓自己衣食無憂，也能快快樂樂地過一生。

平常清楚的腦子，此刻反而異常的混沌，丫鬟們環繞四周加上一些嬤嬤們催促的聲音，在耳邊嗡嗡作響。

「姑娘，這鳳冠您看看，如珍珠鴿子蛋那麼大呢，奴婢們都晃花了眼睛。」

「姑娘，大夫人命我把霞帔給您送過來，是今年繡姿閣的新品，太美了。」

「姑娘，管事的嬤嬤說了，這繡鞋待會兒就送過來，讓您過目一下。」

「姑娘，今天須得早睡，明兒起得太早，奴婢怕您熬不住。」

「姑娘，這是嫁妝的單子，大夫人讓我報給您看看。」

沉歡抬起暈頭轉向的腦袋，滿臉問號。她家一個貧下中農，能有什麼嫁妝，大不了就是顧母籌備的東西再列個單子裝飾一下罷了，反正宋家也不見得看得上。結果暈著腦袋接過那單子，翻開一看。

媽呀！瞬間就清醒了！

大夫人居然還給她單獨添了嫁妝，除了白銀、首飾、珠花、綢緞、田莊，還給她一處京城的門面鋪子，先不論位置好不好，單看這份嫁妝單子，那是真的按陸家嫁女兒的配置。

沉歡感念大夫人心意，立馬要爬起來去向大夫人當面道謝。

那丫鬟看她暈頭轉向，立馬按住她。「大夫人說了，既然收了宋家的聘禮，這嫁妝是自然，讓姑娘不必介懷。如今諸事繁忙，大夫人早說了，要姑娘忙自己的事，不用專門去道謝了。」

沉歡不肯，非要過去，那丫鬟只得說，大夫人確實近日事情頗多，讓沉歡之後再去不遲。

顧母心中歡喜。「這是修的什麼福分，這是修的什麼福分啊！」

第二日，天還沒亮，負責盥洗的丫鬟們，就進來服侍沉歡沐浴更衣，梳妝打扮。

沉歡頂著一對黑眼圈，早早地坐在床邊神遊太虛，感覺這幾天比當初自己揹著包袱和小姊兒去南城還勞累，繁瑣的細節一輪接著一輪。

負責上妝的大娘子來得很早，仔細端詳著沉歡，暗暗讚美：這等好姿色，怪不得宋府的公子會喜歡。

一人給她細緻地梳頭，馥郁芬芳的頭油，將頭髮襯得更加黑亮。臉上細細的汗毛也按規矩絞乾淨，香粉撲在臉上，點點按壓，更是服貼。眉毛畫得比沉歡平日長一點，讓圓圓的杏仁眼多了幾絲勾魂的嫵媚。

最妙的是那檀口朱唇，沉歡唇形微翹，不說話時也似乎帶著溫柔可親的笑意。此刻胭脂輕掃，玫瑰色的口脂將唇瓣襯得更是誘人，就這麼坐著，都讓人忍不住心猿意馬。

梳妝的大娘子感嘆道：「這模樣，宋家那公子鐵定喜歡。」

這番話喚醒了沉歡與宋衍經歷的一切，沉歡原本正常的臉，在回憶的衝擊下，徹底紅透了。

一切準備妥當，就等宋衍迎親了。

雖然不是帝王娶后，但是大律的品官婚禮過程依然複雜，沉歡等了半天，覺得有點熬不住了，估算一下時間，宋衍到陸府應該還需要一會兒，於是她喚來旁邊的丫鬟端杯水過來。

丫鬟連忙將沉歡掀開蓋頭的手壓住，著急道：「姑娘怎麼露出臉來了，先蓋著，新郎馬上就要來了。」

沉歡無語，宋衍到陸府要拜女方父母，這流程繁瑣，一時半刻完不了。還好自己很有先見之明，提前吃了點心和水果墊胃，如今看來果然是對的，等一切忙完，其實也沒有喝水吃東西的時間了。

她今日盛裝打扮，一身華美精緻的豔紅對襟大袖衫，鳳冠霞帔加身。那鳳冠上綴著珠翟、花釵等飾物，還有八支抹金銀寶鈿花，耳上的飾品與頭上的雙鳳挑牌髮簪都是一套的，挑牌上的珍珠步搖一直墜到肩膀上，邊走邊動，搖曳生姿。

這身行頭頗重，沉歡端坐一會兒，就覺得脖子疼。她不知道自己此刻的樣子，蓋頭一蓋，就一片黑暗。

正想揉脖子，就聽見丫鬟雀躍地跑進來。「要過來了！要過來了！」

沉歡立刻不動了，將腰挺得筆直，蓋頭也蓋得嚴絲合縫。喜娘趕緊走過來，將那雙事先準備好的鞋頭嵌有珍珠的新鞋替沉歡換上，然後扶沉歡起來。

沉歡被喜娘扶著，首先去拜別父母，此時大夫人與顧母都在一起。

顧母一邊笑，一邊說話，眼睛裡有淚光閃爍，連聲道：「好！好！好！去吧，快去吧。」

大夫人慈眉善目的臉上今天亦露出微笑。「好孩子，快去吧，別耽誤了時辰。」

沉歡聽見顧母這聲「好」字裡有哽咽之聲，自己忍不住也淚盈於睫，怕情緒失控花了妝容，費了好大力氣才將眼淚逼回去。

「趕緊走吧，姑娘，誤了吉時可不妥當。」喜娘怕沉歡眷念母家，輕聲催促。

因為蓋頭，沉歡只能看見自己紅色繡鞋的鞋頭，待要上轎子了，沉歡剛想喚喜娘，一雙溫熱的手穩穩地扶住她，微一使力，沉歡就輕鬆地進了轎子。

沉歡知道，是宋衍，她未來的夫君。

待上了花轎，只聽見外面鼓樂震天，沉歡知道自己的人生，即將踏上一個全新的旅程。

她最貼身的姊妹是如心，但是如心為了照顧小姊兒，今日仍在宋家。所有今天陪同的人，都是陸府的丫鬟，算不得陪嫁隨侍，只是來完成本次婚禮。

宋衍也說了，若是覺得好就可以留下，若是不好可以打發她們回陸府，再重新置辦丫鬟。

又不知走了多久，轎子停下來，沉歡知道是到了宋家。她的心臟不知為何，忽然「怦怦」跳了起來，想到曾經在侯府發生的一切，突然間有一點點害怕。

沉歡感覺到花轎的簾子被掀開，她以為是喜娘要扶自己下轎了，宋衍溫熱的大手卻緊緊地握住她伸出來的小手，那麼堅定，充滿力量，讓沉歡緊張的心情，瞬間平復下來。

「不必害怕，一切有我。」

短短兩句話，似有萬般力量，沉歡不再害怕，輕輕地點了下頭。

宋衍父親已去世，高堂只有崔氏及太夫人，沉歡原本擔心敬茶的時候，崔氏會給她難堪，沒想到崔氏並未多說什麼，平靜地接過沉歡遞上去的茶。

沉歡放下懸著的心，終於鬆了一口氣。

拜了高堂，要夫妻對拜，沉歡聽贊禮唱詞。

「拜！」
「興！」
「再拜！」
「興！」
「夫妻對拜！」
即使隔著蓋頭，沉歡也能感受到宋衍灼熱的目光，似乎比往常更加熱烈。
宋家照例也是要宴請賓客，雖說奪爵之後，不如以前門庭若市，但是世交還在，倒也熱鬧。
沉歡聽著外面歡慶喧譁之聲，人被送進洞房。
這一套流程走下來，沉歡已經覺得筋疲力盡，一坐到床榻上，就覺得渾身不想動。昨日陸府已經過來鋪過喜床，這會兒過來的人是封嬤嬤。
「姑娘，先吃些糕點，墊一墊，還有一會兒時間呢。」
沉歡簡單吃了兩口，就已經什麼都不想吃了，只想躺著。
封嬤嬤擔心她，也知道顧家抵不上什麼事，只得悄聲叮囑她。「我也知今日姑娘累了，但是畢竟新婚，姑娘切記好好侍奉公子，如今這府裡，公子就是姑娘的依仗了。」
還要怎麼侍奉？她覺得此刻自己都需要有人侍奉了。
封嬤嬤看沉歡那樣子就知道她已經忘光了，忍不住搖頭，然後將一本紅布包裹的冊子遞到她手上。

媽呀，妖精打架圖重現江湖。

作為封嬤嬤曾經的好學生，沉歡的知識要點瞬間復甦，還來不及多說兩句，封嬤嬤就退出去，留下沉歡獨自一人待在房內。

待了一陣子，沉歡悶得慌，於是忍不住先取下蓋頭，好奇地打量著四周。這顯然是為了本次新婚才布置的新房，屋子裡陳設精美雅致。

沉歡低頭，身下是陳年烏木打造、有百子百孫圖的雕花大床，床頭還刻有鴛鴦戲水，那鴛鴦雕刻得活靈活現，彷彿要游出床頭之外，沉歡既覺得新奇，又讚嘆手藝的精巧，忍不住用手指去撫摸凸起來的雕刻面。

「綿綿，瞧這鴛鴦戲水可似妳我？」

猝不及防的聲音自耳邊響起，噴出的熱氣混合著淡淡的酒味掠過脖子，沉歡嚇了一大跳，轉頭盯著始作俑者，驚訝出聲。

「容嗣，你怎這麼快就進來了？」她以為還要等一會兒呢。

只見宋衍一身大紅圓領袍服，肩膀上披著紅，頭上的紗帽上則插著精緻的金花。此刻燭火燒得透亮，他天生瓷白的皮膚染上淡淡的紅色，更顯得俊美無比。

或許是今日喝酒的緣故，他原本一絲不苟的黑髮有一些散亂，幾縷額髮散落在額間，星眸此刻半眯，倒是更添幾分少年郎君特有的風流恣肆。

「此乃妳我的洞房花燭之夜，我為何不能進來？」宋衍唇邊含笑，反問沉歡。

「不是啦。」沉歡臉上發燙，知道宋衍又在逗她，本想抬眸瞪他一眼，只是一開口聲音就帶著不自覺的嬌嗔和酥軟，再多看宋衍一眼，自己就徹底看呆了。

此刻宋衍狹長的眼尾似乎也染上一些紅，斜眉入鬢，漆黑的眼珠因為酒氣的緣故染上一層氤氳，像是蠱惑。

沉歡愣愣地盯著那雙眼睛，只覺得兩人距離近得瞳孔上絲絲分明的紋理都能看得清楚，再多看一會兒，又覺得恍若漩渦，那氤氳的眼要將她頃刻之間吸入到底。

「喝、喝合巹酒了。」沉歡開始結結巴巴。

宋衍看了她一眼，眸色幽深，牽著她的手，將她從榻上拉過來，拉到桌子邊坐下，下巴對著合巹酒的位置微微抬了抬，示意沉歡主動將酒拿過來。

沉歡哪能不懂他的意思，伸手將合巹酒拿來遞給他，然後放低音量，小聲且結結巴巴地說：「容、容嗣，請用酒。」

宋衍見她那模樣，嘴角上翹，忍不住低聲取笑。「綿綿今日怎麼聲如蚊子叫，為夫怕是聽不清楚了。」

沉歡只得垂著頭，掩飾著緊張，將合巹酒再遞得近一點，流利點表達。「容嗣，請用酒。」

宋衍低低地笑出聲來，原本霧氣氤氳的雙眼此刻變得明亮，猶如天邊星辰，接過沉歡的酒之後，他再主動將另外一杯合巹酒遞給沉歡。

兩人對視一眼，仰頭將合巹酒一飲而下。

沉歡說不緊張是假的，她雖然已經為宋衍產下兩個孩子，但是畢竟那時候宋衍是昏睡的，既不能看見，也不知道發生了什麼。但是此時此刻，宋衍如此鮮活，會調笑，會皺眉，會逗弄，會動，會說話。這一切彷彿一樣，又彷彿完全不一樣。

而且那時候為了在侯夫人手裡保住性命，沉歡並沒有多少旖旎心思，滿腔熱情都是為了活下去，心裡頗過意不去，甚至覺得褻瀆了世子。

如今兩人飲下合巹酒，正式結為夫妻，卻是當時怎麼也想不到的。

宋衍低頭端詳著沉歡，只見沉歡卸掉鳳冠之後，一頭烏髮垂到腰間，大紅的婚服將她奶白的皮膚襯得比之前的束腰藍色比甲還要嬌豔，最妙的是那耳朵上的耳墜子，一搖一晃勾得人心口發麻，宋衍老早就發現沉歡的耳朵後有一顆紅痣，她本人卻不知道。

春宵一刻值千金，宋衍哪容她發呆，一把將她打橫抱起來，在沉歡的驚呼聲中將她抱到床上。

「啊——」沉歡忽然天旋地轉，忍不住驚呼出口。

宋衍附在她耳邊，吐出灼熱的氣息。「綿綿叫什麼，外面守著平嬤嬤和封嬤嬤，她可是要回去稟告給母親，妳這麼大聲，她定是以為妳不願意呢。」

沉歡臉色更紅了，忍不住睜大眼睛，就要掙扎著起來。

平嬤嬤？這什麼破規矩，這要羞死人不是？

宋衍將她按在床上，心中千迴百轉，眸中卻隱含熱意。「都言春宵一刻值千金，定是郎君我吸引不了綿綿注意，不然綿綿何故在意外面？」話是這麼說，另一隻手卻開始解沉歡的衣服釦子。

沉歡快冒煙了。「不、不是。」她連忙解釋。

雖然早有準備，但是到了此刻，沉歡才真的是心跳如鼓，呼吸急促，腦子一片漿糊，臉上紅霞遍布。只幾秒鐘，她就從脖子紅到耳根，並且用兩隻手按住宋衍解釦子的那隻手，結結巴巴地求饒。

「等、等等，你、你還沒用飯。」

「已經用過了。」宋衍挑眉，將沉歡肩上的霞帔一把扔掉。

「等、等等，那帕子，那帕子還沒墊。」

丫鬟不知道沉歡與宋衍之前的關係，按禮制已準備白色的初夜證明錦帕。

「那有何難？叫封嬤嬤準備一條過來即可。」宋衍手上沒停。

沉歡還來不及再編個理由，宋衍就一把將她按在榻上，俯身下來，以唇封住她的嘴巴，氣息又滾又燙，帶著洶湧的熱意。

沉歡腦子發麻，天旋地轉，被宋衍一禁錮，手腳無法動彈，被迫回應著他。

「綿綿，我等不及了。」宋衍舔舐著沉歡花瓣般的下唇，聲音沙啞。

等了太久，等不及了。

沉歡還未反應過來這句話的涵義，宋衍已經強勢地將沉歡的婚服扯下來，只剩下抹胸半遮掩著胸前這抹雪痕。

一個月牙似的粉色傷疤赫然映入眼簾，宋衍一呆，眼神先是震驚，又慢慢平緩下來，他用手指輕輕撫摸過挖過肉的地方，聲音纏綣溫柔。

「可還疼嗎？」

沉歡都快忘記這傷口了，這才想起當初余道士煉藥，挖了她一塊指甲蓋大的心頭肉給宋衍煉藥。傷口後來好了，沉歡在南城開始新生活，逐漸就淡忘了。

沉歡怕傷疤難看，立刻扭動身體，伸手捂住胸間位置，不想給宋衍看，聲音裡帶了不自覺的害怕。「別看，不好看，已經不疼了。」

這麼久了，傷口雖然還在，但是早已經不疼了。

宋衍卻低頭在胸口月牙般的傷疤上細細吻著，一遍一遍。「綿綿甚美，每一寸肌膚都甚美，這傷疤也一樣。」

沉歡被這句讚美奇跡般安撫了情緒，她又想起自己是因為宋衍才承受挖肉之苦，雖說當時宋衍只是一個活死人，毫不知情，但是一切源頭因他而起，忍不住嗔怪他。

「你也是食過綿綿心頭肉的男人了，當時還是好痛的。」

那句食過綿綿心頭肉的話，比最烈的酒還讓宋衍興奮難耐，可那句當時還是好痛的，又讓他心疼不已，一時間只覺得心中冷熱交織，彷彿五內俱焚。這一生，再也不會有人帶給他如此炙熱的感受了。

在那個月光灑滿人間的夜晚，他孤獨地躺在玉席之上，外面如此喧譁熱鬧，猶如今夜，萬丈紅塵卻與他無關。

那天是他的生辰，他不能笑，不能哭，不能說話，不能動。縱是萬般曲折心腸，也會有絕望難捱、寂寥無比的時候。

一個自稱綿綿的丫鬟，推開了他的房門。她做了一種奇怪的朱斛點心，餵進他的嘴裡。那東西味道很特別，混合著清甜，以及他討厭的朱斛果味道。

那女子傻乎乎地趴在他的床邊念念叨叨。「世子爺，在我的家鄉，過生辰是要吃這種糕點的。」

她還唱戲一般自問自答。「世子爺，甜不甜？」

她還說了很多話，府裡的見聞，外面的一切，雖然不過就世子院一個小範圍，然而宋衍印象最深的卻是最後一句。「世子爺勿怕孤單呢，綿綿願意永遠陪著你。」

那股清甜奇妙的味道，如同沉歡胸前這挖肉之傷一般烙在他的心間。

那是無形的烙印。宋衍這輩子都不會忘記。

他抬手撫摸沉歡因害羞而滾燙的眉眼。「綿綿，妳曾說過，妳我之間福薄緣淺，猶如黃粱一夢。世間相遇，緣起緣滅，緣深緣淺，都有定數。」

宋衍無比專注地盯著沉歡的眼睛，眼神滾燙。他與她彼此對視，靈魂互相標記，只覺得此刻天地都不曾存在，只餘下他和她。

「我卻覺得妳我姻緣天定，若是不定，我亦要逆天而行。」

不死不休！

沉歡愣愣地看著他，感受到宋衍熾熱的情感，心中又歡喜、又疼痛，只覺渾身沸然，千言萬語只化作一聲呢喃。「容嗣……」

宋衍用額頭輕抵著她的額頭，鄭重而誠懇。「妳是我的妻，宅門不會是妳的圍城。這是我的承諾。」

蠟燭燒得正旺，而烏木雕刻的大床上只留下滿室旖旎繾綣，月光如同那個夜晚般灑滿宋宅的院落，有情之人終是相偎相伴了。

——未完，待續，請看文創風972《時來孕轉當正妻》3（完）

豪門一入深似海，從此恩人是良人／踏枝

2021年6月出版

誤入豪門當後娘

第一任未婚夫在失去聯繫多年後被滿門抄斬，
第二任在退婚回去的路上遇到山匪全家死絕，
平白無故揹上剋夫的名聲，認真說起來她也很冤，
但嫁不出去她也沒辦法，反正自己過得舒服自在就好，
何況她爹直接表明了要養她一輩子，所以她更是樂得輕鬆啊！

文創風 964 1

穿成聲名遠播又有眾多學子慕名拜師的舉人之女，鄭繡一開始是有些怕的，
原因無他，就怕這個便宜爹是個思想古板老舊的酸腐書生，
幸好，鄭家爹爹極其重女輕男，對她這個女兒是好聲好氣、有求必應，
家世背景好，再加上她是十里八鄉出了名的美女，照理求娶之人應該不少，
可偏偏她如今都二八年華了，別說萬中挑一婿，根本就乏人問津啊！
只因她有個更響亮的名聲──剋夫！而且她訂了兩次親就死了兩個未婚夫！
所以說，儘管她的條件再怎麼好也沒用，畢竟相較之下，小命要緊嘛，
還好她不是會為此鬱鬱而終的原身，而是個不在意這種小事的現代人哪！

文創風 965 2

鄭繡在家門口撿了條通體烏黑、油光水滑的大黑狗，看著有些像現代的狼狗，
她想著爹爹在鎮上教書，隔幾日才回來一趟，家裡平時就她和弟弟兩人，
因此弟弟央著她養下，她也就順勢答應了，養條狗看家護院確實不錯，
可養了半個月後，一個跟弟弟差不多大的孩子卻找上門來，說這是他家的狗，
本以為這瘦弱的孩子是來要狗的，他卻說先放她家，過後再來要，
看了看男孩污黑的臉及身上看不出本來顏色的獸皮襖子，她猜想他是家境困難，
後來才得知，原來這孩子家中只有父親薛直一人，是個獵戶，剛搬來村裡，
而這薛直一個月前跟隔壁村的獵戶們上山打獵，遇到大雪封山，生死未卜……

文創風 966 3

居然有不怕死的人家想要求娶她？是命太硬了，還是有啥隱疾嗎？
確實，鎮上這位馮員外的家底非常豐厚，人也是出了名的樂善好施，
但他的獨子卻是個膀大腰圓、相撲選手型的大胖子啊！
胖也不打緊，可那馮公子看她時一臉猥瑣，眼珠子根本就黏在了她身上，
她隔夜飯都要吐出來了，傻子才會答應嫁！
偏偏這時候，她弟弟及薛直的兒子跟著其他師生出遊時失蹤了，
心急如焚的她與薛直上山尋找，孤男寡女在山裡待了一夜，她清譽盡毀，
正當族老們要她這個敗壞鄭家門風的丫頭給個交代時，薛直他上門來提親了！

文創風 967 4 完

婚後某日，家中來了個貴客，他輕描淡寫地說那是他大嫂，
可後來鄭繡才曉得這位大嫂身世驚人，是當今聖上寵愛到不行的親妹妹，
而且他哥哥是堂堂慶國公，他壓根兒不是什麼平凡的窮獵戶啊！
所以說，她現在不僅是當了人家的後娘，還誤打誤撞地嫁入豪門了？
那慶國公哥哥當了多年的植物人，至今仍昏迷不醒，對她當然談不上喜惡，
但長公主嫂嫂只對薛直好，對她跟繼子卻是再明顯不過的討厭及不屑！
不喜歡她還說得過去，誰讓自己出身不高，可對薛直的孩子不是該愛屋及烏嗎？
難道說……這當中有什麼不可告人的秘辛？看來這豪門的飯碗也不好捧呀！

2021年6月出版

炊妞巧手改運

文創風 961～963

身為一名廚子，注重色香味俱全，
既然色字排第一……
有點重「色」輕友也是正常的吧？

炊煙裊裊，純情萌動／白折枝

人都離不開吃，做吃的生意，絕對不愁銷路。
葉小玫來到此處，不願依循原身追尋「愛情」致死的命運，
而是停下腳步、挽起袖子，打算依靠她一手廚藝闖出一片天。
不過單打獨鬥並非明智之舉，所幸她很快找到能信任的對象，
與原書故事中的倒楣鬼男神——唐柒文一家合作，
只要避開狼心狗肺的「男主」，想必她與他的命運都能改變！
從大清早擺攤賣早點開始，日子樸實而忙碌，
雖說生活不如現代便利，可勝在踏實，還有斯文美男養眼。
這古代男神彬彬有禮、溫潤如玉的氣質，與現代人就是不同，
幫她取下髮絲間不小心沾上的草屑，也要先來一句「得罪了」。
可是，草屑取下後，他居然跟見鬼一樣地轉身就走了！
她摸了摸頭頂……嗚嗚嗚，昨天沒洗頭，把男神嚇跑了怎麼辦？
原身本該有的情緣，不會被她的油頭給毀了吧？

藥香蜜醫

文創風 958~960

他教她熬的膏糖甘潤如蜜，甜得她想貪心，
願以兩世相思當藥引，換取與他廝守一生的解方……

偷心蜜方，醫有獨鍾／榛苓

和哥哥隨著母親二嫁到白米村康家，成天挨餓受欺不說，還差點被康家人毒死，
保住小命實在不容易，重生的秦念決定養好身子，替母親和哥哥出一口惡氣，
往後得吃好穿好、兜裡有錢不說，想在這種虎狼窩討生活，不立起來可是不行！
而醫好她的韓醫工與韓啟父子真是她的大恩人，尤其韓啟，更讓她惦念了兩世，
他教她習醫採藥，練武強身；康家人趁繼父不在欺負他們母子，也是他使計維護，
還拿出韓家的中藥秘方，指點她熬出甘甜潤肺的梨膏糖，讓她拿到鎮上賣了換錢。
除了親爹娘與哥哥，唯有韓啟能這般待她了，但她心裡埋著一個存了兩世的疑問——
這樣出眾的他，為何甘願蝸居山中不肯出村一步，連陪她去賣梨膏糖都不行呢？
前世她沒找到答案，但今生她不會再錯過他了，定要與他醫生醫世醫雙人，
憑他倆的本事，就算一生待在山裡又何妨，也能活出甜甜蜜蜜的好滋味來！

文創風
971

時來孕轉當正妻 2

國家圖書館出版品預行編目資料

時來孕轉當正妻 / 景丘著. --
初版. -- 臺北市 ： 狗屋出版社有限公司, 2021.07
冊 ； 公分. --（文創風；970-972）
ISBN 978-986-509-228-3（第2冊：平裝）. --

857.7 110009496

著作者	景丘
編輯	黃鈺菁
校對	沈毓萍
發行所	狗屋出版社有限公司
地址	台北市104中山區龍江路71巷15號1樓
電話	02-2776-5889～0
發行字號	局版台業字845號
法律顧問	蕭雄淋律師
總經銷	知遠文化事業有限公司
電話	02-2664-8800
初版	2021年7月
國際書碼	ISBN-13　978-986-509-228-3

本著作物由北京晉江原創網絡科技有限公司授權出版

定價260元
狗屋劃撥帳號：19001626
網址：love.doghouse.com.tw　E-mail：love@doghouse.com.tw